小学館文庫

ボローニャの吐息

内田洋子

小学館

book design : Nobuko Okubo
cover photo : ©iStock

ミラノの髭《ひげ》

暦の上では冬となったが、この数日、コートの要らないような陽気が続いている。

これからは曇天が多くなり、雨が続き、霜が降りると一気に本格的な冬の到来だ。それまでの晴天は逃さず、できるだけ屋外で楽しもうという人が多い。

ファッションやデザインの最先端として知られ大都市のような印象があるが、ミラノは小規模の町である。円形をした町のまん中に大聖堂が建ち、同心円を描くように幹線道路が通っている。町の中核にある広場には、三本の地下鉄に加えていくつもの路面電車が交錯し、通りごとに商店が軒を並べ、観光客がさんざめき、電話を片耳に急ぎ足で行く人が多く、忙《せわ》しい大都会に見えるのだ。

私の家は、ミラノの南部にある。中央の繁華街へは徒歩で十数分ほどと近いのに、場末の雰囲気がうっすらとあるのは、海のほうへと繋《つな》がる町の出入り口に位置しているからだろうか。気のせいか、風抜けがいい。地区の住人達は人種も社会階層もまちまちで雑駁《ざっぱく》だが、気さくそうだ。

「午後、散歩に行かない？」

若い友人、ラウラから誘われた。

ラウラはまだ中学生で、共働きの両親は夕方まで帰ってこない。いつも一人で妹弟の面倒を見ている。今日は妹弟が誕生パーティーに呼ばれているので、ラウラはやっと子守りから離れて自由らしい。連休で級友達は出かけて、いない。せっかく手にした自由な午後を、家で過ごしたくない。かといって一人で外をぶらつくのも寂しく、私に声をかけたらしい。

〈まだ中学生なのだ。雑貨店やティーンエイジャー向けのブティックを冷やかして、飽きたら喫茶店でお茶でもすればいい〉

私は気軽な午後を組み立ててみる。ところが、

「ふだんは時間がなくて行けないから」

彼女が望んだ行き先は美術館だった。その名に聞き覚えがなかった。

「スカラ座の斜向《はすむか》いにあるでしょう？」

そんなことも知らないの、と中学生は呆れている。

訪ね尽くしたような気でいても、見知らぬ美術館や画廊はまだいくらでもあった。最近の現代美術ブームで、小ぶりの画廊や展示空間が相次いで新設されている。ラウラの言う美術館も、きっと開館したばかりのところに違いない。

名前を思い出したふりをして、私達は中心に向かって歩き始めた。


彼女の両親は、二人とも地方出身である。子供三人を抱えての賃貸暮らしは、共働きでなければ成り立たない。安い賃貸物件を探すと、不便な郊外暮らしが待っている。洒落《しゃれ》た都会ミラノは、一番外側の環状線を越えた途端に荒れた様子になる。公共の交通機関は路線バス一本だけ、という陸の孤島のようなところも多い。住所は〈ミラノ市〉であっても、個性の乏しい新興住宅街が広がっている。昼間は働き盛りや学生は街中へ出かけていて、抜け殻のようだ。ミラノに住むのなら、街中でなければ意味がない。幸い夫婦ともに正社員なので何とかローンが組め、手狭ながらも市の中心地に家を構えることができたのである。

バールや信号待ちで頻繁《ひんぱん》に顔を合わせるうちに、ラウラの母親と私は、目礼から挨《あい》拶《さつ》、立ち話から日曜の公園での散歩へ、と親しくなった。そういうわけで、ラウラとは彼女が小学生の頃からの付き合いなのである。

三番目の子が幼稚園に上がった年だったか。夜遅くにラウラの母親から、半泣きで電話があった。予定外の会議や出張が重なり、家事と育児と仕事に疲れ果てての愚痴だった。夫婦は女子大生に子守りや家事手伝いを頼んでいるのだが、「試験を控えていて、いつも頼るわけにはいかなくて」。しかし急な欠勤が続けば、査定に響く。降格され減給にでもなったら、一家の生活はたちまち逼迫《ひっぱく》する。そうならないために、子守りを雇わざるをえない。より稼ぐためには、よりお金がかかるというわけだ。

「負の堂々巡りよ」

ラウラの母親は疲れ切っていた。

愚痴の長電話の翌日からしばらくの間、ラウラと妹弟をうちで預かることになった。

寒い雨降り続きで、外で遊ばせるわけにいかない。年齢の違う三人は遊び方も三様で、欲しがるおやつもバラバラだった。姉妹弟で遊ぶだろうと楽観していたが、手間は三倍かかった。それでは、と三人それぞれの友達もまとめてうちに招待し、いっしょに遊ばせることにした。

わが家が幼稚園のミニチュアとなるのを私は楽しみにしていたが、初日から動物園と化した。私も疲れ果てたが、子供達も親が迎えに来る頃には皆、惚《ほう》けたようになり、中には立ったまま眠り込んでしまう子までいた。

小学校の教師をしている友人に相談すると、

「絵よ」

当然のように言った。

次の日、不要になったコピー用紙の裏紙を用意して、子供達を迎えた。

「裏になんか書いてある」

三歳児までが口を尖《とが》らせた。しかたなく新しい紙の包みを開けてやると、子供達は我れ先に殴り描きをしては次を取り、瞬《また》く間にひと包みがなくなった。描く先がなくなると、そこいらじゅうにあった紙を千切ってあたりにばら撒《ま》いた。一人が始めると他の子達もいっせいに紙吹雪に興じ、収拾が付かなくなった。

その次からはソファーを廊下に移しテーブルを壁に寄せて、子供達を待った。床に模造紙を敷き詰め、真ん中に水性絵の具の大缶と筆を置いてやる。

わあ。

一瞬、子供達は息を呑《の》む。

古着に着替えさせておいてよかった。筆を使っていたのは最初のうちだけで、やが

て左手を赤の缶、右手を青の缶と突っ込んでは紙になすり付けたり、両手をこすり合わせて、

「紫になった！」

黄色の手の子と握手をした青の子が、二人の契りが緑に染まるのを見て驚いたりした。

ラウラの両親の出張や会議と子守り役の学生の試験が落ち着くまでの間、うちの居間では歓声と色が炸裂《さくれつ》した。

ラウラは大きくなってからもうちに来ては、居間で宿題をしたり本を読んだりしている。

ある午後ラウラは、台所からエスプレッソマシーンや茶碗《ちゃわん》、皿、ジャム瓶を持ってきて、天板がガラスのテーブルの上に並べ置く。ぺたんと床に直座《じかずわ》りし、一列に並べた物を見ている。おもむろに仰向けに寝転がってテーブルの下に潜り、私を隣に誘った。

「横から見て、上から見て、下からも見る。見えないところも想像し、触れ合ったときに鳴る音を考える。それからスケッチするのが、今日の宿題なの」

いっしょにエスプレッソマシーンの底や皿の裏側を見る。瓶の底から、ジャムの隙《すき》間《ま》の向こうに居間の本棚が歪《ゆが》んで見えている。いつもそこにあるものなのに、初めて見る光景だ。使い古した日用品にも、それぞれ見慣れた顔と秘した裏の顔がある。

「全部合わせて、ひとつなのねえ」

ラウラはテーブルの下に寝転んだまま、しきりに感心している。こんなことなら、皿の糸切り底まで念入りに洗い上げておけばよかった。

数日してラウラは、学校に提出した絵を二枚見せてくれた。一枚はうちの台所の物を題材にした静物画で、もう一枚はピカソの作品を写し描いたものだった。上から見て、下から見て、見えないところを考えさせる宿題は、キュビズムを知るための予習だったらしい。

「人間もあちこちから見て初めて、その人のことがわかるのね」

授業でそう習ったのだろうか。

突然、周囲の物や人が表裏をさらけ出して目の前に迫ってくるような気がして、中学校の美術の授業に畏《おそ》れ入る。

戦禍を被り町の大半が損壊してしまったミラノだが、それでも数世紀前の遺跡がいくつかは残っている。私の家の近くには、紀元二世紀か三世紀に遡《さかのぼ》る大理石の柱が十六本、並んでいる。古代ローマ時代に建立された神殿に使われていたらしい柱は、紀元四世紀に入ってから教会のファサードとして再利用されて現在に至っている。千六百年余りにわたって風雨にさらされた石柱が並ぶ様子は、枝葉を落とした大樹の並木道のようである。七メートルほどの高さがあり、柱がミラノの空を支えているように見える。

教会と柱の列の間には、飾り気のない空間が広がっている。広過ぎず、狭過ぎず。端から眺めると、向こうの端にいる人の顔の見分けが付くほどの規模である。

午前中に通りかかると、ここには必ず教師を真ん中にして小、中学校の子供達が輪を作っている。目の前にある遺跡の背景や、題材に取った詩や小説が生まれた時代について、あるいは並ぶ柱を例にして遠近法の説明などを受けている。教師はたいていが女性で、北イタリアの歴史を話すというのに強い南部訛《なまり》だったりする。産業と情報と富を求めて全土から人材が集まってくる、というミラノの特色を小学校の女性教師が体現している。

「古代ローマ帝王の……」

教師が声を張り上げて、偉人達の名を並べ立てている。

熱心にメモを取るのは最前列にいる数人だけで、残りの十数人の子達はあさってのほうを見てつまらなそうにしている。遺跡の上に腰を下ろし千数百年前の柱にもたれながら、教師の説明に耳を傾けている通りがかりの大人もいる。

テーブルの上と下の情景を見て感嘆するラウラが、特別に情緒的というわけではないのだ。千年前、数百年前の遺跡が、手の届くところに散在している。囲いで仕切られているわけでもない。毎日の登下校の道がそのまま古代ローマへの道であり、ルネサンスの残り香が漂う広場でボールを蹴《け》っているのである。目の前で幼い子がつまずいた石も、古代ローマの一片なのだ。異国人の私が今さらどう読み聴きしても、彼らの血の中に流れる美意識に敵《かな》うわけがない。

ラウラが言う美術館は、市庁舎を背に正面にスカラ座を見て右側にあった。タクシー乗り場のすぐ前に入り口があるのだが、小さな看板が路上に出ているだけで、壁面にも玄関口の上にも目立つ案内はない。言われなければ、そのまま素通りしてしまうだろう。

大勢の観光客達が、市庁舎前の広場にたむろしている。生け垣のそばに座り込みガイドブックを見ながらサンドイッチを頬張《ほおば》る人やスカラ座を背景に記念写真を撮り合う団体客で、市の行政の中心には場違いなざわついた雰囲気に包まれている。以前そこには大手銀行の本店があった。

堅牢《けんろう》な建物は、四角い広場の一辺を構成している。

初めて訪れたとき、背後に大聖堂を残しアーケードの下をくぐり抜けスカラ座前に出ると、銀行の厳かな石壁が景色の一角を支えているのを目にして、印象深かった。〈我が財力が市の政治と文化を支えているのだ〉、と石壁が宣言しているように見えたからである。

その後も銀行本店へは、用がなくてもちょくちょく行った。玄関扉は重厚だったが、押せば誰でも入れた。入るとそこは並外れて高い天井のある玄関前の空間になっていて、その空間の横幅分の広い階段があった。過度な広さが得も言われぬ贅沢《ぜいたく》な雰囲気を醸《かも》し出し、一段上るごとに銀行の中へと吸い込まれていくような気がした。少額の換金に行くのは気が引け、ましてや冷やかしで訪れるなど論外、という威圧的な雰囲気だった。それでも立ち寄ったのは、入ったとたんに喧噪《けんそう》が消え、泥落とし用の絨毯《じゅうたん》に足下が沈み込み、大理石の床に靴音が響いて、いにしえの香りが漂い、薄暗い屋内には屋外とは異次元の世界があったからである。行内を行き交う人達はミラノの洒脱を凝縮したような佇《たたず》まいで、見とれた。荘厳ということばをそのまま絵にしたような銀行だった。それが、美術館に変わるわけがない。

戸惑う私を待たずにラウラは慣れた様子で先を歩いて、ガラス戸を押した。

半信半疑で後に付いて入ると、かつてのまま広くて天井の高い玄関前だったが、床は白木の板敷きに替わっている。床と一体化するように、若々しい白木の階段が空間の幅いっぱいに延びている。

目を閉じて、銀行だった頃を思い出す。

場所柄、観光客でいつも混み合っていた。地元の人向けの業務窓口はそこからさらに奥に入ったところにあり、玄関前には観光客用に外貨両替機が何台か並んでいた。当時、創立当初からの古めかしい内装を残したままの銀行が多かったなか、外貨両替機を備えていたのはここくらいではなかったか。イタリア全般に対し、謂《いわ》れのない不信や先入観を抱く人が多かった時代である。機械から換金されて出てくるリラを繰り返し数えては、確かに計算通りなのに納得のいかない顔をしている日本人観光客は多かった。「イタリアは機械も信用できないからなあ」と日本語で毒付く人がいて、それほど心配なら奥の窓口で確認してみてはどうかと私が言うと、

「玄関に行員が出迎えて客に挨拶をしないのが、そもそも腹立たしい」

吐き捨てるように言い、その人は出ていってしまった。たしかに、小銭を替えに来

る一見《いちげん》の客には機械が相手で十分、という高慢な感じがないでもなかったけれど、それでも入ってみる価値はあった。

あの威嚇《いかく》するような空気は、今はもうどこにも感じられない。品良く簡素にまとめられた室内と重厚な建築は、強いコントラストを生み斬新である。目の前の白木の階段に腰掛けて雑談したくなるほど、軽快な雰囲気だ。畏れ多かった銀行は、知らぬうちに現代的な美術館に変身していたのである。


イタリアの経済低迷は、今に始まったことではない。実質上、財政が破綻したのは、いつのことだったか。若者の就業率は、地を這《は》い続けている。倒産、休業に追い込まれる企業は数知れない。この数年、銀行は吸収合併を繰り返して、中小銀行が町から消えて大手の支店に取って代わられた。ここにあった銀行も、どこかに吸収されたのだろうか。

「よろしかったら、どうぞ奥へお進みください」

あまりの変貌に驚いて立ち尽くしている私に、青年が声をかけてきた。階段を上がったところは、平台を真ん中に据え周囲の壁を天井まで本棚にしたブックショップになっている。青年はそこの店員らしい。本棚の奥が通り抜けの通路になっていて、美術館へと繋がっている。

よい天気なので人は屋外に出ているのか、ブックショップは閑散としている。美術展の図録や豪華美術本といった重々しい本は棚の上のほうに並べてあり、さらに上の棚は空のままである。ここも開業したてなのだ。平台を見ると、子供向けの本が半数に及んでいる。残り半分は、食をテーマに選んである。料理レシピではない。パラパラと見てみると、美術の中に描かれた食の場面や食材を通して社会や文化の変遷を見る、というような切り口である。絵画の中には、百合《ゆり》の花やロウソク、時計など、寓《ぐう》意《い》を示す象徴が描き込まれているものがある。食材は何の象徴なのだろう。

難解な解説書と並んで、ミラノの変遷を記録した写真集が置いてある。高名な画家と同時代に書かれた散文詩集。あるいは、庭園の歴史についての本。すぐそばには植物図鑑。草木染めの本。衣服史。絵の中に見る庭を、気候と風土を、文化と流行を、植物学から読み解き散策してみないか、という提案だろうか。硬軟の取り合わせは絶妙だ。

青年は私に声をかけた他は何も言わず、奥でペーパーバックに目を落としている。まだ二十代後半、というところか。黒い綿シャツに黒のクールウールのズボンで背筋を伸ばして座り本を読む姿は端麗で、客のいない空間に溶け込み風景になっている。

私の視線に気付いたらしく、青年は本から顔を上げると、

〈何かご用は？〉

と目で問い、少し首を傾《かし》げてみせた。本や文房具に見入っているラウラをそのままにして、私は青年のほうへ近寄り本揃《ほんぞろ》えのセンスを讃《たた》え、選んだのが彼なのか訊《き》いた。

「美術館併設の書籍売り場は、どこも堅苦しくて似たりよったりです。食べものについての話は、誰もが好き。読むうちに美術の中の世界に連れていってくれる。そういう本を探して、専門書の間に置いてみるのです。ここは美術館の〈入り口〉ですから」

年恰好《としかっこう》にそぐわない静かな声で青年は説明した。

〈食〉がテーマであるミラノ万博に合わせての本揃えだろう、と見ていた私は自分の短絡さを恥じた。

それにしても、何と立派な髭だろう。

もの静かな彼がいっそう落ち着いて見えるのは、耳下から頬、顎《あご》にかけて蓄えた髭のせいかもしれない。鼻下の髭は口にかからないように、上唇すれすれで切り揃えら

れている。一直線の仕上がりを見るに、青年は几帳面《きちょうめん》なのだろう。頬から顎へかけて髭が盛り上がらないように、すいてあるのがわかる。それでもなおたっぷりとした分量で、彼の若さが知れる。短く切った髪は耳の後ろから髭に連なり、髭は襟元から黒いシャツに繋がって、黒を背景に青年の眼差《まなざ》しと眉間が浮き上がって見える。

購入した本数冊を前に私達が雑談しているところへ、

「遅れてごめん！」

背後で元気のよい声がした。

青年の脇にその人が並び立ったのを見て、私は目を見張った。

しおりやノートを冷やかしていたラウラもいつの間にか隣に来て、二人を前に呆気《あっけ》に取られている。交替の店員も、顔を覆い尽すような髭面だったからである。髭にまじまじと見入った私はその不躾《ぶしつけ》を取り繕うつもりでつい、髭面は雇用契約の条件なのか、と軽口を叩《たた》いた。すると帰り仕度にかかっていた早番の青年が、

「もちろん。だってこれ、すごく十九世紀っぽいでしょう？」

少しも笑わずにそう言い、鼻下の髭の端を指で摘んでクルリとねじり上げて見せた。

この美術館の名称は、〈十九世紀と二十世紀のイタリアの画廊〉である。

ラウラはそれを聞いてさらに目を丸くし、髭面の二人を交互に見比べている。

黒いシャツとズボンに、顔を埋め尽くす髭。

美術館の黒子《くろご》達は髭と髭を突き合わせて引き継ぎを済ませ、早番はカラフルなリュックサックを肩に掛けると、では、と軽く目礼して去っていった。


その日、私達はブックショップから先へは行かなかった。店員の頭の中を覗《のぞ》くような平台の本を眺め、棚に並ぶ分厚い図録の背表紙に圧倒され、そして髭である。

ラウラは店員の冗談を真に受けて、

「それじゃあ、ここでは女性は働けないの？」

ブツブツ独り言を言った。

帰宅しても、髭が目の前をちらついた。寝床に入っても気になって眠れない。翌朝、私は一人で美術館を再訪した。

店を開けるや自分のほうにつかつかと直行して来る私に、何ごとか、と件《くだん》の青年は戸惑った顔をした。今日美術館に来たのは本でも絵でもなく二人の髭が気になったからだ、と私が告げると、

「それは、どうもありがとうございます」

青年は芝居がかった調子で言うと、右手で左頰を包みぐるりと顎へ髭を撫《な》でて、よ

うこそ、と大げさにポーズを作り会釈した。

「それまでの毎日から抜け出た記念でした」

髭を伸ばし始めたきっかけを尋ねた私に、マッシモはしばらく考えてから答えた。

「ここの採用試験を受けたときは、まだ髭はなく長髪が僕の自慢でした」

ここまであった、と肩甲骨あたりを指した。本の見立ての確かさといい佇まいの洒落た様子といい、そしてさらに長髪だったとは。それではやはり芸術を学んだのか、と私が感心して言うと、

「いえ、簿記専門学校でした」

芸術のことは何もわからない、と彼は首を振って照れ笑いした。

マッシモはミラノから三十キロメートルほどの町で生まれて育った。

「小さい町なのに、住人達は身の丈以上に大きく見せようとするような気風でして」

こぢんまりとした旧市街を川や田園が囲み、数世紀前から時が止まったような風景である。住人達は互いのことを隅々まで知り尽しているが、他人行儀で打ち解けない。恋人も同郷。双方の親も町に住む。すべてが〈町〉という小箱に詰められて整然とし

安泰だが、つまらなかった。専門学校を出ると、友人と二人で文房具店を始めた。保守的な町で、彼なりに冒険してみたかったからである。

どこで間違えたのか。懸命に働いたが、気が付いたら首が回らなくなっていた。

「金勘定の勉強をしたのに、金に追われることになるなんて」

若いうちから事業を興して、と周囲に褒《ほ》められたかった。小さな町で無用な背伸びをし過ぎたのだ。

〈結局、自分も他の人と同じだったのか〉

経営に失敗したことより、そのことのほうが悲しかった。

〈ここから出よう〉

美術館の公募には応募者が殺到していた。大学で美術を専攻した人達が大半だった。端《はな》から受かるとは思っていなかった。ミラノという都会の冷気で目を覚ますつもりだった。

ところが、採用決定。そして、断髪。

髭はそれから伸ばし始めた。少しずつ、丹念に。

男性化粧品メーカーが調査をしている。

〈髭。あるとない、どちらが好きか〉

イタリア女性の八割が「あるほうが好き」と、答えている。

同社が調査結果を大々的に宣伝して回った成果なのか、髭を蓄えた人が増えてきた。髭といっても、無精髭や鼻下、顎先の類《たぐ》いではない。頬骨の下から始まり、頬と顎を覆ってさらに伸ばし、髭先が喉《のど》元まで届くような堂々としたものである。店員二人の髭も同様だ。

どこかで見たことがあると考えていると、

「これでしょう？」

マッシモが棚から二冊の本を取り出した。ジュゼッペ・ヴェルディとジュゼッペ・ガリバルディ。イタリア人が最も愛する作曲家と、イタリアを統一した軍事家である。ともども顔じゅうに髭である。二人とも十九世紀を代表する偉人だ。

マッシモは再び大げさに鼻下の髭をねじり上げ、笑った。

十九世紀、町人も農夫も宗教者も芸術家も貴族も、髭を生やしていた。この時代の絵画や彫刻には、さまざまな髭面が見られる。髭は、雄々しさと知性、熟年の象徴だった。

十八世紀にはカツラが大流行したため、釣り合いが悪い髭は少数派だった。十九世紀に入って、小櫛やはさみ、刃といった手入れの道具の質が高まると、衣服や小物へ気を配るのと同じく身だしなみのひとつとして髭を蓄える人が増えたのである。

そもそも髭の歴史は、古代メソポタミア時代まで遡る。伸ばした髭をオイルで固めて形を作り、男っぷりを競ったという。晴れの席には、形を整えた上から金や銀の粉を振りかけて粧《めか》し込んだ。

「古代エジプト時代には、髭は権力の象徴でした。だから女王も王座に座るときは、たっぷりした付け髭を着けたのですよ」

マッシモと私は棚から美術全集を次々と引っぱり出しては、髭を追った。

古代ギリシャの兵士達は、男の中の男だった。とりわけスパルタ人は戦うために生まれ、強くなければ生きている意味がない、という闘魂の持ち主だった。兵士の威風堂々とした髭が、潮風を受けてなびく。まさにエーゲ海のライオンだ。その勇姿に男が惚《ほ》れた。敵も味方も、スパルタ兵士に憧れあやかろうと、競って髭を生やしたのである。

あちこちに同じような髭面が急増したため、遠くからもひと目で自国の兵士を識別できるように、やがてスパルタ兵士達は一方の頬だけを髭で覆い、もう片方の頬は剃るようになった。

「髭が制服代わりだったのか」

マッシモは、髭を撫でながら解説を読みふけっている。

古代ギリシャで髭は〈力〉の象徴となり、古代ローマはそれを倣《なら》い、やがて文化度を計る尺度にまで高めて髭を持てはやすようになった。

別に勇敢な兵士でなくても、放っておけば男なら誰でも髭面になる。意味を持たせ、儀式を行い、神格化しなければ。

それで古代ローマでは、少年が青年へと成長していくとき髭を剃らせなかった。初髭をあたって初めて、少年は大人になった。髭剃りは、男としての最初の儀式となったのである。


ブックショップに客がいなかったのを幸いに、二時間近くもマッシモと私は髭三昧《ざんまい》を楽しんだ。普通、髭を生やすにいたって、いちいち古代に遡ってまで調べたりしない。マッシモは髭に関する諸々を知り、すっかり感心している。

彼ほどの濃い髭面ともなると、髭の無かった頃とは洋服や持ち物も変わったのではないか。鼻の下の髭程度ならばスーツ姿でも違和感はないが、顔じゅうともなるとそうはいかない。ショートパンツにビーチサンダルのような気軽な恰好でさえ、髭面だと何か異なる意味が付くように思う。

　マッシモは制服の黒シャツと黒ズボンだが、足下を見ると縫い目のしっかりした革靴の先が覗いている。私の視線に気が付くと、

「バイクです」

　髭を褒められたときと同じく嬉《うれ》しそうに言い、ズボンの裾《すそ》をそっと引き上げた。短ブーツである。よく手入れしてあるのだろう、漆黒に光っている。彼がズボンの尻ポケットから出した携帯電話には、ハーレーダビッドソンが写っていた。

　髭なら、顔じゅう。それに似合うバイクは、重量級に決まっている。足下にぬかりがあっては、全体のイメージが台無しだ。

「結局、僕は小さな枠から抜け出せないのです」

　肩をすくめたマッシモの顔を髭が覆う。


　その美術館から二筋向こうに、刃物ばかりを扱う店があった。百平米に満たない店だが、創業を一九二九年に遡る老舗である。開業当初は刃物を研ぐのが主な生業《なりわい》だったが、次第に各地から刃物という刃物を取り寄せ、男性の身だしなみを整えるための

くしやブラシも集めて、その品揃えに並ぶ店無し、と言われるほどになった。

ああ、とマッシモは深く息を吐く。

「何度も行きました。中に入る勇気がなくて、ショーウインドウの前で立ち止まっては、くしやはさみ、髭剃り刃を夢中で見ましたよ」

ある寒い雨の夕方、店員が出てきて、眺めるばかりで店に入ろうとしない彼に、どうぞと手招いた。店内の壁面はすべて天井まで造り付けのショーケースになっていて、グリーンのフェルトを張った商品棚にびっしりと刃物が並べてあった。凝り性だった創業者は、数世紀にも遡って刃物を集めて店に置いたので、商店なのか博物館なのかわからないほどである。ベテラン店員達が、静かに立って待機している。店員の一人がマッシモの髭を見てから足下に目を移し、

「お客様、次はこれでしょうか」

引き出しから取り出して見せたのは、飴色《あめいろ》をした木製のパイプだった。

そうか、髭にはパイプなのか。

以来、仕事が終わると必ず店の前へ行き、ショーウインドウのパイプを見てから帰路に就くようになった。でもまだ買わない。

「納得いくまで調べてからでないと駄目なのです」

パイプを口にくわえる仕草をしてみせる。マウスピースと口髭が触れるとき最も美しく見える角度を考えているのだ、と言った。

そして私は、今日も美術館には入らなかった。

入り口のブックショップで美術全集のページを繰っては髭を追いかけるうちに、さまざまな髭の間にあるそれぞれ異なる目ばかりが頭に残ったからだった。それは藪《やぶ》の中から外をうかがう獣に似た目付きであり、あるいは自信に満ちた強い眼光や、遠くを見る哀《かな》しい眼差しであった。

美術館見学をすることもなく堪能《たんのう》し帰ろうとする私をマッシモは引き止めると、だしぬけにシャツのボタンを外し、茫々《ぼうぼう》とした髭をそっと持ち上げた。

そこには、喉元いっぱいに目の入れ墨が彫り込んであった。大きく見開いた一ツ目が、じっとこちらを見ているのだった。

帰宅し、電話でラウラに髭だけを見てきたことを話すと、

「何でも、上下左右から見てみないとね。髭もその下に、一番大切なことがあるのかもね」

まるでそばでいっしょに見ていたかのように言った。

見ている

走っても走っても、付いてくる。逃れられない。いっそのこと追い付いて捕《つか》まえてくれたほうが、楽になるのに……。

恐ろしさのあまり声を上げそうになったところで、目が覚めた。心臓が迫《せ》り上がり、喉元でドキドキしている。

喉。

ああ、そうだったのか。

夢の中で、私は〈目〉から追いかけられていた。あの、一ツ目。

もう数週間経《た》つというのに、ミラノの中央に新しくできた美術館で見た〈目〉のこ

とが頭から離れない。館内にあるブックショップで若い店員と雑談をしていて、そろそろ退店しようとしたその際に、

「これを」

マッシモが、おもむろにシャツのボタンを外して見せた。喉元いっぱいに〈目〉の入れ墨があった。長いまつ毛を携《たずさ》えたその目は、笑うでもなくにらむでもなく大きく見開いている。黒々と強い線で描かれた瞳は、空《くう》に視線を泳がせているようでもあり、うかがい知れない思いを秘めているようにも見えた。唐突に現れた第三の目に驚いたが、あれこれ立ち入って尋ねるのは何となくはばかられ、黙って一ッ目に見入った。

「いろいろとありまして」

マッシモはそれ以上、特に説明しようとはしなかった。詳細はまた機会のあるときに、と約束し合い店を出た。彼が口を開くと喉元にある目がグリグリと動く様子が、印象に残った。

マッシモと知り合う少し前、私は秋にギリシャへ出かけていた。休みを取り損ねて、夏の後ろ髪をつかむような気持ちでエーゲ海の南東端に行った。

薄ら寒い雨のミラノ空港を後にして、三時間少し。機内放送で知らされた「現地の

温度は三十度」に半信半疑でタラップを下りると、照り返しで目が眩《くら》んだ。ロドス島は、まだ夏だった。

トルコとの間の狭いこの海域に、百五十余りの島々が点在する。そのうち二十六島に人が暮らし、残りはすべて無人島である。

地中海を制するもの、世を征する。

遡ること紀元前千年余のドーリア人の時代から、一帯は東方と西方が交錯する、歴史の舞台となってきた。侵略、支配、商い、布教。栄華と滅亡。夢と絶望。富と貧。ロドス島は、各時代の往来と、そのあとに続く明暗をつぶさに見てきた。海の民族と陸の民族のどちらにとっても、島は要《かなめ》の位置にあったからである。

空港から、そういう海を眺めつつタクシーで走る。機内からは穏やかに見えた海が、間近にすると逆巻く大波を抱えて荒々しい。明るい青色をした海面は、ときおり灰色がかった深い色に変わる。強い潮の流れがあるのだろう。筆で殴り書きしたような縞《しま》模様を作って海が大きく動いている。島の北端近くにある旧市街へ車で行くには、海沿いの一本道を回っていくのが近道だ。辛《かろ》うじて舗装はされているものの、もうずいぶん前から補修されていないらしく、路面のほうぼうに亀裂が走り、引きちぎったテープの上を行くようだ。

車外はひどく暑いのに、タクシーは窓を全開にしてクーラーを入れない。窓越しに強い日が差し込み、合成皮革の座面が熱くなっている。凸凹の道をかなりの速度で飛ばすので、しっかりつかまっていないと頭を打ち付けそうになる。運転手は、いたって愛想がいい。粗削りだがよく通じる英語で、間を置かずに話しかけてくる。前方の路面を注意深く見ながら口を開かないと、派手に跳ね上がる車の中で思い切り舌を噛《か》むことになる。

「日本製は素晴らしいですね！　この車もかれこれ二十年は乗っていますが、まだまだいける」

車内のラジオからは、独特の節回しの歌が流れている。哀切な音調は、かつてどこかで耳にしたアラブの歌を彷彿《ほうふつ》とさせる。いや、ドゥオーモ広場で聞いたジプシー音楽にも似ているかもしれない。バックミラーには、御守りなのか、小さな像や飾りがジャラジャラとぶら下がっている。ガラス製のものがあり、木彫りもあり。運転手は、やはりギリシャ正教徒なのだろうか。あるいは、島に伝わる原始宗教のようなものがあるのかもしれない。なにより、ここは神話の本家本元なのだ。

いつの間にか車外には、前時代に紛れ込んだような光景が広がっている。家屋も商店も看板も土埃《つちぼこり》にまみれ、色は日に灼《や》けて褪《あ》せている。ピントの外れたような風景の中を走るうちに、ガタピシの走行感にも親しみが湧《わ》いてきて次第に気持ちがのびやかになっていく。

〈常に最新を追う毎日は、いったい何の役に立っているのだろう〉

ミラノや東京での生活を思う。

季節が夏のまま止まっているように、島の時間は数世紀前から進んでいないように見える。

分岐して山中へ入っていく道は、土がむき出しになっている。道端の雑草が視界を遮って、その向こうがどうなっているのかわからない。秋だというのに、まだこんなに暑いのだ。夏はどれほどだろう。島はさぞ乾ききっているかと思うと、内陸部のほうには深い緑がこんもりと山を成している。

「この調子だと、午後には四十度を超えるかもしれませんよ」

運転手はよく冷えたペットボトルを一本、手渡してくれた。島の地図が描かれたラベルである。内陸部に湧く天然水らしかった。

砂浜には見渡す限り、サンベッドが並んでいる。管理者が異なるのだろう、白と青の縞模様のベッドが並ぶ隣には木製のベッドが、その横にはオレンジ色、というふうに数列ごとに種類の異なるベッドが並んでいる。空と海の青に挟《はさ》まれて、原色があふれる浜は朗らかだ。

宿に荷物を置いてすぐ、海岸へ来ている。

この時期、欧州各地からのチャーター便が着くのは週に数度で、その日はちょうど出発組と到着組が入れ替わる日だったらしい。昼下がりの浜には、買ってきたばかりの日焼け止めクリームを足の指まで念入りに塗り込む人達がいる。どの人も、周りの風景から浮いて見えるほど、まだ真っ白の肌をしている。ビーチパラソルの下にいても、照り返しだけでたちまち灼けるだろう。シーズンを外れた海には、年配者が多い。かなり高齢の夫婦連れも見かける。初老の男が、弛《たる》んだ二の腕や下腹、腿《もも》を揺らし、懸命にサンベッドをパラソルが作る影の下へと移動させている。サンベッドの上にビーチタオルを神経質に伸ばし、シャツをパラソルの骨に引っかけ、縁付き帽を目深に被《かぶ》ってからおもむろに寝転ぶ。老体とはいえ、サンベッドから足先と腹がはみ出るほど大柄なのは、ゲルマン系なのだろう。その几帳面さが、ギリシャの砂浜に馴染《なじ》まず浮いている。

最前列のサンベッドを選んで、私も寝そべる。

若者で賑《にぎ》わうビーチにかかっているような音楽はない。サンベッドの間隔は広く、隣の会話も心地よい雑音程度にしか届かない。それに第一、老夫婦達はほとんどことばを交わさない。カットしたスイカや桃、スモモの盛り合わせを売り歩く男達の呼び声がときおり行き交うくらいで、泣く赤ん坊もビーチボールを蹴る少年達もいない。頭上の空は澄み切っているのに、下方に近付くにつれて青色は白み、海と交わるあたりでぼんやりした灰色へと変わってしまう。

濁った灰色の向こうに、かすかに曲線が見える。トルコだ。

もっとよく見てみよう、と波打ち際に立ってみた。

「対岸がはっきり見えるのは、冬が来てからよ」

打ち寄せる波に足先を浸けて寝そべっていた女性が、足下から声をかけた。動詞と名詞を並べただけのような英語だったが、難なく通じた。よく通る声だからかもしれない。その女性は、まあこちらへ座りなさいよ、というふうに大げさな身振りで私を自分の隣に招いた。小柄で、野球帽の下には顔半分が隠れるほどの真っ黒のサングラスをかけているので、表情も年齢も国籍もよくわからない。しかし誘われてそばに座り、口元の皺《しわ》の深さや薄くなった生え際を間近に見て、彼女が親ほどの年齢なのだとわかった。

「アフロディーティ《美の女神》」

彼女から元気よく手が差し出される。

「アイ・アム・ア・シンガー！」

ハキハキと自己紹介をし、サングラスを鼻頭にずらして下ろし口を横に思い切り引き上げるようにして笑顔を作った。覗いた前歯が欠けているのが、愛嬌《あいきょう》だった。

それから二時間ほど、私はアフロディーティと波打ち際に並んで座り、太陽を追いかけながら過ごした。少しずつ移動する太陽を正面から浴びる。オゾンに穴が開いていようがソバカスやシミになろうが、

「そんなこと、知ったことじゃないわ」

アフロディーティは仰向けになったり、腹這《はらば》いになったり、手を上げて脇下を干したりした。ビキニの上は最初から着けておらず、萎《しぼ》んで皺だらけの乳房を堂々と晒《さら》している。肌の黒さは尋常ではない。日に灼けた肌、というより、太陽が染み込んだ、と言ったほうがいいような色だ。互いに怪しげな英語である。会話といってもたかが知れていた。一語放り投げると、間を置いて一語返ってくる。ときどき投げ間違えたり、拾い損ねたりした。それは、小石を拾い上げては海へ向かって投げるのと似ていた。通じると楽しく、笑い、嚙み合わなければそれで別によかった。ミラノなら、さ

ぞイライラしたことだろう。人と話すということは目的があってのことであり、意図的に遠回りすることはあっても着地点のない会話など始める意味すらないからである。

太陽が海から砂浜の上まで移動した頃、アフロディーティは立ち上がり布袋からパレオを取り出し身体に巻き付け、器用に胸元で結んだ。

「今夜ここで歌っているから。よかったら来て」

渡された紙切れには、店名と住所が書いてあった。


宿は島の北端にある。島の西側と東側の潮流が打ち寄せ、風がぶつかり合う地点である。ロドス島や近くの小島は、ギリシャとトルコの領海の境界線をなぞるように浮かんでいる。風は朝から夜にかけて海の上を旋回し、潮は満ちて引きながら流れを大きく変える。部屋の窓から、夜のとばりが下りた海が見える。突堤の灯台の光が海面を走ると、波が帯状に照らし出される。素早く走る灯台からの光線は、島が周囲に巡らす視線のようだ。

黒い海を挟んで、異国がある。昼間見た、灰色に霞《かす》んだトルコを思い出す。

三日月の夜。

つい慣れたミラノ時間のまま八時に宿を出るつもりで用意をしながら、ギリシャにいることを思い出した。ここでは八時はまだ夕刻のうちで、屋外には斜めに日が差している。

店への道を尋ねようとホテルのフロント係に紙切れを見せると、

「アフロディーティ！」

彼が嬉しそうに叫ぶので、店名を見ただけでわかるのかと私が驚くと、

「店が島で一番人気なのは、彼女の歌のおかげなんですよ」

自分のことのように得意気に言った。数十年来の知己だという。家族ぐるみの付き合いで、子供達も彼女によくなついて……と機嫌よく話すうちに彼はしんみりと口をつぐんで、やがてうなだれた。

「これからも元気で歌ってもらいたいものです」

それだけ言い、地図に道順を記してくれた。

人気《ひとけ》のない夜の海岸伝いに歩くと、まもなく街灯が並ぶ大通りに出た。ロドス島の表玄関である、港に出たのだ。エーゲ海きっての名港である。かつてこの港口には、大海原に向かってそびえ立つアポロの巨像があったと伝えられている。古代の地中海

世界には、想像と人類の能力を超えるような巨大な建造物が七つあったという。ロドス島の巨像はそのひとつだった。

マケドニア・アンティゴノス朝のデメトリオス一世率いる軍がロドス島に攻め入ろうとしたが、大荒れの海とロドス島兵士の戦力を前にして敗退する。島民は勝利を喜び、天への感謝として太陽の神をモデルに巨像を建立した。港に大きな台座を造り、その上に〈神〉を建造したのである。高さは五十メートルにも達したらしい。しかしその後百年も経たないうちに、島を襲った大地震で崩壊してしまった。建立されたのは、紀元前三百年から二百年後半とされている。巨像は鉄骨で組み立てられ、敵兵の残した兵器や鎧《よろい》の青銅を溶かして板にし巨像の表層を覆ったという。

古代に、どのようにしてそれほどに高度な土木技術を持ち得たのだろう。実話なのか、伝説か。今では跡形もなく消えて、真偽のほどはわからない。


港の前を歩きながら、巨像があったと伝えられるあたりを眺める。港口から海原が見える。海へ向かって、陸から静かに風が流れていく。

海の向こうからおびただしい数の敵兵が上陸し、傾《なだ》れ込んでくるのを想像する。馬のいななき。怒声。鎧の擦《す》れる金属音。硬い路面の敷石を走る兵士達。

ふと耳元に足音を聞いたように感じ、あたりを見回す。

いつの間にか、回廊の入り口にいた。石を重ね積んで造られた建物は、陸側の地上部分が回廊になっている。壁はそのまま曲線を描いて天井に繋がっている。建物の端から前方を見ると、支える柱と天井の曲線の繰り返しが連なって、距離の感覚を失う。だまし絵の中に自分が立っているような錯覚を覚える。港と大通りに挟まれた中心地だというのに、回廊を歩く人は他にいない。夏靴の立てる軽い音は天井に跳ね返っていくつも合わさり、厚い音へと変わって耳元へと響き戻る。人通りはないが、物騒な気配はない。むしろ、どこかで目にしたなつかしさがある。

そう思った瞬間、ヴェネツィアのサンマルコ広場の回廊へと連想が飛んだ。中世にヴェネツィア共和国も、ロドス島を掌中に収めた時期があったのだ。

たった今、背中がぞくりとしたのは、港へ抜ける夜風だったのか。それとも、古の戦に入り乱れた兵士達の亡霊のせいか。

港から続く長い岸壁には、中型の船が船尾を揃えて碇泊《ていはく》している。観光客相手の貸し船や島の周辺への遊覧船らしい。それぞれが船尾の前に小机を出して裸電球を垂らし、行き先を記した看板を掲げている。

「トルコ行き、ありますよ」

船の数だけ業者が並び、通りかかる人にいちいち声をかけている。賑やかな客引きや灯《あか》りは、屋外市場によく似ている。考えてみれば、航路も商品なのだ。灯台の光が海を走るときのように、電球ごとに業者の顔が照らし出される。日に灼けた顔は夜に紛れて、通行人を追う目ばかりが光っている。

二十分ほど歩いて、ようやく城壁の中へ入った。そこからが旧市街である。街灯がまばらで、周囲の景色が暗がりに沈んでいる。これほどの名所だというのに十分な照明もなく、異国の観光客達は戸惑っているように見える。さきほどまでの賑やかな客引きに目と耳が慣れたあとで入る城壁の内側は、まったく異次元の世界だ。車両の乗り入れは禁じられているので、石畳の道はいっそう広々としている。

通りの真ん中から歩道に乗りかかるようにして転がっている大石は、何なのだろう。かつては柱だったのか、土台だったのか。説明する表示は見当たらない。表面はもちろん、角も丸まり原形を留めてはいないが、有無を言わさぬ厳かさに満ちている。何世紀も前からそこに在って、無数の往来をじっと見てきたに違いない。

足下が暗くて、不安なのだろう。通りかかった高齢の女性観光客は何の躊躇《ちゅうちょ》もなくその大石に座って、薄暗い灯りのもとでガイドブックを開いて確認している。脇を大勢の観光客達が、遺跡も老いた女性も気に留めずにそぞろ歩いていく。あたりには、同様の石や円柱が散見される。遺跡の一つや二つ、ここではいちいち驚くようなことではないのだ。

「不景気、だって？　たかがこの数十年の問題じゃないか」

以前、ミラノで知り合ったギリシャ人が肩をすくめて言ったのを思い出す。この国の悠久の歴史の上に、今の西欧は、世界は建っている。

いつのまにか三日月は、頭上から細い光を放っている。


「ソクラテス通りを上り、途中を左折した先にありますよ」

絨毯専門店の主《あるじ》が教えてくれた。道に手を引かれるように歩いていくうちに、気が付くと商店と食堂、観光客で混み合う雑踏にいた。何筋か通り過ぎたはずなのにどの店も似たり寄ったりの土産物を売っているので、また振り出しに戻ったかと不安になり道を尋ねたのである。アフロディーティに会いに行くのだ、と言ってみる。

するとと笑顔になって、

「僕の友達です。前のほうに座るといいですよ」

店を手伝いの者に任せて、店主はわざわざ曲がり角まで送ってきてくれた。よほど人気者らしい。

角を曲がったとたんに、弦楽器の音が聞こえてきた。ギリシャのギター、ブズーキ。細いネック。細密な紋様が描かれた、イチジク形のボディ。金属的な甲高い響きだが、音調は甘く哀しい。ユーカリの大樹が道の両側から枝を伸ばし、葉を繁らせて頭上で重なりトンネルを作っている。その下に、数軒のレストランが並んでいる。どの店も路上にテーブルを並べていて店と店の境目がよくわからず、席を決めかねていると、

「いらっしゃい。お待ちしていました」

ボーイの一人に声をかけられた。

さきほどから弦楽器は、ずっと同じところを繰り返し弾いている。奥へ奥へと案内されてやっと私が席に着くと、弦楽器はぴたりと演奏を止《や》め、そこへ高音から転がり落ちるようにアコーディオンが鍵盤を鳴らした。沸き上がった拍手が、そのまま手拍子へと移っていく。

料理を盛った大皿を肩に担ぐようにして運ぶ給仕達の間をすり抜け弦楽器とアコーディオンの前に出てきたのが、アフロディーティだった。

楽器を鳴らすようにかけ声を発しながら他店の給仕達までが寄ってきて、彼女の登場を盛り上げている。青と緑が入り混じった糸で編んだドレスは、小柄で細身のアフ

ロディーティの胸元から膝下までをぴったりと包んでいる。ストラップがなく、肩と胸の間の曲線がなまめかしい。暗がりにも濡れたように光って見えるのは、きっと入念にラメ混じりのオイルで手入れしてあるのだろう。それまで飲み食いに気を取られていた観客が、妖艶《ようえん》さに息を呑んでいる。

彼女はマイクを手に道いっぱいに広がるテーブルの客達をゆっくり見回すと、低い声で歌い始めた。

「どうです、ギリシャが凝縮しているでしょう？」

隣にいた中年の男性が流暢《りゅうちょう》な英語で私に話しかけてきた。さきほどから彼はテーブルを指先で軽く打ちながら聴いている。キュウリとミントの葉をごく細かく切ってヨーグルトで和《あ》えたディップをアテに、白ワインを飲んでいる。揚げたてのパンには焦げ目が付いて、そこへディップをたっぷり載せては頬張っている。

「一杯、どうです？」

アンドーニと名乗る男性に勧められたワインは、地産らしい。ギリシャ文字で名前も品種もわからないが、素っ気のないラベルだ。ひと口含んでみると、強烈な松脂《まつやに》の匂いが鼻孔を突いた。癖の強い味に、私が思わず顔をしかめたのだろう。

「そのうち飲み慣れて、やがて離れられなくなりますよ」

彼は笑って、私が置いたばかりのグラスになみなみと注《つ》ぎ足した。

その晩、アンドーニと私は、アフロディーティの歌と松脂の香りに酩酊《めいてい》した。五、六曲目頃に店の奥から従業員数名が出てきて、頭の上で手拍子を打ちながら、足だけで踊り始めた。ゆっくりと始まった曲は次第にテンポを速め、アフロディーティも従業員達といっしょに手を繋いで輪を作り、回りながら歌い、踊った。

気が付くと、アンドーニも私も輪に加わっていた。長く激しい曲が終わると同時に、私は目を回して地べたに伸びてしまった。

薄目を開けると、軒先と大樹の枝の間の月と目が合った。

目醒《めざ》めると浜へ行く、という毎日を送っている。

海の水は、夜露を集めてまだひんやりしている。ひと泳ぎして、サンベッドに横になる。出たばかりの日が、水平線と平行になって顔に差す。眩《まぶ》しいのと眠いのとで、数ページ読んだところで本を置く。

「ミネラルウォーター！　コーラ！　フレッシュ・オレンジジュース！」

「マッサージ、マッサージ」

「スイカに桃、アンズにメロン」

ひと通り物売りが行き交うと、ドンが鳴る。正午。

すると浜にいてもそれとわかる、古びたモーター音が聞こえてくる。アンドーニだ。


彼は国家公務員である。港の大通り前に建つ、国立劇場の責任者だ。

公務員なので、午前中で仕事は終わる。仕事といっても、国立劇場はもう何年も前から改修を理由に休館中である。とうに完了している予定の改修工事は、まだ始まってすらいない。国家の財政破綻で、予算が下りないからである。

毎日出勤するけれど、何もすることがない。出勤簿にサインをした後、劇場の中を一周し、同僚達と雑談する。それがアンドーニの主な日課である。

改修したところで、運営をするための予算もないのだ。

海から回廊を抜けて、がらんとした劇場に潮風が埃を吹き集めてくる。


アンドーニは旧市街に猫と暮らしている。家はビザンチン時代の建物の一角にある。建物の半分は何世紀も前に崩れて空き地のままで、数本の高いヤシの木と、その下にはケッパーが繁っている。家は遺跡の中にあるようなものだ。修復は許可申請がややこしいので、手を入れずに住んでいる。じめついて冬は辛《つら》いが、生まれてからずっとそこにいるのだ。居心地の悪さや不便は、年を取るうちに愛着へと変わった。今さら現代的な家屋に移る気はない。新しいものは便利かもしれないが、空々しい軽薄さがあってすぐ飽きてしまう。

劇場の責任者をしているが、特に舞台芸術の勉強をしたわけでもない。公務員試験に受かり、たまたま配属された先が劇場だっただけのことだ。

劇場の空を突く高い天井と駅のような荘厳なファサードを見上げるたびに、劇場がまだ幕を開けていた頃の賑わいを思い出して、アンドーニは少し寂しく思う。常に低予算で人手が足りず、照明からパンフレット作り、音響までを彼が一手に引き受けていた。劇場の一切合切を担って、舞台という名の領土を統括している一国の主のような気分で楽しかった。

「あのワインの故郷を見に行かないか」

浜へ来るなり、アンドーニが誘った。次の日曜日はアフロディーティが休みなのだという。彼の車で島の内陸から南端を回ることになった。

ホテルのフロント係は、目を剝《む》いて驚いている。アンドーニの車は真っ黄色の日本車だ。小型ジープ。オープンカーと言えば聞こえはいいが、幌《ほろ》が破れたままで、しかたなく屋根無しなのである。座席には背もたれにも座面にも、もうクッションが残っていない。枠の上に板が打ち付けてあって、そこにビーチタオルが何枚か丸めて置いてある。

「ヤサス《チャオ》!」

アフロディーティが後部席に座って、野球帽を被り欠けた前歯で笑って手を振っている。黒い肌に合わせた真っ黄色のパレオが、飛び出して見える。

アンドーニはくたりとした穴だらけのジーンズに、自分で切ったのだろう、袖無しの黒いTシャツ、その上からジーンズ生地のえり付きベストという恰好である。知り合った最初の日も、仕事場から浜へ来るときも食事に行くときも、いつもそういう風体だ。

アンティークカー同然のジープに乗ると、道の上に直に座ったような感触だった。

「しっかりつかまって」

海を背後に残して、山へ入る。

覚えのある、癖の強い匂いが漂っている。松だ。うっそうと大木が繁り、道は暗い。ひんやりとした空気が顔を打つ。繁みからときどき山羊《やぎ》が姿を現す。筋ばった脚は棒切れのように細く、腹は丸く膨《ふく》らんでいる。野生ではなく飼い主がいるという。

「この山の持ち主が、まとめて世話をしているんだよ」

アンドーニが言う。

車は頻繁に停《と》まる。カーブごとに眼下に広がる海と沖合に浮かぶ数々の島を眺めるためだが、本当はジープで走り続けると尾てい骨が割れそうに痛くなるからだ。

車に驚いて逃げる山羊と松の木の木漏れ日の他には、動くものは何もない。山羊と深い緑は、湧き水に守られている。ロドス島が時代を超えて移動する人達の要所となったのは、島に神聖な水があるからだ。

ふと、アンドーニが車を停めた。木がなく、厳しい日差しが照り付けている。車から降りてみると、そこは耕作地なのだった。畑の端を通る畦道《あぜみち》の向こう側は断崖絶壁になっている。地面は乾涸《ひから》びているが、畝《うね》のあちこちに黄色の実が転がっている。

「この島のスイカ栽培の発祥地なのよ」

アフロディーティが言った。

敵に追われ、島の内陸に身を潜めた古代の兵士達が、故郷から持ってきた種を蒔《ま》いた。島に命を救われて、返礼に種を残す。それは、祖国への追憶を残すことでもあった。厳しいロドス島の暑さのもとで、生き残ったのはスイカだけだった。

山羊と潮風と太陽しかない見知らぬ土地で、スイカの種を蒔き続けてきた落人《おちうど》達を思う。

アフロディーティは布袋からナイフを取り出すと、器用にスイカを切り分けた。アンドーニがビニール袋から、松脂入りのワインと青臭い匂いのする羊乳のチーズを出した。

三人並んで畝に座り、スイカとチーズを交互に頰張る。

アフロディーティが哀しい調子の鼻歌を歌い始めた。男友達は沖合に目を向けたまま、足先でリズムを取っている。全身に橙色《だいだいいろ》の光を浴びながら、遠くに見える島の後方へと落ちていく太陽を眺める。沈んでからも、残光で空は薄桃色に染まっている。

ああ、と、そのときアフロディーティが小さく声を上げた。

藤色の空遠くに、真っ白の月が昇り始めている。空を白抜きにしたような月は次第に色を帯び、薄く金粉をはたいたような色味に変わっていく。やがてさきほどまでの夕焼けが乗り移ったかのような琥珀色《こはくいろ》となって、月は頭上にしんととどまった。

満月。天空は濃紺で、月の周りだけが薄青に照らされている。夜が更けていくうちに月は、蒼《あお》い光を放ち始めた。

アフロディーティは歌を止めた。アンドーニは黙って月を見ている。

海を向いたまま、

「スイカと同じ。あのずっと先の島から、私はロドス島に来たの」

唐突にアフロディーティが呟《つぶや》いた。夫も歌手だった。遠い故郷の島でいっしょに歌い、息子にも恵まれたが不運にも二歳にならずに病死してしまった。それからの数年のことは、よく覚えていない。息子とともに正気も夫も失って、歌も忘れた。島から島へ。潮に導かれて、エーゲ海の端、ロドス島に着いた。

「水が合ったのね、きっと」

しんみりしていると、アンドーニがジーンズのポケットから紙包みを取り出して私に手渡した。開くと、そこには円形で平たい群青色のガラスがあった。円の中央には白く縁取られた水色の同心円があり、真ん中が黒い丸になっている。

「古くから伝わる災い除《よ》けさ」

それは澄んだ青い一ッ目だった。

潮と時に流されて、古代エジプトの天空の神ホルスの目は、海を越えてトルコのアラーの目となり、そしてギリシャの目、キリスト教の神の全能の目へと変様し伝わっていった。

夜空に掲げてみると、青いガラスの向こうに黒い海が重なり、海の底の色に変わった。

「何年かに一度だけ蒼い満月が昇ることがある。そういう夜には、亡くしてしまった大切な人が天から下りて会いに来る、という古い言い伝えが島にはあるのよ」

大きく見開いた蒼い目が、天からじっとこちらを見ている。

甘くて、苦い

二月末から三月。まだ春爛漫《らんまん》ではないけれど、もう厳冬でもない。季節と季節の変わり目に散歩しながら、ある年齢から次へ移るときにも、来し方を振り返り行く末を見つめる、合間のような時季があるように思う。

学生時代は若さの意味すらわからず、ひたすら瞬発力だけを頼りに過ごした。世間を知らず、教養は無く、それを自覚する冷静さにも欠けていたが、かえって怖いもの知らずとなって恥と引き換えにさまざまな冒険ができたのだと思う。

「人に教えてもらえるのは、三十歳までですよ」

報道業界で仕事を始めたばかりの頃、年長の編集者から言われたのを思い出す。

そんなことも知らないの。学校を出たてだものね。しかたないか。

東京で、ミラノで。呆れられ叱《しか》られながら、現場のイロハを教わった。約束の取り方に始まり、挨拶の仕方、聞く耳を持つことや些末《さまつ》なことまで見逃さない習慣を付けることなどだったりした。たいてい、食事をしながら指南を受けた。学生食堂や立ち食いから、一日一卓しか承《う》けないような店や未明に酔いどれが突っ伏すカウンターへと移って見聞きしたことは、今でもずっと私の仕事や暮らしの基盤になっている。

「三十歳を超えたら、人に会うときは土産を持っていくのを忘れないようにしなさい」

数年経って、その編集者が言った。菓子や花束のことではない。会って得した、と相手から思ってもらえるような逸話を携えていくように、という意味だった。毎日、次々と起こる事件を追う業界である。そこへ私はニュースソースを売込みに行く。訪問先は皆、年上だった。あらゆる分野に通じている強者《つわもの》ばかり。

まだ誰も知らない話、風変わりな光景、新しい音や匂いを探して、あちこちを歩き回った。

最初に私が拠点を置いたのは、ミラノだった。マスコミ関係が集まっているからだ。若輩で、しかも外国人である。土地勘も人脈もない。闇雲《やみくも》に土産になるネタを探した。しばしば息切れし、そういうときは広場か駅へ行きベンチに腰掛けて、人々の往来をぼんやり眺めたりした。

ミラノは円形の小さな町である。その円の中心が、ミラノの躍動の核となっている。中心には、ドゥオーモと呼ばれる大聖堂がある。起案から完成まで五百年余を要した、荘厳なゴシック建築だ。見上げる先は、そのまま天へと繋がる。

いつもミラノの人達は忙しい。仕事、支払い、買い物、観劇、食事。中央でいっぺんに所用を済ませようと、急く足《せ》でやってくる。

大通りの端に辿《たど》り着くと、真正面に忽然《こつぜん》とドゥオーモが現れる。その威風堂々とした姿と向き合うたびに、ひれ伏したいような思いに満たされる。ドゥオーモの規模に合わせて、正面前の広場もとてつもなく大きい。その上いっぱいに広がる空に、目先ばかりに囚《とら》われていた気持ちが一瞬にして解き放たれる。それは、日常から非日常へと跳ぶ瞬間だ。

人々を惹《ひ》き付け、揺さぶる。円心で、広場と教会がミラノの人々の気持ちを抱き寄せる。ドゥオーモがつかむ人心はミラノの核となって、そこから再び外へ向かって新しい威力を放つ。大きな力がドゥオーモ広場には満ちている。

ドゥオーモの正面前には数段の階段がある。正面と同じ幅に長く延び、いつも大勢の人々が腰掛けている。階段に座って視線が低くなると、広場を取り囲む景色が押し寄せてくる。四方八方へ大通りが延び、通り沿いに様式の異なる重厚な建物が並ぶ。意匠を凝らしたファサードは、建立者の大聖堂への敬意と町の中心を担う誇らしさの表れだろう。

かつてそれらの建物の壁面には、大きな広告看板が並んでいた。視界を遮るものがなく広場を横切るとき必ず目に入るその空間は、広告掲示の特等席だった。ドゥオーモ広場に掲げられる広告看板は、長らく企業の活力を告げる告知板でもあった。

ニュースや土産になる逸話を探し回っていた新米の頃、そこに掲げられた広告の大半は日本企業のものだった。

「ジャッポーネ？　ゲイシャ、シンカンセーン！」

一般人には、それ以上の日本についてはスシさえまだ浸透していなかった。会話が滞りがちなのに困惑し、ふと思い付いて、ドゥオーモ広場に広告を掲げている日本の家電やカメラのメーカー名を並べ上げると、

「あれもそれも日本だったのか！」

たいしたものだ、と即座に皆が感心した。

ドゥオーモ広場の一角に加わるということは即《すなわ》ち、ミラノからイタリア全土へ、そしてヨーロッパ全域へと続く舞台への、重要な入り口であることを知ったのだった。

「それでは、正午過ぎに」

友人と待ち合わせることになった。ドゥオーモの正面で、と告げられて私は少しがっかりした。自分ではもういっぱしのミラノ通のつもりでいるのに、そこなら迷わず来られるだろう、と新参者扱いされたように思ったからだ。

ドゥオーモの正面に着く。いつも広場を横切るばかりで、観光客で混雑する入り口付近に立ち止まることはない。玄関口は五つもあったのか。あらためて、その大きさに驚く。扉は青銅製で、薄白い大理石でできたドゥオーモに深みのある緑青が映えて優雅である。大理石は遠目には白く見えるが、近くで見ると淡い橙色と薄桃色の中間色の地に、灰色の筋が刷毛《はけ》で刷《は》いたように流れ模様をなしている。ミラノ特有の薄曇りの空をキャンバスに、灰色の筋の描く濃淡は絶妙だ。正面の幅は、ざっと七十メートル近くもある。待つ位置を間違えると、友人と行き違うかもしれない。

「もしもはぐれたら、聖母マリアの前で」

友人が言っていたのを思い出す。五つの扉には、それぞれに異なる物語が彫られている。〈ドゥオーモの歴史〉についてであり、〈ミラノの守護神〉〈異教徒との戦い〉に、そして〈ミラノの攻防戦〉である。その真ん中の主要玄関が、〈マリアの扉〉だった。端から順々に扉を追いながら、ドゥオーモからミラノ、キリスト教世界、異教徒の地、そして聖母マリアの慈愛へと同心円の外側へと広がっていくように、ミラノから観《み》た世の中を辿ることができる。

そして広場の真ん中からは、イタリア王国国王のヴィットリオ・エマヌエーレ二世の銅像が馬に跨《また》が り今にも天に翔《か》け上っていくように、ドゥオーモを見つめている。


これから会う友人フェデリコは、映像作家である。若い頃には、ローマで映画監督になることを志したらしい。短編の記録映画などを手がけつつ長編制作へのチャンスを待ったが、好機も才能もとうとう開花することはなかった。記録映画の制作だけでは、生活は難しい。頑なで無口だがロマンチックで知的な彼の周りには、さまざまな女性がいた。五十過ぎの現在まで硬派の映像作家として通してこられたのは、そうした寛容な女性達が支えてくれたからである。

遅れてやってきたフェデリコはひとしきり詫《わ》びたあと、〈マリアの扉〉の前に黙って佇み、花や木々、聖女達のレリーフに囲まれた聖母に見入っている。

広場を埋め尽くす人の多くは、国内外の観光客だ。旗を掲げたツアーガイドを囲んで説明を聞く団体客もあれば、携帯電話を見ながらのひとり旅の若者もいる。あちこちに無数の鳩が下り立って、路面に撒かれた餌《えさ》をついばんでいる。観光客の肩や頭に留まる人慣れした鳩もいる。観光客が喜ぶところを写真に撮り、記念に、と売り込む商売人達が餌を撒くのだ。

巧みに人混みを避け脇目も振らずに歩いていくのは、たいていミラノの住人である。最短距離で広場を横切っていく。人種も年齢もさまざまな人達が、立ち止まったり駆け寄ったり。チェス盤の駒を見るようだ。

「ここからだとよく見える」

フェデリコが、広場の端近くで立ち止まり振り返った。

ドゥオーモは、そこから見ると高い連峰に見えた。正面は堂々とした本山だ。麓《ふもと》から天に向かって何本もの尖塔《せんとう》が突き出ている。地に深く根を張った大樹が、より上へと幹と枝を伸ばしているようだ。その枝先は鋭く、それぞれが力強く天を指す。一本ずつに聖人が載っている。ドゥオーモを取り囲み守る聖人達の真上に、黄金の聖母マリアが輝く。ミラノを見守る母である。ミラノに悪天候が多いのは、灰色の景色の中で聖母マリア像がより際立って見えるよう、天が考えてのことなのかもしれない。

「女性は偉大だよなあ」

見上げながらフェデリコがしみじみと言う。

フェデリコとは、これといった打ち合わせ事項があるわけではなかった。シーズンとシーズンの合間で、舞台も映画も次の興行までの中休みのような時期である。彼はいつにも増してブラブラしている。カーニバルが終わり復活祭まで祭事もない。町も手持ち無沙汰《ぶさた》な様子だ。それで、暇潰しがてらに、とミラノをいっしょに散策することになったのだった。


広場の一角にアーケード街の入り口がある。イタリアが統一された一八六一年に建立が決まり、十六年後に完成。〈ヴィットリオ・エマヌエーレ二世〉の名を冠している。高さ四、五十メートルもあるドーム天井は、鉄の骨組みにガラスがはめ込まれた当時の最新技術で造られ、本物の空との間に生まれたもうひとつの空、といった趣だ。神の天の下に国王の空、である。

アーケードにはイタリアが誇る高級ブランドの店舗が軒を並べ、町中《なか》の商店街とは一線を画した雰囲気だ。ふだん私がそこを通るのは、抜けた先にあるスカラ座や市庁舎、銀行街へ行くときである。円心から外の地点への近道になっている。

フェデリコは当たり前のように、アーケード入り口にあるバールへ入っていった。近くを通るとき、私はいつもその店を横目に見ながら、入ることはあまりない。店の入り口近くには界隈《かいわい》を監視する騎馬警官達が待機し、キオスクや露店が並び常にごった返しているからだ。そのうえアーケードのせいか日中でも店内は薄暗く、黄色い電灯の光で佇まいはいっそう重々しく見え、入り辛い。

カンパリーノ。

一九一五年開店。ミラノっ子なら誰もが知る老舗である。トリノで生まれた名酒カンパリを広めようと、初めて開いた直営店が現在に至っている。広場とアーケードの境から、旧から新へ向うミラノの変遷に立ち会ってきた。

カンパリはやや橙色がかったルビー色で、甘くて苦く、生で飲んでもソーダで割っても、ワインや果汁と混ぜ合わせてもおいしい。劣らぬ人気は、個性的なのに他のものとも協調できる、懐の広い味わいによるのだろう。世界各地の老若男女が往来するドゥオーモ広場を象徴している。味といい、それを飲ませる店の位置といい、杯を酌《く》み交わすことの真意を創業者が捉《とら》えていたからこそ、不朽の名品となったのだろう。

「白ワイン割り、二つ」

早速フェデリコが注文する。大勢の客でごった返している。そこそこに長いカウンターなのに、二重三重の人だかりで近付けない。

背後の客達から、

「シェイク」

「オレンジジュース割りをお願い」

「ストレート。氷を一個だけ入れてください」

次々と声がかかる。注文はもちろん、皆、カンパリ。

カウンターは風格のある飴色の一枚板で、縁に幾何学模様の寄せ木細工が帯状に施されている。皿に盛られたピーナッツやひと口大のクラッカー、ピクルスやオリーブの実に、客達が思い思いに手を伸ばす。カウンター向こうのバールマン達の立ち位置は高く、客達の目線や口元を見逃さない。一点の滲《にじ》みもないウエスト丈の純白のジャケットに黒い蝶《ちょう》ネクタイを締め、ひと言の無駄口も叩かない。優雅な手付きで、切れ目なくかかる注文を次々と捌《さば》いていく。カウンターにもたれかかり愚痴をこぼす酔客のいる、うちの近所のバールとはたいした違いだ。

店内の壁には、モザイクが細かな花や蔓《つる》を描いている。中でもひと際目立つ長い尾の鳥はカンパリに酔ったのか、胴を真っ赤に染めている。クリムトへの畏敬を垣間見《かいまみ》る。床には白と濃茶色の大理石が市松模様に敷き込まれて、壁や電灯の繊細な流線との対比が鮮やかだ。中間色と原色の小片が均等に混ざり合い、古めかしくもなく現代的過ぎることもない。

観光客達はカンパリを片手に、さかんにアールデコとリバティ二つの様式が共存する店内を撮っている。

私がやっとのことでグラスを空けると、フェデリコは店の奥へと入っていった。

そこかしこで談笑する客の間を通り抜けた先に、幅の狭い螺旋《らせん》階段に包み込まれるように木製のエレベーターがあるのが目に入った。給仕が走り寄りエレベーターの小さな扉を開き、背を伸ばして、

「どうぞ」

恭《うやうや》しく招き入れた。

ほんのりとワックスの匂い。ニスが何度も重ね塗りされているのだろう、木は鈍く光っている。エレベーター内の天井の縁には、階下と同じ寄せ木細工が施されてある。念入りに手入れされた骨董《こっとう》の木箱の中に入り込んだような錯覚を覚える。

階段でも数段足らずのところを仰々しい、と笑う私に、

「タイムマシーンみたいなものだ」

フェデリコが言い終わらないうちに、もう着いた。

開いた扉の向こうは、別世界だった。

鮮やかな赤が目に飛び込む。木製の小椅子とベンチの座の部分が、真っ赤なビロードで覆われている。スカラ座のバルコニー席を連想させる空間だ。客は他にひと組だけで、がらんとしている。席に着くと、テーブルや椅子がすっとこちらに寄り添ってくるようで、初めて来るのに懐かしい。窓ガラス越しに見えるのは、アーケードの商店と人通りである。

階下のバールの喧噪とは打って変わって、ここ二階のレストランはしんとしている。音楽も流れていない。アーケードの騒音も聞こえない。無声映画の世界に紛れ込んだようだ。絨毯や木製の調度品に話し声が吸い込まれていく。小声でもテーブルの向かいまで届くのは、イタリアの食卓では珍しい。声を潜めると、口調も緩やかになる。人間関係や仕事の進み具合、来週のゼネストに家賃の値上げなどの話題は、ここには似合わない。

フェデリコの母親には二親が揃っていたのに、家庭では育たなかった。ごく幼い頃から乳母に預けられて、就学年齢になるとすぐスイスの寄宿舎に入れられた。どういう事情があったのか、母親は息子にもとうとう話すことはなかった。祖父母は許されぬ仲だったらしいことは、母親の幼少期の思い出話から何となく想像は付いた。二人とも舞台関係者で、分野は違うがそれぞれによく名が知られていたらしい。

もう百年ほども前の話で、今とは時代も違う。当時、離婚は許されていなかった。人気稼業でもあった。醜聞を乗り越えて相手といっしょになる、ということははばかられたのだろう。

華やかなステージと哀しい舞台裏。

フェデリコの母親はそれでも両親を敬愛していて、やがてその思いはそのまま演劇への情熱へと繫がったらしい。

「母は女優を目指したけれど、結局は成功しなかった」

潜めた声に、切ない思い出話は深く響く。

ごくたまに、母親はスイスの寄宿舎からミラノへと呼ばれて戻った。同じ劇場で両親が顔を合わせることがあったからだ。

俳優だったのだろうか、音楽家か。それとも脚本家だったのだろうか。

「ここが、待ち合わせの場所だったそうだ」

フェデリコは愛《いと》おしそうに店内を見回す。

三人が会う。訳有りの男女に、一人ぼっちの少女。密かに集まって、つかの間、家族の真似《まね》ごとをする。他人の目には、他の常連客と同様に、芸能仲間が食事をともにしているように映ったのかもしれない。

どれほどの思いを胸にして、三人は席に着いたのだろう。

遠い昔の、音のない食卓の情景を思う。


足音もなく給仕がやってきて、ミラノ風リゾットと仔牛《こうし》のカツレツを載せた皿を置く。サフランは他を寄せ付けない気高い香りだが、バターで揚げた肉と出会うや極上の風味を生み出す。

「遡って調べ、昔ながらの調理方法の通りにお作りいたしました」

給仕は畏《かしこ》まって言う。

「母はここに来ると、決まってこれだった」

過ぎ去った時を嚙み締めるように、フェデリコは黙々と米と肉を頰張っては深紅のワインをひと口ふくみ、ときどき遠くに目を泳がせている。ビロードの赤が深く沈む。

この店の歴史は、出会いの百年史である。

広場を挟んで向こう側には、王宮がある。王宮は権威、ドゥオーモは信仰、広場は民の心であり、アーケードを通り抜けるとスカラ座が芸術を、その背後の証券取引所は財力を象徴している。ミラノを創《つく》り上げるさまざまなエネルギーを結ぶ役割を、店は果たしてきた。

国王の膝元で、知性と財力が芸術を支え昇華させて、神へ捧ぐ。そして天から広場に恩恵となって降り注ぎ、民衆の魂を癒《いや》し、高めて、文化となる。

人々は広場ですれ違い、「一杯どうです？」

仕事からの帰りがけに立ち寄って、「おや、お久しぶり」

プッチーニが訪れて「やあ」と声をかけると、店はたちまち〈ラ・ボエーム〉の名場面へと変わり、またヘミングウェイが扉を開けて入ってきた途端、〈武器よさらば〉のページが繰られて、店ごと名作の中へと飛んでいったのだろう。

飲んで、談笑。座って、お代わり《おかわり》！

頬が赤く染まるにつれて、世間話は芸術談義を呼び、即興で呟いた台詞《せりふ》から物語が紡がれ、昂《たかぶ》って鎮まり、豊潤な音楽が編まれていく。絵が生まれる。詩が舞う。

ドゥオーモ広場に行こう。新しいミラノが生まれる瞬間に立ち会えるかもしれない。こうして店は、近代以降のミラノの夢と興奮を創ってきたのである。

店を出た。五臓六腑が満たされて陶然としている。

観光客の溜《た》め息や歓声がアーケードの中で低く共鳴している。貝殻を耳に当てると聞こえる、くぐもった音と似ている。

ドゥオーモ広場が大海原なら、アーケードは海峡だろうか。

フェデリコと私は、人波を避けるためにアーケードから抜け出した。ちょうど通りかかった路面電車に飛び乗る。行き先はどこでもよかった。まだ日の短い冬と春の間の町を車窓から眺めたかったからだ。

路面電車は、懐かしい〈二番路線〉だった。

ミラノに暮らし始めた頃、毎日〈二番〉に乗っていた。うちの前に〈二番〉の停留所があり、路面電車にミラノのあちこちに連れていってもらったのを思い出す。一日の大半を町を回って過ごしていた私にとって、〈二番〉は第二の家のような存在だった。「いってまいります」と降車のときに心の中で言い、「ただいま」と乗車した。座席も窓枠も床も木製で古びていて、硬いように見えるが座ると優しく、心底ほっとしたものだった。

二番路線の発着駅の近くに食堂があって、〈始発駅〉という名前だった。中庭には朽ちて割れた石のベンチが置かれたままで、花壇も手入れはされずに荒れ放題だった。でもそれがいかにも旧い時代へ敬意を表わしているようで、素っ気ないふりをして過ぎた時を静かに懐かしむ店の様子を粋に感じてよく通った。

毎朝〈二番〉に乗るたびに、風情ある食堂の中庭を思い浮かべた。旧いミラノを出て新しいミラノを探しに行くのだ、と奮い立ったものだ。〈二番〉は、伝統と未来の間を往来する旅の大切な連れだった。

この路線はドゥオーモ広場を真ん中の通過地点とし、町を南から北へ串刺しするように走り抜けていく。

始発駅を出ると、運河沿いの低層の建物の多い公営住宅街を通り、南駅を越えたあたりから次第に交通量が増え始めて、高級店街へ、旧市街に入る。そして、ドゥオーモ。そこから城のある地域を越えると、街路樹のトンネルの向こうに広大な市立公園。急に道が狭まったかと思うと、両側に漢字の看板を掲げた衣料品店、食堂、床屋、東洋の食材店が林立する。

車窓からのミラノは、次々と顔を変えていく。いくつもの小片で組み立てたパズルのようだ。

路面電車は、線路の上に架かる長い橋を渡ろうとしている。さっと、前方の空が開いて、視界いっぱいに白い巨大な古い建造物群が現れた。住宅街ではなく、教会でもない。その白さには輝きがない。切り紙を空に貼り付けたように、のっぺりと無表情だ。

「そりゃあそうだろう」

フェデリコが降車ボタンを押して言う。次の停留所は、〈記念墓地前〉。

路面電車から降りると、彼は遊園地にでも行くような軽やかな足取りで霊園へ向かった。

天気のよい日でよかった。

正面門もその向こうの霊廟《れいびょう》も、ただしんと建っている。ドゥオーモの壮大さには人の気持ちを昂揚《こうよう》させ安堵《あんど》させる力がみなぎっているが、ここは違う。さまざまな気持ちが一瞬にして鎮まり、そのまま吸い込まれていく。

玄関の門は、黄泉《よみ》の国への入り口である。

門前には、花売りが店を並べている。無数のロウソクがある。聖母マリア像も見える。プラスチック製の造花が切ない。午後の弱い光の下で原色の贋《にせ》の花が妙に浮き立ち、いっそう寂しい。ここには華やかな花束も鉢植えも必要ない。野バラや小菊、チューリップなど小ぶりの花を数本組んで縮緬《ちりめん》のような色紙で巻いて、バケツにまとめて入れてある。花売り達はよく日に灼けている。一年じゅう真っ白の壁の前に立ち、生気のない花束を売るのだ。

足下をジャリジャリと鳴らして、進む。建て込んでいる区画もあれば、広い敷地内に慰霊館を建立しているところもある。墓石にはひとつとして同じものがない。

楕円《だえん》形の額縁に入った中年の男性の写真。

その隣に、老いた妻の写真。

墓の上に伏す女性の銅像。

名前と年月日だけが刻まれた墓碑。

トゥシューズを履いた踊り子の銅像が、哀しそうにうなだれている。

鉄細工の蔦《つた》や花が、こぼれ落ちんばかりに墓石に絡《から》まる。

すっかり色褪せた造花が一輪。

黒い大理石製の犬が、墓石に向かってうなだれている。

墓石を飾るさまざまな銅像に、残された者の哀しみを見る。逝ってしまった事情は千差万別でも、失った寂しさは皆同じである。やるせない思いが静かに漂っている。

フェデリコはときどき立ち止まっては、銅像に見入っている。

ここは涙を蒐集《しゅうしゅう》した、沈黙の美術館である。


霊園内には緑が多い。根を張って墓を押し上げ霊の安眠を邪魔するような樹木はないが、低木や糸杉が静かな風景にかろうじて生気を添えている。

ずいぶん奥までやってきた。隅のほうに石壁が見える。壁は幾重にも並び建ち、壁と壁の間は細い通路になっている。壁には、地面すれすれから上のほうまで隙間なく墓碑が並んでいる。どれも縦横数十センチ程度で、大きさは揃っている。地表に墓を持たない魂達が壁に眠っている。

「公営団地みたいでしょう？」

フェデリコが笑う。

壁ごとにアルファベットや番号が振られてある。墓の住所だ。フェデリコと表示を見ながら路地のような通路を行く。両側の壁から、頭上から足元から、いっせいにこちらを見つめている目を感じる。

フェデリコは立ち止まり、番号を辿って壁を見上げた。一番上の列の真ん中に、金色の花文字があった。

「お母さん……」

玄関の門前で買ってきた一輪を、墓碑の下方に供える。

少し橙色がかったルビー色のバラ。


壁に沿って霊園を回る。日が暮れると閉園だ。

黒く沈んだ芝生は、小さな公園なのだろうか。

目を凝らすと、白い小さな十字架が点在している。近寄って墓碑を読み、胸が詰まった。誕生と逝去が同じ日付のものがあったり、生まれてから亡くなるまで一年未満だったり。ぬいぐるみはそこに置かれてまだ日が浅い。たくさんの天使の銅像が方々に飛んでいる。

天国では楽しく過ごせますように。

幼子達どうしで遊べるように、集めて葬られてあるのだ。ここが砂利敷や石敷でない理由をあらためて思う。せめて柔らかな草で覆ってやらなければ、親は眠れない。

無言で歩く。

二十五万平方メートルにミラノの歴史が並んでいる。

墓は、そのまま家族の肖像画だ。

かつてミラノの人達は、日曜日ごとに家族揃って墓参りに出かけた。日常の慌ただしさから離れて、霊園へ行く。大切な人と過ごした時間を偲《しの》ぶ。同じように墓地を訪れている知人達とも出会う。

「こんにちは」

「お久しぶり」

「暖かくなりましたね」

どこかで見た情景……。

生きた精神が昂揚するドゥオーモ広場と、死せる魂が安住する墓地。

死と生の接点を思いながら、高い木がまっすぐに伸びた並木道を通り抜けると、正面に大きなテーブルを囲む彫像があった。食卓中央に立つ男を取り囲んで、数名の男女が座っている。

〈最後の晩餐《ばんさん》〉ではないか。

青銅製の食卓の縁《へり》に、〈ダヴィデ・カンパリ〉と大書されている。創始者の息子で、ミラノでカンパリの名を不動にした功績者だ。彼の脇にある杯が、気のせいかぽっと赤く色付いているように見える。食卓に着いているのは、一族のメンバーだろう。最後の晩餐を家族と祝って、赤い名酒の創造主は天へ昇る、あるいは降臨する。

一、二、三……。

ためしに数えてみると、食卓には十三人いる。ユダは誰だ？

同族内でもやはり揉《も》め事はあったのか。邪推する私に、

「後世の人に謎を残しておくほうが、物語の味わいにますます深みが増すからね」

フェデリコが笑う。

あの美しい赤を思い出す。透明で、濃厚。甘くて苦い味は、多くが真似ようとして遂に成らなかった。魅惑の味わいが秘密のままであるように、ミラノの新時代を創った一族にも秘する歴史があったのかもしれない。そしてまた、裏切り者は身内だけとは限らない。

さまざまな孤独が集まりひとつの大家族となったミラノが、霊園にはある。

もう冬でもまだ春でもない今日、しばらくぶりにミラノを散策しながら町と自分の来し方行く末を考える。

雨に連れられて

数日前からの雨は日が暮れたあたりからいっそう激しくなり、窓からの景色が煙《けぶ》って見えない。窓ガラスに打ち付ける音がけたたましく、不穏で、恐ろしくなって雨戸を閉めた。風もないのに頑丈な雨戸を震わすほどの降り具合は、ミラノに住むようになって初めてだ。

ラジオでは、さかんに速報を流している。市内のあちこちが冠水し、建物の一階まで水浸しになっているところも出ているらしい。行き場を失った雨水はミラノの下水道の処理能力をとうに超え、濁流となって町の中を暴れ回っているという。

慌ててテレビを点《つ》ける。立ち往生してその場にやむなく乗り捨てられた車が、川と化した道路から押し流されていく様子が映っている。呼び止められてマイクに答える帰宅途中の人達の声は、上ずっている。長雨などいつものことなのに、今回ばかりはミラノ人達もたじろいでいる。

今晩は、友人達を招待して食事をする予定だった。しかし夜七時を回る頃にはとうとう地下鉄の駅まで浸水し始めたので、会食は取り止めることにした。ラジオは、引き続き警戒するように、と繰り返し呼びかけている。業務用の車も早々に引き揚げたらしい。部屋から見える交差点は、閑散として土砂降りに打たれている。

一人で簡単に夕食を済ませると、それまでの勢いが嘘《うそ》のように収まった。雲も引いている。明朝には長雨も上がるのかもしれない。就寝するにはまだ早過ぎて、散歩に出ることにした。

静かな夜の町に、雨音だけが聞こえている。傘を打つ雨。路面に跳ねる飛沫《しぶき》。溝へ流れ込む濁り水。石畳を踏む、自分の足音。高低さまざまな水の音は、雨が重奏しているようだ。夜の雨には、何かこれから起きるのではないか、と息を潜めさせるものがある。

ミュージカル映画『雨に唄えば』で、恋する男性を演じるジーン・ケリーが、雨の夜道を弾む気持ちでタップを踏む場面を思い出す。夜目にも真新しさのわかる革靴で、わざわざ水溜《みずたま》りを選んで歩き、やがて傘を放り出し天を見上げて顔一面に雨を浴びながら笑う。〈雨よ降れ、笑顔で受けよう〉と歌う。

どうかすると一年のうちの半分が雨のミラノで、悪天候ごとに塞《ふさ》いだ気持ちになっていては暮らしていけない。〈垂れ込める雲に笑い、心には恋する太陽がいっぱい〉と、言い聞かせる。

それにしても、便利なゴム長靴も毎日となると煩《わずら》わしいものだ。足元がもたつくと、せっかくのやる気も萎《な》えてしまう。

「もう半年間、毎日履いて立証済みです」

雑貨店の中年の女店主は、歩きやすいゴム長靴を探しに入った私に向かって、おもむろに自分のズボンの裾をたくし上げて足元を見せた。履き古されてくたりとした黒のスニーカーは、革製らしい。もともと靴がどういうデザインだったのか、もうわからない。女店主の足の指が靴の上からでもわかるほど、足と一体化している。

「昨冬、フィレンツェに観光に行くことになりましてね。そのときに娘が贈ってくれたのです」

歩きに歩いて、旅中には雨も降り霙《みぞれ》も混じり足の甲まで濡れたが、

「なのに、靴下は乾いたままだったんです！」

履き心地の良さと、何よりその撥水性《はっすい》にすっかり感激して、旅行から戻ると早速その靴を仕入れたのだという。靴店ではないのに。

「うちは日用品を売るのが商売です。この靴はね奥さん、ミラノの生活必需品ですよ」

女店主の惚れ込みように気圧《けお》されて、私も一足購入することにした。

「大雨を待って、町に出てぜひ試してみてください」

それで今晩、足元を守るのは黒いスニーカーだ。


家の前からがら空きの路面電車に乗って、ドゥオーモ広場まで出た。ライトアップされたドゥオーモの正面が、黒い小雨の中に白く浮かび上がっている。広場には、急ぎ足の人がちらほらといるだけだ。ドゥオーモ広場は町の真ん中にあるのに、飲食店は少ない。映画館がまとまっている一角を除けばシャッターを下ろした店舗が続く一帯は、冬場の散策には向いていない。照明の反射で他よりうっすらと明るいところを選んで、ドゥオーモの周りを歩く。壁面を装飾する無数の彫像は、昼間と違う表情をして並んでいる。

夜、雨の中をここまで来てどうしても見てみたかったのは、ドゥオーモの雨樋《あまどい》だった。これほど容積のある建物を伝う雨を集めて捌くのだ。並大抵の機能では間に合わないだろう。避雷針ならば、屋根に突き出る彫像の頭上に設置してあるのが見えるのだが、雨樋はどこにあるのかよくわからない。町中の建物では、銅《あか》やステンレスの雨水を集めて流す管が屋根の縁を沿い、壁面を縦に切り取るように地上に届く所まで備え付けられている。金物なので風雨で傷み、何年かごとに新しく取り替えられる。新品だと金物の部分だけ浮いて見え無粋なことこの上ないけれど、必須の設備なのでしかたがない。

ドゥオーモには雨樋がないのだろうか。美しい外観を損なわないように、樋と管の代わりに工夫された特殊な設備があるのかもしれない。何しろ五世紀にわたる知恵と創意を集めた賜物《たまもの》なのだ。

これまで何度かドゥオーモの屋根の上へ上ったことがある。間近で見る彫像は酸性雨で傷み、輪郭があやふやになった表情で立ち尽している。三千四百体ある彫像の中には、幻獣もいる。龍なのか、獅子《しし》なのか。怪鳥もいる。どの生き物も壁面から外へ頭を思い切り突き出し、カッと目を見開き、威嚇するように大きく口を開けている。夜の雨に打たれて、幻獣達はどういう顔をしているのだろう。

ドゥオーモの壁沿いに歩いていると、数メートルおきに雨が強い調子でどっと降ってくる。雲行きでも変わったのか、と空を見上げて怪鳥と目が合った。土砂降りかと思った雨水は、頭上の怪鳥が大きく開けた口から吐き出している水なのだった。開けた口いっぱいの水をごうごうと吐き続けている。もしや、とその横や少し上を目で追ってみると、獅子や龍も同じように地面に向かって大量の水を吐き出している。幻獣達の口が、ドゥオーモの雨水のはけ口の役割を果たしているのだった。

　幻獣達の頭は多数あり、どれも地表からかなり上の壁面にある。普通の雨量なら、口の端から静かに垂れ落ちる程度だろう。ところが先ほどまでの大雨である。集めては、吐き出す。どの幻獣も張り切って水を吐いている。ドゥオーモが空じゅうの雨を受けて外へ放っている。

　祝い事でもあるのか、大聖堂内には低く照明が点いたままで、ステンドグラスの一部が色付いている。冷えた雨の夜に、ドゥオーモの心のときめきを見るようだ。

〈垂れ込める雲に笑う。心には太陽がいっぱい。嵐なんか気にしない〉

　ドゥオーモも雨に歌っている。

　獅子や怪鳥が吐き出す雨水を傘に受けると、バリバリと威勢のよい音がして傘が揺れる。滝に打たれるようで、清らかな気分になる。あの女店主の言った通りだった。

靴の甲の半分まで水に浸かって歩いているというのに、少しも水が滲《し》み入らない。靴下は乾いたままだ。足元が守られていると、つい水溜りに入ってみたくなる。広場から出ると、地面は古い敷石だったりアスファルトだったり、と継ぎはぎになっている。敷石は長い時を経て丸みを帯びて風情があるけれど、中にはぐらついたり飛び出ている石もあり歩きにくい。敷石の隙間に車輪を取られる自転車やオートバイも多い。雨が降ると、その丸みで滑り隙間にできた水溜りにはまる。それでも次の一歩をどこに置くか用心しながら歩くと、見えてくる風景が変わる。舗装された道がよい、とは限らない。

濡れた足元と敷石を見ながら、ヴェネツィアを思う。

二、三年前の秋、冷たい雨降りの日だった。

ヴェネツィア国際映画祭やレガッタといった年中行事がひと通り済み、町は深閑としていた。唐突にやってきた寒波に加えて、冠水警報も出ていたからかもしれない。ふだんは身動きが取れないほど混雑するサン・マルコ広場も、斜めに突っ切ることができるほどだった。広場の隅やドゥカーレ宮殿の回廊の端には、冠水に備えて足場となるベンチ状の木製の台がうずたかく積んであった。ヴェネツィア本島の中でもサン・マルコ広場の周辺はとりわけ地面が低く、真っ先に冠水が始まる。ひどいときには、大人の足の付け根あたりまで水が上がってくる。広場の路面には、水を集めて地下へ流す排水口があちこちに開いている。冠水するほどの状況となると、それまで地下や海峡、運河の間を行ったり来たりしておとなしくしていた水は、均衡が破れて地表にあふれ出す。潮の満ち引きで増えた水が陸《おか》に打ち上がって、冠水が起こるのだと思っていた。ところが実際は、町の中の排水口から水が戻って上がり、外から打ち寄せてくる水と合わさって陸が水に浸されるのだと知った。水は音もなく忍び寄ってくる。冠水予報を知らずに暢気《のんき》に散策していると、どこからともなく湧いてきた水に足元を掬《すく》われてしまう。

地面を覆う水嵩《みずかさ》が、みるみるうちに増してきていた。雨脚は衰えず身体も冷えきったので、目の前の食堂に飛び込んだ。大学がある地区で、切り売りのピッツァやフォカッチャ、作り置きしてあるパスタを温め直して出すような食堂だった。店内には学生に混じって、私と同じ理由で飛び込んだらしい客が何人かいた。

「すみませんが、スーパーマーケットでくれるような、ビニールの買い物袋をいただけませんか」

六十がらみの男性に、だしぬけに強いアクセントのあるイタリア語と英語交じりで問われて、カウンター向こうの若い女店員は面喰らっていた。どのピッツァをいくつ入れるのか、とその店員に訊かれて、いえいえ、と男は頭を振ると、

「使い古しでもいいので、大きめのビニール袋を二、三枚いただきたいのです」

大きな身体を折るようにして頼んだ。いぶかしげな顔の店員から男はビニール袋を受け取ると、その場にかがみ込んでビニール袋に片方ずつ足を突っ込み、それぞれ膝下でしっかりと口を結わい付けた。男は、オーケー、と満足そうに呟くと、もう店の入り口まで上がってきている水の中へと足を踏み出した。

ないよりはましなのかもしれないが、白いビニール袋をガサガサと鳴らして歩く後ろ姿は、雨の中いっそう憂いに満ちているヴェネツィアにひどく不釣り合いに見えた。

ヴェネツィアでは、秋から冬にかけて冠水することが多い。地元の人達が通う靴屋の店頭に雨靴が並ぶと、いよいよ秋の始まりである。ミラノで見かけるようなお洒落一辺倒の靴は、ここでは用をなさない。皮革製は駄目。縫い目から滲み入る。少なくとも膝まであるものを一足、緊急事態のためには太腿まで届くゴム長靴も必需品だ。

ゴブゴブと音を立てながら、路地を進む。傘を広げているとすれ違えないような、幅の狭い道ばかりだ。地元の人達は雨用の帽子やレインコートのフードを被って、傘

を差さずに歩く。足元は完全防水なので、多少の水溜りなど平気だ。何より冠水する地点を心得ているので、足取りに迷いがない。水が地面にあふれ始めてきたら、地元っ子の後に付いて歩く。その確固とした歩みを追えば、膝上までの冠水を前に右往左往する心配はない。地図と傘を鞄《かばん》にしまい、路地に響く靴音を聴きわけようと耳を澄ませる。

早足に連れられて、再びサン・マルコ広場に戻ってきた。食堂で休憩しているうちにすっかり水嵩が増し、回廊の途中から通行止めになっていた。冠水を塞ぐ板を入り口に立てて、多くの店が早々に閉めてしまった。広場は大きな湖に見えた。水面《みなも》に回廊や聖堂が映って揺れ、水中に別の都があるようだった。水浸しの地面に雨が当たって跳ね返る。どこまでが天で、どこからが地なのか。雨は、静かに天地に無数の斜線を引いていった。

悪天候を押してここへ来たのは、あと数日のうちに終わってしまう展覧会を観ておきたかったからだった。

Negozio Olivetti《オリヴェッティの店》

二十世紀のイタリア産業の基盤を作った、タイプライターの老舗メーカーの店である。サン・マルコ広場の壮観な風景に圧倒されて、ほとんどの人は回廊と路地が交差する地点にあるこの店に気付かず、通り過ぎてしまう。

いつ来ても、ショーウインドウのガラスには一点の曇りもない。角地にあるので、道を曲がりながら大勢の人がつい手を触れる。それでも、常にピカピカに磨き上げられている。中のタイプライターもさることながら、店そのものが重要な展示物なのだ。〈オリヴェッティの店〉と名付けられたとおり、この店舗はオリヴェッティの美意識の集大成である。

同社の名を冠した建築賞を受けた、ヴェネツィア出身の建築家カルロ・スカルパの設計だ。創る才へ、作る者からの表敬の賞だった。同社の創業の地はヴェネツィアではない。タイプライターを宣伝するためにはミラノやトリノにショールームを、と考えるのが普通だろう。ところが、オリヴェッティはヴェネツィアを選んだ。それは受賞者スカルパを生んだ地への謝意であり、ヴェネツィアがこの世の美の核心であり、中世以降の欧州の活字文化の中心だったからだろう。

ショールームといっても、現在メーカーはもう存在しない。飾ってあるタイプライターは、かつての名品である。初代タイプライターからの一連の商品はイタリアの文字の記録であり、イタリアの〈書くこと〉の歴史だ。

店内には、他に見学者がいなかった。

小片の大理石がモザイク模様にはめ込まれた床面は、入り口から見ると小石を敷き詰めたように見えた。入り口のそばから溝が延び、あえて冠水を店内に引き込むように造られている。チョロチョロと流れる水音で、店内はいっそうひっそりとしていた。清水の流れる森林の気配がした。

二階は、一階を覗き込むように回廊になっていて、白い壁を背景にさまざまなタイプライターが並んでいた。木製の台の上にただ置いてあるだけの素っ気なさだったが、周囲を圧する凜《りん》とした佇まいがあった。余計な説明や飾りは名品に不要なのだ。

ティプ、タップ。カタカタ。コトコト。

どこからか、タイプを打つ音が低く聞こえてきた。奥で誰かが仕事をしているのだろうか。

キーの音かと思っていたが、どうやら雨垂れらしい。回廊を回るうちに雫《しずく》の音はいくつにも重なり、ときには強く打つタイプのキーの音に聞こえたりもした。

そういえば三十年ほど前、私がイタリアの新聞社に勤め始めた頃、記者達は揃ってオリヴェッティ社の同じモデルを使っていた。各国からの報道陣が集まるプレスセンターへ行くと、イタリア人記者達がいる一角はすぐにわかった。大きな男達が小さなタイプライターを胸の中に抱え込むようにして座り、両手それぞれ指一本で懸命に打っている。その早打ちの音は際立って明るく、他国の記者のものとは混じらない。

〈Lettera 32〉

無駄を削ぎ落としたデザインは、けっして軽々しくはない。気品と優雅さに満ちていた。キーの地は黒、文字は白抜き。カーッと小気味よい音を立てて文字送りがされる。無骨な鋳物のボディに、滑らかな塗装。緑がかった灰色は工業製品らしく飾り気はないが、地味で堅実な印象でいっそう目を引いた。

〈ああ、あそこにイタリアがいる〉

見つけると、こちらまで何か誇らしい気持ちになったものだ。

カタリカタリ。ポトポト。ツツ。テンテン。

一巡し終えて店の真ん中に立ってみてようやく、水とタイプライターの醸《かも》し出すさまざまな音を拾い上げて録音し聴かせているのだ、と気が付いた。

頭上や足元から、水とタイプライターの音が重なっては流れ、浮かんでは消えていく。

音を集める。

ことばを編む。

オリヴェッティは耳に届くかどうかの音で、私を遠い日の思い出へとそっと連れていってくれたのだった。


表に出て、水に沈んだ広場をそろそろと横断した。足跡の代わりに幾筋もの曲線が、一歩踏み出す先から周囲へと広がっていった。陸と運河の段差はなくなっていて、水面の模様に見とれていると、そのまま運河へ入っていってしまいそうだった。足も頭も背もしっぽりと濡れそぼり、泳ぎ出せそうな気分になった。運河を行くゴンドラや路地を縫う人々が、隙間を探して回遊する魚のように見えた。


東京で見た、金魚の展覧会を思い出す。

品評会ではなく、金魚のルーツとなった鮒《ふな》から、改良を重ねて生まれたさまざまな品種を並べてみせたものだった。照明を落とした広い会場の壁には、品種ごとに分けられた金魚が小さな水槽で泳いでいる。壁にはめ込まれた水槽にはそれぞれ照明が当たり、暗がりの中に多数の絵画が並んでいるように見えた。赤と黒の出目金《でめきん》の隣には、真っ白なのに頭の真ん中だけ円形に赤く染まった金魚がいる。日の丸が水中に翻る。真珠色の金魚は、ぬらりと尾を揺らし妖艶だ。両目の間に大きな瘤《こぶ》のあるもの、両頬に大きな玉を下げて泳ぐものがある。要らぬものを付けられて、金魚はさぞ煩わしいことだろう。品種改良の流れはそのまま、人間のわがままの歴史である。

会場の中央の高台には、屏風《びょうぶ》が展示されていた。透明な板二枚を合わせて作ってあり、そのわずかな隙間に金魚が入っている。昔の趣味人達は、刻々と変わる屏風の紋様を楽しんだという。自分の身の幅ぎりぎりの空間を、金魚の群れは必死で上下左右に移動している。屏風に閉じ込められた運命に抗《あらが》っているように見える。屏風水槽の観どころは移ろいの美ではなく、人の身勝手と残酷さなのかもしれない。

幻想的だけれど哀しい、金魚の品種改良に憤慨《ふんがい》する私に、

「でもお金持ちの道楽のおかげで、いろいろな芸術が生まれてきたのでしょう?」

友人は諭した。

イタリアに戻り、友人宅で金魚展の話になった。体調がすぐれないと聞き、見舞いに訪ねていたところだった。

彼女は日本で大学を卒業してすぐイタリアへピアノ留学してそのまま留まり、半世

紀近くを音楽と暮らしてきた。演奏家として頂点に立つことはなかったけれど、早々に音楽院の講師となって多数の若い才能を育てあげてきた。有名になることへの欲より、ピアノへの情熱を大切にしてきたのである。

市外に夫と二人で暮らしている。殺風景な町外れに建つマンションはごく小規模で、隣人も少ない。

「誰にも気兼ねせずにピアノが弾けるから」

その家を選んだのだという。

ピアノが弾きたくて、毎朝早く目が覚める。日が昇るのを待ちわびながら、何から弾こうか、とベッドの中で考える。

「今日もまた弾けると思うと、嬉しさがこみ上げてくるの」

世代も環境も異なる私達が知り合ったきっかけは、魚だった。

あるときミラノ市内に新しくできた画廊に招待され、出かけていった。日本の伝統工芸品の展示で、会場には日本からの客もちらほら見えた。数々の美しい手仕事を観て奥の間へ進むと、テーブルが用意されていた。イタリア人達が奥のテーブルを囲んで、歓声を上げながらさかんに写真を撮っている。近寄ってみると、テーブルには青磁の長皿が数列並べてある。海原に見立てたテーブルの上に、薄青色の皿が潮流を描いている。各皿の上には、青背の魚や桃色の鮭《さけ》、濃い赤のマグロ、半透明のイカや薄桃色の鯛《たい》の刺身が盛られてあり、魚群が生き生きと大海を泳いでいるように見える。なかなかの演出に見入っていると、

「さて、どれから握ってもらいましょうかしらね」

隣にいた日本人女性が私に耳打ちするように言った。それが、彼女だった。そうだったわね、と彼女は懐かしそうに笑い、ふと棚にあるCDに目を留めて夫にかけてくれるよう頼んだ。

低音から鍵盤が細かく揺れ、細かく震えながら次第に高音へ上がりつめたとたん、また低音へ下りていく。左手でずっとゆらゆらと奏でられたあと、右手に揺らめきは移り、やがて交差して低いキーから高いキーへと一気に飛び跳ねる。かと思うと、また低音が細かく震えている。

「『金色の魚』というの」

ドビュッシー。

肘掛《ひじか》け椅子に上半身を預けるように座った友人は細い両手を空《くう》に揃えると、見えない鍵盤に向かって弾き始めた。すっかり弱ってしまいもうピアノには向かうことがで

きないのに、空に浮かべた指が動くと手の甲に筋がピンと張る。

金色の魚が身をくねらせ、水中を自在に行く。魚が動くと水面は揺れ、小さく立った波が金色に光る。

聴いているうちにピアノの音は水音へと変わり、水と魚の尾や背びれからこぼれる光となる。

老いた友人は、背もたれに病んだ身体を預けて、指だけを動かし続けている。

「私の手をご覧なさい。魚が尾を揺らし、あちこち泳ぎ回っているように見えるでしょう？　水の輪が何本も取り巻いているのが見える？」

ヴェネツィアにも、金色に輝く魚はいるだろうか。

オリヴェッティの店を出て、老いた友人の指先から泳ぎ出した金色の魚を追うような気持ちで水上バスに乗船した。投宿先へ帰るには遠回りだが、少し海峡に出たかった。

冬を待つヴェネツィアには、いつにも増してうら寂しい気配が漂っていた。雨が降ると、夜は知らぬ間にやってくる。広い海峡を船で行くと、暗い空の向こうがいっそう重く沈んでいくのが見えた。闇の中、点在する明かりに縁取られてリド島が影絵のように浮かび上がった。

船着き場の周囲には、木の杭《くい》が打たれている。杭の根元に向かって張り付く水苔《みずごけ》も、嵩が上がった水面下に沈んで見えなかった。干潟と本島を分ける海峡は、ひどく荒れていた。船の立てる波が岸壁に打ち寄せ、濁った緑色から黒へと変わりひと足先に夜を迎えた海峡を見ながら、金魚展の灰色の鮒を思い出した。黒々とした無粋な魚が何千何万匹と群れをなして、この海峡深くを泳いでいるのではないか。友人の指の動きが目の前に現れ、ピアノの高低の揺れ動く音が耳底に蘇《よみがえ》った。

宿は海峡を目の前にして建っていた。三階建ての二階に私の投宿先があり、部屋の壁いっぱいに窓があった。電灯を点けず、窓際に椅子を寄せて座った。街灯のオレンジ色の光が室内まで差し込んできた。窓からの景色は、空と海峡だけだった。水は建物のすぐ下まで忍び寄ってきていた。ピチャピチャと鳴る音でわかるのだ。路面を覆う水に街灯が反射して、いつもより余計に明かりが届いた。雨はまだ降り続けていた。

深夜にかけて、二度目の冠水警報が出ていた。もう町には出ていけない。長期投宿している厨房《ちゅうぼう》付きのその部屋で料理して、窓からの景色を相手に夕食をとることにした。

沖に係留する船に乗っているようなものだった。料理の仕度を始めたとき、頭上で足音がした。

三階の住人も外出しないのだろう。この建物にいるのは、私と上階の住人だけだった。

次第に水嵩を増していく階下を見るうちに、同じ船で漂流する運命共同体のような気持ちになって、上階を訪ねてみることにした。昼間、二、三度すれ違いざまに挨拶は交わすものの、詳しい自己紹介はし合っていなかった。私よりひと回りほど年下の男性で、「南部プーリアの出身です」と、言っていたっけ。毎朝定刻に出かけていき、夕方のきまった時間に帰宅していたので、旅行者ではなくヴェネツィアで働いているのだろう、と思った。

狭い階段を上り呼び鈴を押すと、ブルーノはすぐに玄関扉を開け、

「何かありましたか」

ひどく驚いたように訊いたので、黙ってスプマンテの瓶を差し出した。

一階上だと、窓から見える景色もずいぶん変わるものだ。

彼は、「実家から戻ったばかり」と言い、タラッリ《固焼き乾パン》を袋から大皿に空け、熟成チーズを型ごとまな板に載せて出した。小麦粉にオリーブオイルを加えて水で練って焼いただけのタラッリからは、焼きたての乾いた香りがした。

突然の訪問を詫びると、

「てっきり文句を言われるのかと思いました」

ブルーノは首をすくめた。立派なスピーカーが天井近くに備え付けられていた。そういえば夕刻や土日の昼下がりに、音楽が漏れ聞こえてくることがあった。邪魔に思ったことなどない、と私が言うと、

「いいえ、あっちのほうです」

奥の壁際に電子ピアノが見えた。

音楽家だったのか……。

気難しそうな顔付きや事務職には見えないハレの着こなし、友人知人が訪れる気配のないことなど、それで合点がいった。

「ちょっといいですか？」

彼は照れたように笑うと、かしこまってピアノの前に座った。

耳元に再び、友人が聴かせてくれた『金色の魚』の水音が蘇る。

ブルーノは、丁寧に弾き始めた。

ド。ド。ドー。ファ。ファ。ファー。

右左と、片手ずつ交互にゆっくり白い鍵盤だけをなぞって終え、くるりとこちらを

振り返り、どうです？　と悪戯《いたずら》っぽい目で訊いた。

若い頃、パリに暮らしていたらしい。哲学を勉強するために行き、

「人生の冬を堪能しました」

ヴェネツィアに立ち寄ったのは、開けっ広げな故郷に戻る前にイタリアの憂鬱《ゆううつ》にも会っておこう、と思ったからだった。

海のようで海原ではなく、陸のようで大地ではない。足元に水が忍び寄っては引き、海峡は揺れる。不安定な町はまるで自分のようだ、とブルーノは思った。そのまま故郷には戻らず、この干潟に暮らしている。

「ここに座ると、目に入るのは海峡だけです。空を映して変わる水の色。岸壁を打つさざ波の音。波が描く流線。海に浮かんでいるようでしょう？」

外海は、故郷プーリアの海と繋がっている。


雨音に連れられてあれこれ思い出しているうちに、いつの間にかミラノの夜の雨は上がっていた。

キス

目醒めると、日差しがもうテーブルまで届いている。六階にあるうちの窓にはカーテンを掛けておらず、雨戸も閉めない。『もっと光を！』という日がミラノには多いからだ。広場に面した居間の四つの窓いっぱいに、空が広がっている。曇っても雨天でも、家の中まで空がひと続きになっているようで、気持ちが晴れ晴れとする。

毎年三月の最終日曜日に、冬時間が終わる。土曜の夜、時計を一時間進めて床に就く。昨日の七時は、今日の八時。夏が始まる。

夏時間になって最初の日曜日は、一時間を余計に手に入れて得した気分だ。どう過ごそうかと考えているところへ、近所に住むラウラが訪ねてきた。

「お裾分《すそわ》けです」

母親の手料理を届けてくれた彼女は、高校へ上がり面立ちも仕草もすっかり大人びてきた。受け取った紙皿の底がまだ温かい。

もう朝ではないけれど、まだ昼でもない。ラウラを招き入れて、窓際にテーブルを寄せ、高くなった空を見ながら差し入れをいっしょに食べることにした。

紙包みを開けると、立派なパイである。ナイフを入れると、切り口からベーコンと卵とチーズの匂いが柔らかく立ち上った。

「リコッタにプロヴォローネ、フォンティーナ、パルメザンにペコリーノ」

ラウラがこれとあれは、とパイの切り口を指差しながら教えてくれる。熟成度や味の異なるチーズの香りが、束になって鼻先へ漂ってくる。生地に半分埋もれるようにして載っているのは、殻《から》を付けたままの卵だ。パイの中には、茹《ゆ》で卵の切ったものとサイコロ状のベーコンや熟成ハム、サラミソーセージがたっぷり入っている。生地の底のほうに、ホウレンソウがみっしり詰まっている。

カザティエッロ。

ナポリの郷土料理で、復活祭の定番である。それで、新しい命の象徴である卵がふんだんに使われている。そういえばラウラの母親はナポリ近郊の出身だった。

「それ、ちょっと大き過ぎると思うけど」
五、六センチの厚さに切り分けようとする私をラウラが制する。

「煉瓦《れんが》みたいでしょ。カロリーの塊なんだから」

身の詰まった生地に具だくさんのカザティエッロは、薄い一片だけで満腹するほどずしりと重い。明るい黄色の生地に茹で卵の黄色やチーズの白、ハム類の赤やピンクが舞い、ホウレンソウの深緑色に包まれて満開の花畑のような切り口だ。頬張ると口いっぱいに春の味が広がり、活力がみなぎってくる。ああ美味《おい》しい。

ラウラは二口ほどかじっただけで、手が止まっている。窓から外をぼんやり眺めて、何やら思案気だ。十五歳の夏が来る。

私が初めてカザティエッロを食べたのは、ナポリで大学に通っていた頃だった。春が来たので、級友達とカプリ島に出かけた。復活祭翌日の月曜日は、屋外にピクニックに出かける習わしがある。港から連絡船で島へ渡って、海岸で遊んだり、寝そべって駄弁《だべ》ったり、島内を散歩したりして一日を過ごした。観光地だからではなく、近所にたまたまカプリ島があったので行ったのだった。そういう選択のできることがどれほど贅沢なことなのか、私達は全然わかっていなかった。暢気な人生の春、のピクニックでもあった。

まだ夏まで間はあるのに、ブーゲンビリアや見知らぬ青い花を付けた低木、野バラが起伏に富んだ島いっぱいに咲いていた。前世紀からの建物の玄関門や壁には、黄色と青色で絵付けされた地場産の陶製のタイルがはめ込まれている。剝《は》がれ落ちたり、角が欠けたりしているものもある。しなだれ掛かっている蔦は、季節ごとに刈り込まれるようなこともないのだろう。どの木も花も、枝や蔓を好き勝手に伸ばしている。時は放り置かれたままで、それを気にする者もいないらしい。傷んだところも魅力のうち、と泰然とした様子は人生に長《た》けた大人の女性のようだ。手間暇かけていないように見えて、このノンシャランな気配は実は計算尽くなのかもしれない。カプリは別荘の多い島である。きまりごとは町に残しておき、待っている非日常に会いに行くところ。しどけない雰囲気がなければ、カプリ島ではない。

そこへ私達はピクニックに行ったのだった。二十歳そこそこで、退廃の美はわからない。

「もう長いこと空き家なのかしらね」

伸び放題の花木は、無頓着《むとんちゃく》な若者の目にはただの荒れた庭としか映らない。寂《さび》れた風情《ふぜい》を立ち止まって味わうこともせず、私達は小道をどんどん歩いた。

夏時間になったばかりだというのに陽光はすでに強く、海と空は突き抜けた青色をしている。画廊なのだろうか、道沿いのところどころに玄関先にイーゼルを立て掛け、絵を並べている家がある。キャンバスの中には、明るい色が大胆に散りばめられている。途中目にした多彩に咲き誇る花と同じで、花壇のようだ。

島ごと絵画のようなカプリで、その島を描いた絵を見ている。やがて、絵の中の絵に入り込んでいくようで、自分がマトリョーシカ人形になったような錯覚を覚えた。

〈島で絵を見ている自分も、今この景色の一部になっている！〉

それまで遠かった異国の風景が間近になったようで嬉しく、やっとイタリアに認めてもらったような気がして、ぜひ一枚買って帰ろう、と思った。

「ここで見てこその魅力なのだと思うけど」

どの絵にしようか迷う私に友人は芝居がかったふうに両手を広げて、青々としたひと繋がりの空と海、深緑の木々と甘いピンクの花を指して言った。

山道を抜けると、小粋なカフェやレストランが軒を並べる小さな広場に出た。屋外のテーブル席には、夏を待ちきれないかのように肩を出し胸元の広く開いたコットンドレスを着て、足元はサンダル、ツバの広いストロー帽子に大きなサングラス、という女性達がのんびり談笑している。店とも話し相手とも、長年の顔馴染みなのだろう。一見には入り辛いそこで、あっさりと普段着でくつろいでいる。それでいっそうの別格ぶりが明らかなのだった。

学生は、端からそういう店には近寄らない。コーヒー一杯であっても、身分不相応に思えた。

「そろそろお昼にしようか」

華やかさにまごついていた私達に、パオラが声をかけた。広場を抜けてしばらく歩くと、崖《がけ》っ縁《ぷち》から海が独り占めできるところに出た。皆が思い思いの場所に座るのを見計らって、彼女が嬉しそうに包みを解《ほど》いた。前の晩に母親が作ってくれたカザティエッロだった。

幼い頃から、夏時間になるとパオラは両親や祖父母に連れられて、カプリ島で週末や夏休みを過ごしてきた。代々ナポリに暮らし、代々きまって島に借り続けてきた家があったからである。何世代にもわたって、カプリ島の家を貸し借りできる大家と店子《たなこ》の関係を思う。

「その家がときどき壊れると、何年かはカプリ島なしの夏だったのよ」

家があってもなくても夏は来るし、カプリ島はなくならない。来たいときに来られる方法で楽しめばいい。

言外にそういうニュアンスを残し、パオラは飄々《ひょうひょう》としている。

カプリ島で夏を過ごすといっても、彼女はごく普通の学生だった。ジーンズにスニーカー。昼食は必ず高台にある家に戻り、午後からの授業に下町にある大学まで再び下りてくる。カプリ島へピクニックに行こうと提案したのも、「店に入って食べると大変」と、弁当持参を勧めたのも、彼女だった。

あり合わせを挟んだだけのサンドイッチにクラッカー、という昼仕度だった私達は、カザティエッロに感嘆した。パイの具の白や黄、ピンクや緑は、その日目にした景色の凝縮だった。ざっくばらんな手作りながら、温かさと美味しさが詰まっている。それは、パオラと母親の人柄のままであり、大らかで懐の深いカプリ島の雰囲気そのものだった。

結局、絵は買わなかったけれど、この季節になると、あの日のむせかえるような青葉の香りや遠くに聞こえる潮騒、暖かな風、高い空が目の前に蘇る。遠い記憶の中の、大切な一枚の絵だ。

ミラノの窓辺でカザティエッロを食べながら、カプリ島の風景を思い出して陶然としていると、

「どうしよう……」

ラウラが悲しそうに溜め息を吐いた。

恋。

「だって、クラスにはもう私とマリアとジーナくらいしかいないのよ」

恋人がいないばかりか、キスもまだなのがこの三人だけらしい。

「早い子は、小学生のうちなのに……」

黒髪に目力のある母親に似て、ラウラは凛として魅力的だ。どう慰めても、劣等感は拭《ぬぐ》いきれないようだった。先を行く級友達の恋愛事情をよく聞いてみると、始まってすぐに終わり、終わってもまたすぐ始まる、ということらしい。

「なのに、どうして私にはまだ誰もいないのかしら」

それはきっと、いきなり本命が現れるということじゃない？

私は、しょげるラウラを外へ連れ出した。

街頭やテレビ、映画、雑誌で見かけるキスは、日用品のようなものである。たいていの人には手が届き、気易《きやす》く、軽くて、楽しい。もし今日忘れても、また明日には取り戻せる。空港にある短時間駐車場の案内板にも書いてあるではないか。〈KISS AND FLY〉

ところがミラノには、一度逃すと取り返しの付かないキスがある。キスの逸品、とでもいうか。キスの核心、というべきか。

荘厳な入り口を前に、ラウラはぽかんとしている。てっきり若者の集まるバールかコンサートにでも連れていってもらえるのかと思っていたのに、やってきたのは美術館なのだ。しかも、スカラ座から高級住宅街へと向かう途中の古くて辛気臭《しんきくさ》い界隈にある。

ブレラ美術館はしんとしている。今日は晴れた日曜日だし、夏時間が始まったばかり。人々の気持ちは屋外へ向かっているのだろう。

昼を過ぎて、これから美術館へ入ろうという人は少ない。広い上に展示作品は一三〇〇年代から現代までを揃えて充実しているので、丹念に観ようとすれば半日はかかる。表から見ると長方形をした建物は、中に入ると中央部が吹き抜けになっていて、中庭の四辺を回廊が渡る様式である。現代の建物であれば三階分はある高天井の二階建てで、二段重ねになった回廊が四角い空間にいっそう厳格な印象を与えている。元々は十四世紀にカトリック教会の清貧派の修道院として建立され、以降十八世紀にかけてイエズス会の学究の場として役割を果たした。回廊に連なるドームの半円と円柱の曲線、馬車が駆け上れるように低い段差で造られた幅広でまっすぐの階段があるだけで、余計な装飾はない。それでいっそう、一般信者のための教会とは異なる粛々とした空気が漂っている。中庭には敷石による模様も植木もなく、中央に男の銅像がただ一体あるだけだ。台座の上にそびえ立つ巨像で、ナポレオン一世らしい。しかもオールヌードとは。すらりと長身で、精悍《せいかん》な表情はギリシャの神であり、ボナパルトの実像とはかけ離れている。

裸の皇帝は何となく居心地の悪そうな様子で、ぽつねんと立っている。

「友達のボーイフレンドが、ここの学校の生徒なの」

ラウラは少し妬《ねた》ましそうに言う。

建物群の中には美術学院もある。中庭で立ち話をしている若者達は、ここの学生なのかもしれない。婦人ものの淡色のシフォンのスカーフを巻いた青年や、数色に染め分けた髪を無造作に結わいている人もいる。作業着なのだろうか、点々と絵の具が飛び散ったコットンパンツで足早に階段を上っていく者もいる。階段に座り画集を熱心に繰っている男女がいる。どの人もとりたてて奇天烈《きてれつ》な恰好というわけではないけれど、それぞれに強い主張がありいかにも芸術家の卵という感じだ。

「本当に芸術家なら、外見なんて関係ないと思うけど」

通り過ぎたドレッドヘアーの男に顔をしかめてみせるものの、ラウラは中庭にいる男子学生達が気になってしかたがないらしい。わざわざジーンズの裾をロールアップし直したり、髪を耳に掛けたり戻したり、Tシャツの裾を引っ張ったりしている。灰色の堅牢な建物の中で、各人が各様の色を放っている。うごめき、芽を出し、羽を広げて、やがて外へと出ていくのだ。カプリ島の頃の自分を思い出す。

色とりどりの人生の春夏の一片を階下に残して、私とラウラは美術館内に入った。

「『接吻《キス》』は、当館の大《トリ》フィナーレです」

チケット売り場の五十過ぎの女性は、改まった口調でそう教えてくれた。ラウラは、〈接吻〉と耳にして目を剝いている。

廊下を行く。常設の展示室は三十八もあり、念入りに観始めるときりがない。目の端でティントレットを押さえ、カルパッチョやベッリーニを斜めに通り過ぎる。離れたところに立って熱心に見入る人の視線の先には、灰色のキリストが横たわっている。マンテーニャさん、また今度ゆっくり。

「私、『似てる』って、よく言われるの」

ラウラが親しげに見入るのは、モディリアーニのふっくらとしたオレンジ色の頰の少年だ。茫然《ぼうぜん》とした表情の一群が、〈私達も観て〉と、ピエロ・デッラ・フランチェスカの絵の中から呼んでいる。とりわけ輝く一角がある、と目をやると、ラッファエッロがいる。

絵画の点数は美術館壁面の許容をはるかに超えていて、一枚の壁に多数の作品が額と額を寄せてひしめいている。鑑賞する人がいない隙を見て、今にも絵の中の人物が動きだし、両隣の絵の中を覗き込んだり、雑談したり、互いの居場所を交換し始めそうだ。

展示室と展示室の間には、何カ所かガラス張りの棚がある。そこにもびっしりと絵画が入っている。無造作に立てて並べてあるけれど、どれも世紀の名作である。立錐《りっすい》の余地なくそこで立ち続けて、表舞台に展示される順番を待っている。

五百年分のイタリアの才能が、束になって押し寄せてくる。

絵画の中の人物と目が合うと、封じ込められた画家の感情がたちまち息を吹き返し、放たれ、時を超え、絵の外へと飛び出してくるようだ。

さまざまな時代のイタリアの歓喜と悲嘆が、一堂に会している。一つ一つ受け止めるのも大変なら、一瞥《いちべつ》するだけで済ませてしまうのも難しい。

その絵は、最後の展示室にあった。中央に観覧用の椅子が並ぶ広々とした空間だったが、それでも壁面は足りず、他の作品と額を寄せ合うようにして左端の下の方に掛かっていた。

フランチェスコ・アイエツ作、『接吻《Il Bacio》』。

この絵を見るためにミラノを訪れる人もいるほど、よく知られた作品だ。意外なほどに小品である。ラウラは真正面からじっと観て、深く溜め息を吐いている。

少し説明でも、と私がおもむろに口を開きかけたとき、

「連れてきてくれて、どうもありがとう。私、中学の校外学習でここには来ていて、この絵はみんなの一番人気だったのよ」

ラウラは事も無げに言った。鑑賞後に女子生徒全員がこの作品の絵葉書を買い、ノートや本に挟んで常に持ち歩いたという。さすがロマン派の名作だ。まだピンクとぬいぐるみが好きな、あどけない十二歳の少女達の心をつかむなんて。

「顔の角度、視線、手の位置、指に込める力、髪型。それに、肩から背中にかけての緊張感。後ろ姿も大切よね」

ラウラは、科学の実験結果を検証するかのように呟いている。

少女達が肌身離さず『接吻』を持ち歩いたのは、ロマンチシズムでもなければ芸術

への賞讃でもなかった。明日にでも自分に起こるかもしれないファーストキスに備えて、歴史に残るキスの逐一、細部を頭の中に叩き込んでおくためだった。

長い緑色の羽根を付けた帽子を被った男は、まだ若い。長い髪と帽子に隠れて、顔は見えない。茶色のマントは膝に届くかどうかという長さで、その中から両手の先だけが見えている。左手で女の後頭部をしっかりと支え、右手で顎と頬を包み込んで自分の口元へぐいと引き寄せている。

接吻。

女は、床に付くほどの長さの照りのある生地のドレスを着ている。腰から下は何本ものタックが入りたっぷりとしているが、ウエストから背中、首、二の腕にかけては身にぴったりと張り付いている。男の両手に顔を包まれ、彼女は左手の指先に強い力を込めて男の肩に置いている。しがみ付いて、押し寄せる感情で崩れ落ちないように堪えているように見える。

帰宅した夫が挨拶がてら妻にキスをしているのではない。マントと帽子を着けて、男はこれからどこかへ行くところなのだ。近場ではないだろう。しばらく会えないのかもしれない。

別れの挨拶。しかしそれは、〈KISS AND FLY〉のように軽快で繰り返しの利くようなものとは違うようだ。

マントの下に、男の脚が見えている。赤いタイツ。両手では女性の口元を引き寄せて情熱的なのに、左足は階段にかけていて冷静だ。半身に構えてキスをしつつ、いざとなればすぐに階段を駆け上って去っていってしまいそうである。

そこはいったいどこなのか。家の中ではないようだ。建物の玄関口でもないように見える。壁も階段も、積み上げた石肌がむき出しになっている。裏口か地下のような背景だ。ひっそりしている。

抱き合う二人の奥の壁に、黒く人影が映っている。誰だ。

二人に近付いてくる影なのだろうか。それとも壁の向こう側にいて、この逢瀬《おうせ》に気付いていないのだろうか。

許されぬ仲なのに、発《た》つ前に人目を忍んで男が女に別れを告げに来たのかもしれない。瞬時の情熱は甘くて、でも悲しく、絵の中の空気は張り詰めている。

「私は、もっとシンプルな恋で十分なんだけど」

ラウラはそう言いながらも、世紀のキスに見とれている。

それまで美術の世界で表現が許された〈キス〉は、神に捧げるものだけだった。手にそっと唇を寄せる、聖なるものへの表敬の口付けである。

一八五九年。それなのに、アイエツは『接吻』を描いた。名の知れぬ男と女の、色恋の。

世間は驚いた。あまりに直截《ちょくせつ》な〈キス〉に。そして、その美しさに。

「きっと何かメッセージが隠されているにちがいない」

と、当時の人々は解釈に躍起になった。

「ああ、トリコロール《三色》のこと？」

ラウラは当然のように言う。彼女は中学生の頃から、もう〈接吻〉を知り尽くしているのだ。

「絵の背景となったのは、中世の城。〈城〉は、歴史の象徴でしょ。そこでアルプス帽にマントの男とドレスの女が抱擁する。『今こそ歴史的な瞬間』と、アイエツは告げたかったのよ」

男はイタリアを表していて、女はフランスである。

男の靴下の赤に、女の服の青。そして、袖口の白。フランスのトリコロールだ。

男のマントの首元に、緑色が覗いている。緑、白、赤。イタリアのトリコロールである。

二国のトリコロールに彩られた二人が抱き合うことは、二国の結束の表明なのだった。当時イタリアの一部は、オーストリアの占領下にあった。

〈手を組んでオーストリアから逃れ、自由を取り戻そう〉

ヴェネツィア生まれのアイエツは、父親がフランス人であり母親がイタリア人である。自分の中に流れる二国の血のように、イタリアとフランスが連帯を結んで平和で自由になることを切望していたのかもしれない。オーストリアに気付かれないように、画家は二国の同盟の密《ひそ》かな決意を伝えようとした、とされる。

『接吻』を堪能して、最後の展示室の他の作品を観る。

正面の壁一面を飾る大きな絵画は、『大河の流れ《La Fiumana》』。労働者達が群れとなって歩いてくる様子が、絵の中いっぱいに描き込まれている。無数に重なる群衆の後方は、霞んで見えないほどだ。

二十世紀に向かって、新生イタリアが歩いてくる。続々とやってくる。

轟々《ごうごう》と響くような絵に圧倒されて、ふと横の壁面を見た。

『接吻』の真正面に、その絵はあった。

白いネグリジェ姿の若い女は起き抜けなのだろうか、ベッドの端に腰掛けて、口を固く結び手元を見ている。肩が半分はだけて、素足である。女一人の部屋だというのに、ひどく散らかっている。脱いだ衣服はそのまま小椅子に置かれて、靴はバラバラに脱ぎ捨てられたままだ。洗顔用タオルは、暖炉の隅にだらりとぶら下がっている。

〈もうどうでもいい〉

室内に、自暴自棄になった女の気持ちが沈んでいる。ところが壁にくり抜かれた飾り棚には、特別席に鎮座するように白い胸像が飾ってある。

「わあ、見て！」

ラウラが驚いて、その胸像の隣に掛かっている絵を指差した。

絵画の中に描き込まれたその絵は、アイエツの『接吻』なのだった。

ラウラ達がアイエツの『接吻』の絵葉書を買い求めたように、発表されるやその美しさと強いメッセージに人々は心を打たれて、複製画は飛ぶように売れたのだろう。祖国に好運を呼ぶ守り札のように。

でも、と、その絵画の中の絵を見て思う。

イタリアに抱かれてキスされる女の服が、もう青ではない。白いドレスになっている。絵の中のトリコロールは、イタリアの三色だけになってしまっている。その後イタリアを見捨てたフランスに失望したアイエッツは、絵の中からフランスの三色を消し、女性の服を白に変えた『接吻』二作目を描いている。そして飾り棚の胸像をよく見ると、イタリアを統一したガリバルディなのだった。

絵画の題名は、『悲しい予感《Triste Presentimento》』。

すべて放棄したように暮らす絵の中の若い女は、何を悲しんでいるのだろう。ここには、たぎる熱情も甘いロマンもない。

ラウラは、白いネグリジェ姿の女をじっくり観察している。

「決裂したのかもね。ペンダントに入れた恋人の写真を見て、楽しかった頃を思い出しているのかしら。それとも彼から別れを告げる手紙でも受け取ったのかしらね」

絵の中から消えたフランス。

〈接吻〉の後の、男と女。

始まって間もなく終わり、終わってもまたすぐ始まる。

美術館入り口の中庭にぽつねんと佇んでいたナポレオンを思い出す。

「ああ、あれですか」

美術館を後にしようとしたとき、ちょうど美術学院から出てきた熟年の女性を私は呼び止め中庭のナポレオン像について尋ねた。イタリアの天才彫刻家の作だというのに、屋外に放り置かれたような様子が気になったからだった。

「カノーヴァ作といっても、複製ですから」

その人は熱の入らない調子で答えた。

ここがかつての修道院から美術の殿堂へと変わったのは、十八世紀に掌中に収めたオーストリアが絵画の蒐集を始めたからであり、その後にイタリア王国の王となったナポレオン一世が、そのコレクションを一般公開することを決めたからだった。現在ブレラ美術館があるのは、オーストリアのおかげ、ナポレオンのおかげ、フランスのおかげなのである。紆余曲折《うよきょくせつ》があったとはいえ、ブレラ美術館の創設者ともいえるフランス皇帝を館外に置き去りにするなんて、敬意が足りないのではないのか。

「でもナポレオンは依頼しておきながら、『芸術は現実に忠実でなければならない』なんて言って、せっかくのカノーヴァの作品を嫌がったのですよ。実物より詩的過ぎたからかしらね」

女性の口ぶりにはどこか棘《とげ》がある。

「でももしナポレオンに生き写しの彫像だったら、この美術館への訪問者は減っていたかも」

横で聞いていたラウラがすかさず言うと、

「本当にその通り！　どれほど業績や中身が立派でも、やっぱり外見が肝心ですからね」

と、熟年の女性は大きく頷《うなず》いた。

〈まず、美しくなければばならない〉

カノーヴァからフランスへの愛を込めた皮肉だったのかも、と思いながら、振り返って再びナポレオン像を見る。

青を消したアイエツ。

醜男《ぶおとこ》を美麗なギリシャ神に擬《なぞら》えたカノーヴァ。

どんなに激しい情熱もやがては冷め、時とともに肉体は失せる。芸術に昇華した美だけが残る。

外に出ると、夕刻の心地よい風が吹いている。空はまだ高く明るい。昨日までとは違う、何か新しいことが待ち受けているようで胸が高なる。夏時間が始まると、太陽はいつもそばにいる。中庭で呼び止めた熟年女性と私達は帰る方向が同じだとわかって、あれこれ四方山話《よもやまばなし》をしながら歩き始めた。ラウラは来たときと打って変わって、ずいぶん晴れ晴れとした顔をしている。再び後れ毛を耳に掛けたり、軽く咳払《せきばら》いしたり、肩に掛けたカーディガンの袖を結んだり解いたりしている。

「教授、そこでアペリティフ《食前酒》でもどうですか？」

美術館を出て間もなく背後から数人が駆け寄ってきて、声をかけたのだ。一団には、ドレッドヘアーも染みだらけパンツもいる。

飛び散った赤や黄色、緑にピンクの絵の具の染みの向こうに、カプリ島の海が輝き、カザティエッロの滋味が舌先に蘇る。世紀の抱擁に身を包まれる。

接吻……。

もうすぐ夏がやってくる。

風を聞く

いまだに三寒四温で、油断ならない。三月末から夏時間が始まり、日も高くなった。五月の青果店には青々としたサラダ菜やソラマメ、早熟のトマトが並び、見た目に清々《すがすが》しい。夏が来た、と浮かれてジャケットを脱ぎ、半袖《はんそで》で一日を過ごして夕方帰宅すると、ハックショーン。喉の調子が悪い。

「地下鉄から地上に出ると、すぐ目の前にあるから」

くしゃみが止まらず嗄《しゃが》れ声の私に、電話の向こうから知人が助言してくれる。

「市販の風邪薬より、よほど効くのよ」

と、ホメオパシー《同種療法》専門の薬局へ行くよう勧めた。

彼女は筋金入りの自然派で、食べ物はもちろん衣服や持ち物、音楽や映画まで、自分を取り巻くものすべてが環境と身体に優しいものでなければ気が済まない。エコロジストの雛形《ひながた》を見るようだ。

自分の子供にも、

「ポテトチップスは駄目」

遺伝子組み換えのジャガイモかもしれない。

「スポーツシューズは駄目」

幼い労働力を酷使して製造するメーカーがある。

「ゲームは全部、駄目」

目に悪い。脳に悪そうな情報をすり込まれる。

「シュタイナーは素晴らしい！」

教科書の知識だけを学ばせるのは、真の教育ではない。持ち前の創造性を伸ばしてやらなければ……。シュタイナーの教育哲学だ。

ところが自慢だったはずの子は、グレてしまった。いやいや進学した普通高校で落第を繰り返し、三度目の留年が決まると学校へ行かなくなった。少しは世間の荒波も体験させておこうと、子供の創意と自由重視のシュタイナー教育の学校からいきなり近所の公立高校へ進ませた親の配慮が、裏目に出たのである。子育てにつまずいてからというもの、知人はすっかりエコ運動に傾倒している。ホメオパシーもその一環らしい。

晩春から初夏にかけてのミラノでは、強い日差しが続くかと思えば数日にわたって雨が降ったりと、ややこしい。例年、市の条令でおおよそ十月十五日から四月十五日までは集合住宅や公共施設には暖房を入れてよいことになっているが、年によっては五月に入っても寒の戻りがあるため、臨時に暖房が入る日もある。

不順な天候のせいで、薬局は混雑していた。私の前に並ぶ高校生はずっと空咳《からせき》を繰り返しているし、後ろの中年女性は袖口に押し込んであったハンカチを引っ張り出しては、盛大な音を立てて鼻をかんでいる。さかんに咳払いをする老夫に付き添う老妻は、しきりに目元を拭っている。順番が回って来るまで、軽く十四、五分はかかるだろう。待っているあいだに、多種多様のウィルスを貰《もら》いそうだ。

「体質改善に効きますよ」

大振りの楽茶碗《らくぢゃわん》にたっぷりとハーブティーを注いで、店主が差し出した。薬局で並んで待つほうがよほど身体に悪そうなので薬も買わずに退散し、近くの自然食品店に入ったのだった。

イタリアの流行のほとんどは、ミラノから始まる。内外からの移住者が多く、町には各地各様のライフ・スタイルが混在している。現代のミラノの特性は、〈カオス〉かもしれない。混沌《こんとん》から新しいことが生まれる。次々と生まれる流行のうち、定番として落ち着くものはごくわずかだ。ミラノで受け入れられるかどうかが、将来性の見極めになることが多い。

この自然食品店も、そういうミラノの新現象のひとつだった。

この十数年、雨後のタケノコのごとく自然食品や有機農作物、食品、天然素材の衣料品の専門店やヨガ、気功教室が開業している。初めのうちは裏通りや半地下などでサブカルチャー的な存在だったのが、今では中央の表通りに進出しチェーン店化しているものも多い。

ある外国の家具メーカーがイタリア進出する際、第一号店をミラノに構えた。イタリア人の生活習慣を分析するため、食堂も併設することになった。そこで調査をしたところ、ミラノ住民の約一割が菜食主義者という結果が出た。生存競争が厳しいうえ、移民が多いせいで町への帰属意識は低く、環境にも他人にも無関心な人が多い。そういう町で暮らしているうちに疲れ、次第に競争を避けて優しさを求め、草食化する人が増えているのかもしれない。

簡素な白木の棚が備え付けられた店内には、抹香のような、あるいは炭のような渋い匂いにクミンやタイム、月桂樹、スターアニス、ローズマリー、セージの香りが混じっている。香りの正体がわかるのはその程度で、見知らぬ匂いが漂っている。

商品棚を物色している客達の大半は女性で、一見、身なりに構っていないようでいてそれぞれこだわりのある装いをしている。ハイヒールの人はおらず、フラットシューズがほとんどだ。洗いざらしのスニーカーの中年女性もいる。スカートもシャツもジャケットも、緑なのか黄色なのか、赤なのか茶なのか、グレイなのかライラック色なのか、曖昧《あいまい》な中間色だ。草木染めだろうか。皆ほっそりとして一様に髪は長く、染めずにゆるく束ねている。化粧っ気はなく眉も天然のままなので、粗雑にも無垢《むく》にも見える。

奥には野菜や果実の売り場もある。虫食いの目立つ葉野菜や大きさが不揃いのリンゴ、すっかり黒くなったバナナが並んでいる。

「せっかくの有機野菜も、ミラノの道沿いの店先に並べると大気汚染で台無しになりますのでね」

ハーブティーを飲みながら出来上がりを待っているのは、その有機野菜で作ったミネストローネである。店で売っている食材で作った料理を出す、イート・インだ。〈キロメートル・ゼロ〉と、大書した看板が壁に掛かっている。地元の産物を食べる。運搬のストレスをかけなければ、野菜や肉、魚は幸せな味になるという。生産者と消費者が直に繋がる。流通や倉庫といった余分なコストを省けば、財布にも優しい。一キロメートル圏内で穫《と》れたものをその場で食べる。各地の自治体も力を注ぐ、環境と食生活を見直すキャンペーンだ。

『食は人なり』というでしょう？　純度の高い食材は、やはり高潔な生産者によって作られているものなのです」

野菜売り場の店員は、産地の土壌や気候について説明し始めた。そのあと環境、教育、哲学、宇宙と、滔々《とうとう》と続ける……。

自然体で生きるのは、容易《たやす》くない。

食事をしている間に、店には入れ替わり立ち替わり客が訪れた。それぞれに個性的だったが皆どことなく雰囲気は似通っていて、店は大家族が集う居間のようにも見えた。主義主張が同じだと、見知らぬ者どうしでも旧知の間柄のような安心感が生まれるのだろうか。棚から取った商品について、近くにいる客に尋ねている若い女性がいる。通りがかりに訊かれた年輩の女性は、少しも面倒がらずにあれこれ答えている。二人ともフラットシューズに、この店の名が入った帆布製のトートバッグを肩から掛けている。

店外にはうかうかしていると後ろから来る人に突き飛ばされるドライなミラノが広がっているのに、店内には害毒から隔離された別の世界があった。

それが温かいのか、生ぬるいのか。


結局、私のくしゃみと喉のイガイガは、風邪のせいではなかった。

後日、普通の薬局に行って相談すると、即座に薬剤師が診断を下した。

「ポプラでしょう」

花粉症。

冬場の濃霧が晴れたかと思うと春霞《はるがすみ》がたなびき、その典雅《てんが》さを楽しむ間もなく花粉が飛び始める。この時季になってまだ霧が出るのか、と薄白く曇った屋外を驚いて見るとそれは花粉なのである。五月になると、山から野から、森林から街路樹からいっせいにポプラの花粉が飛んでくる。その量たるや、視界が利かなくなるほどだ。車のフロントグラスが真っ白に曇り、慌ててワイパーを動かすと、濡れた花粉が団子状に固まって目の前を往来している。路面は花粉に覆われて、霜が降りたようだ。公園を散歩する犬までがくしゃみを繰り返す。花粉が綿菓子のように濡れた鼻頭に付き、犬は煩わしそうに両脚でこすっている。

うちは六階なのに、窓を開けるとたんにポプラの花粉が飛び込んできて、白いふわふわの綿玉となり家じゅうを転がる。ハックショーン。

毎年この時季に合わせるかのように、運河沿いに植木市が立つ。アルプス山脈からリグリアの海辺の町まで、北イタリア各地から植木商達がやってくる。露店数は数百にも及ぶ。運河の両岸が色とりどりの花で満ちて、甘い香りがブーケになり、蜂や蝶が飛ぶ。

桃源郷《とうげんきょう》に夢見心地になる一方で、上空からはポプラが、地上では北イタリアじゅうから来た花木が、それぞれの花粉で出迎える。花粉を全身に浴びながら花のトンネルをくぐり、涙する。

「コンニチハ！」

鼻をかみ目を真っ赤に腫《は》らして歩いていると、突然、日本語で声をかけられた。三十半ばかというその露天商は、真っ黒に日焼けしている。コンニチハ、と威勢よく繰り返し、ぜひ見ていってください、と手招きした。

両隣の露店はベゴニアやバラ、スミレの鉢植えをところ狭しと並べて華やかなのに、その露店は葉ものの植木しか置いていない。花木の植わっていない空鉢《から》を置くなんて、と近付いてみると、どうやら日本の古い火鉢らしいのだった。中を覗くと、金魚が泳いでいる。白くて丸い小石が底に敷き詰められ、黒い大きめの石も置いてある。ひょろりと儚《はかな》げに水草が揺れている。鉢の中に枯山水を見るようだ。薄桃色の花を付けた睡蓮《すいれん》まで浮いている。

コーン。

懐かしい音に、〈まさか〉と思って目をやると、本当に鹿威《ししおど》しがそこにあった。受け口からあふれ出した水は、運河へと流れ落ちていく。

店主は得意満面でこちらを見ている。

あらためて露店の区画内を見ると、売っている植木はすべて竹だった。路上に並べてある大鉢には水が張られ、さまざまな種類の睡蓮が浮かんでいる。

その店はひどく地味で、植木市にやってきた人達は立ち止まりもしない。花木がないので、目に留まらないのだろう。竹と睡蓮は静かにそこに控えて、独特な気配を醸し出している。原色の花々が賑々しく咲き誇る中、植木市に句読点を打つような役を担っているように見えた。

店主から名刺を貰った。肩書きには、〈竹商人〉とあった。

竹に会いに行ってみようか。

その露店はモノクロの風景のようで、印象に残った。名刺の住所へは、車で一時間もあれば着くだろう。ミラノが州都のロンバルディアと、ボローニャが州都のエミリア・ロマーニャとの境にある。小都市が連なり、都市部へのベッドタウンとは違った、それぞれにこぢんまりとした平穏な暮らしがあるような印象だ。

車のナビゲーターは途中で先導不可能となり、〈Uターンしてください〉と、繰り返している。道はところどころが陥没しアスファルトが剥がれているところもあるので、私道なのかもしれない。道路標識はないが、住所表記への道はそれ一本だけなのでそのまま進む。開けた窓からの風は、味が違う。

雑木林の中をしばらく走ると、高い鉄柵《てっさく》の門の前に着いた。道はその先、行き止まりになっている。鉄柵の向こう側には数台の車を停められる空き地があるだけで、すぐ脇から竹がうっそうと繁っている。イタリアで初めて見る竹林だ。

〈撮影禁止〉

と、大書された看板が立っている。空き地の隅に海水浴場にあるような見張り台が設置されていて、最上段で監視カメラがゆっくりと回っている。

鉄柵が自動で開き、インターフォン越しに教えられたとおりに行く。誰もいない。建物もない。道もない。空き地に車を停めて竹林を歩き始めると、耳に入る音が変わった。地表を這う何本もの竹の根の上に、落葉が重なり紋様を作っている。根に足を取られないように、注意して歩く。ザッザッ。重い足音に呼応するように、頭上にザワザワと風が鳴る。仰ぎ見ても空はない。伸びた無数の竹の先が、ゆるやかに揺れては交差している。影絵のような枝先の間から、細切れになった空が見え隠れしている。周囲に竹以外の樹木はない。おびただしい数の竹が、地面から天へ向かって勢いよく一直線を描くばかりである。

つまずいて竹に手を突くと、するりと滑らかでひんやりしている。指先に、鎌倉や京都が蘇る。凛とした祖国の竹の風景を思い出す。

ここはどこなのか。

幻のような景色にすっかり魂を抜かれて歩く。

山道を行く小動物のような気持ちになった頃に、竹林を抜け出た。正面に大きな温室がある。建物にすれば三、四階建ての高さはあるだろう。鉄骨で組まれた本格的な造りで、はめ込まれたガラスは内側が水滴で曇っている。竹商人のモレーノは、温室の前でにこにこして立っていた。

「カメラはここへどうぞ。鞄も置いていってください」

挨拶が済むなり、有無を言わさぬ調子で言った。私が戸惑っていると、

「彼らにも肖像権がありますから」

モレーノはそう言いながら、温室の中の木々に向かって両手を広げた。


言われたとおりに、入り口に荷物を置いてきてよかった。温室の中はじっとりと蒸し暑く、脱いだジャケットを持つのすら煩わしかった。

歩きながらモレーノは、両脇の一本ずつに小さく声をかけている。

バナナにノウゼンカズラ、ハイビスカス、シダ、ヤシ……。

亜熱帯ジャングルである。木々は、高い天井に向かって思い切り枝葉を伸ばしている。キキ、サワサワ、バサバサと音を立てて、小鳥達が梢《こずえ》の間を飛んでいく。

再び、いったいどこにいるのかわからなくなり、茫然と木々を見上げていると、

「ここが僕のスタートなのです」

モレーノは、いつの間にか幅広のタイパンツ姿になっている。

この一帯には、町と農地と丘陵が混在している。町に家を持ち丘陵地へ通ってブドウ栽培をする人もいれば、農地で野菜を育てて加工食品を作る人もいる。畜産業に携わる人もいる。ハムとチーズは特産品だ。イタリア最長のポー川流域にあり、豊潤な土壌が広がっている。ミラノやボローニャといった都会に近い。東にアドリア海、西にティレニア海を持つ。海路に恵まれているだけではなく、両側の海は潮風に乗せて旨味《うまみ》を連れてくるという。一帯で育つ動植物や加工食品が独特の風味を備えた逸品となるのは、そのおかげらしい。食べ物が豊かで風景が美しく、人々も穏やかで明るい。地上の楽園なのだ。

モレーノの父方の実家は代々、養豚業を営んできた。一帯の豚肉の味が抜群なのは、餌にホエイをやるからだ。ホエイとは乳清のことで、チーズを作った後に残る栄養いっぱいの液体である。

父親と母親が結婚したのは、豚が取り持つ縁だったのかもしれない。母方の家の生業は、チーズ作りなのだ。土地で穫れたものを、その土地で食べる。

そういう土壌で、モレーノは豚とチーズに囲まれて大きくなった。幼い頃から犬猫の代わりに子豚と遊び、物心付いてから、その豚を食用に売るのが家業と知り、強いショックを受ける。モレーノはひとり息子だった。先祖代々ずっと養豚業なのである。自分が継がなければ、家業は絶えてしまう。

父親の半分諦《あきら》めた目。

愛嬌に満ちた子豚達の目。

「進路を決められないまま、高校生活最後の夏に独りで旅行に出たのです」

タイの海岸でぼんやり過ごすうちに、山林が懐かしくなった。思案気な青年を心配して、親しくなった現地の人達は内陸部へ行くように勧めた。

数時間かけてバスや乗り合いタクシーで着いた先は、山寺だった。出家僧や在家の一般信者達が集まって寝泊まりし、修行をする寺だった。

早朝のドラと共に起き、まだ暗い御堂に集まって読経を聞く。出家僧達が托鉢《たくはつ》に出かけて受けた施《ほどこ》しで、朝食を済ませる。そのあと夕方まで瞑想《めいそう》。

「ただひたすら歩いて、瞑想するのです。僕が歩いたのは竹林の中でした」

聞こえるのは、自分の足音と竹の葉が触れ合う音だけだった。

結局、モレーノはそこで一ヶ月ほど過ごした。一日一食で、話し相手は自分自身だけだった。初めのうちは孤独感があったが、それを乗り越えるとのびのびとした気分になった。

ある日、裸足《はだし》で歩いてみた。足裏から、竹から根を通して自分のいるべき場所を教えられたような気がした。

「僕も竹と同じように土から生まれてまた戻るのだ、と目の前が開けたのです」

そう言うと、モレーノはムーンと喉奥を鳴らして手を合わせた。私も慌てて合掌する。

もともとその温室は、父親がモレーノのために用意した養豚場だった。新しい土地を確保し、水道と電気を引いて道を通し最新設備を整えれば、息子もその気になって事業を継いでくれるかもしれない。一縷《いちる》の望みを託して準備したのである。

脂の抜けた干し肉のようになって、息子はタイから戻ってきた。

「煩悩《ぼんのう》から解き放たれて、進むべき道が見えた。豚関係の仕事を続けます」

そして、農学部卒業。涙ぐんで喜ぶ父親に、モレーノは新事業を始めるにあたって援助を頼んだ。

「それが温室に竹林、そしてこれです」

温室を通り抜けて表へ出ると、大きな池が広がっていた。水面には、睡蓮の葉がびっしりと浮いている。池の端から川が流れ出て、その向こうで竹林がざわりと大きく波打っている。緑色の濃淡や背の高さが異なるのは、さまざまな竹や笹《ささ》が混生しているからだ。マダケ、モウソウチク、ハチク、メダケ……。六百種余りある、という。

「竹を植えたのは、風の音が聞きたかったからでした」

モレーノは得意気だ。

竹林の向こうから、犬らしき動物が二、三頭走ってくる。四、五頭に増えたかと思ううちに、十数頭の群れをなして駆けてくる。俊足で、土煙が立つほど荒々しい。近付いてきた群れは、豚だった。

ドドド、ドドド。

突進してきて池の縁で水を飲み終えると、瞬く間にまたどこかへ向かって走っていった。モレーノは、豚の群れを優しい目で追っている。

「竹林の向こうの山には、椎《しい》の木や栗、果樹を植えてあります。豚は、近辺のヘビや虫も遠ざけてくれる」

温室前に立ち、走り去っていく群れを望遠鏡で観ている女性がいる。真っ黒に日灼けして、モレーノと揃いのタイパンツを穿《は》いている。

二人は、大学で知り合った。彼女はミラノ生まれで、家は骨董商である。旧市街に店を持ち、業界ではつとに知られた老舗だ。暗くて静かな店内で、何世紀も昔の物に囲まれて埃とワックスの匂いを嗅《か》ぎながら大きくなった。得意先のどこかに嫁がせるつもりでいた娘から、農学部に進学する、といきなり言われて親は仰天した。

「バイオダイナミック農法に携わりたかったのです」

ミラノの典型的なプチブルで、ラディカル・シックな両親はご多分に洩《も》れずシュタイナー理論のシンパで、娘には幼稚園からの一貫教育を受けさせた。結果、都会での将来には興味を持たず、自然の中で暮らしたいと思うようになった。

「宇宙と話しながら種蒔《たねま》きや収穫をしたい、という夢を真剣に聞いてくれたのは、モレーノだけでした」

モレーノの妻は、月の満ち欠けや海からの風、土の中の虫などについて熱心に説明してくれた。モレーノは胸の前で手を合わせ、目を閉じて妻の話を聞いている。

モレーノは養豚業者にはならず、父親や周囲の同業者達から短期間だけ豚を預かる商売をしている。豚舎の暮らしに慣れた豚を広々とした敷地内に放ち、つかの間の、そして最後の自由を楽しませるのである。

それは、彼が将来に悩んでいた夏に訪れた、あのタイの山寺のようなものなのだった。哀しい行く末を間近に控えて、豚は何を思いながら竹林の中を走るのだろうか。

遠くに地響きのように足音が低く聞こえ、後を追うように竹林がザワザワ揺れている。


温室内や池の周りを散策していると、どやどやと数人の若い男女がやってきた。ポラロイドカメラやレフ板、大型カメラバッグや三脚を担いでいる。色白でひょろりと長身の若い女性の脇には、ハンガーラックに掛かった何着もの衣装を念入りにチェックしている人がいる。

「すばらしいオールドシルクですねえ！　やはり本物は照りが違うな」

カメラマンが、モレーノ夫妻のタイパンツを見て感心している。

ファッション誌の撮影隊らしい。

「こういうのでよろしいかしら」

モレーノの妻が編集者を温室横の倉庫に案内して、東南アジアの骨董家具を見せている。凝った竹細工の雑貨もたくさんある。

それから長時間かけて、モデルは十数着の試着を繰り返した。

カメラマンは何度もレンズから顔を上げては、感に堪えないような顔をして溜め息を吐いている。

「何度もタイに行ったことはあるけれど、ここは現地よりよっぽどリアルだなあ」

豚を預かるだけでは、広大な土地の管理費すら出ない。

イタリアでは、竹はとても珍しい。オリエンタリズムの趣味人達が喜ぶだろう。栽培すればきっと売れる、と思ったのはモレーノの読み違いだった。勢いよく根が横に延び、あっという間に竹一色になってしまう。周囲の植生を壊すため、相当の広さのある土地でなければ竹は植えられないのだった。

開業して最初の冬、厳しい寒さに池は相当の深さまで凍結し、睡蓮は全滅してしまった。鉢に入れ小分けして売るようになったのは、その経験があるからだった。それに、広い庭のある家は、掘るなら池よりプールを選ぶものだ、と後で知った。父親に援助してもらった土地は竹にすっかり侵食されて、今さら農耕地に戻すのは難しかった。

〈どうしよう〉

途方に暮れ、モレーノは山寺にいたときのように竹林を歩いた。夕刻になると、池にさざ波が立ち細かな光の粒になって輝くのが竹の間から見えた。神々しい光景だった。

数日後モレーノは妻と連れ立って、ミラノのフォトエージェンシーを訪ねて回った。大きく引き伸ばした写真を持って。

〈キロメートル・ゼロ〉

「あなたの足元にタイがあります。地元で撮って、すぐに制作しませんか」

モレーノが、温室内に繁る亜熱帯の木々や笹に覆われた丘、斜めになる竹林、睡蓮の咲く薄暮の池の写真を見せると、エージェンシーのロケハン担当者達は皆、目を丸くした。すかさず妻が、次のファイルを開いて差し出す。

「布から器、家具まで、アジアの骨董品もお貸しいたします」

こうしてファッション業界で火が付き、そのうちデザインや建築方面からも撮影依頼が来るようになった。雑誌の誌面に、カタログやポスターに。

ときおり小学生達も遠足にやってくる。屋外ヨガ教室は妻のアイデアであり、レッスン仲間の一人が料理教室を開く。「ならば私も」と、染色を教えたりする者も出てきた。

「カレンダーを作りたい」

「結婚式の記念撮影に」

テレビが来ると、映画も来た。

「竹にも睡蓮にもジャングルにも、肖像権があります」

モレーノに言われて、客達は撮影点数と掲載サイズに応じた使用料を支払う。

「貸し出しますし、お気に召せば売却もいたします」

モレーノの妻は、実家の骨董店の名刺を渡すのだった。

毎年花粉が飛ぶと、あの竹林を思い出す。

今日もミラノには、ポプラの花粉が白い玉になって転がっていた。早朝にミラノを後にしたのは、もう目も口も開けていられなくなったからである。電車で二時間半。ヴェネツィアに行けば湿気で少しは楽になるかもしれないと考えた。

サンタ・ルチア駅に降り立ち、人に押されながらドゥカーレ宮殿へと出る。アンリ・ルソー展の開催中だ。

さすがに水の町である。しっとりとして、いがいがした気分はたちまち治まった。ハンカチとティッシュで膨らむ鞄をクロークに預け、花粉避《よ》けサングラスを外し、宮殿内に入ったところで目が合った。

絢爛《けんらん》たる装飾の続き間の奥から、じっとこちらを見ている。薄暗い宮殿の奥の壁に、うっそうと生い繁る木々の中から、鋭い目をして斜に構えている虎がいる。驚いたのか、驚かせようとしているのか。

カッと大きく開いて空《くう》を見つめるその目は、あの日、竹林で見たモレーノの目とそっくりだった。

赤い汗

オーバーコートをクリーニングに出そうかどうか迷っているうちに、いきなり真夏がやってきた。六月の朝は早い。白い日差しが、窓の高い位置から鋭角に切り込んでくる。観葉植物は、嬉々《きき》として新葉を広げている。秋から薄暗い居間で過ごした植木の古株の葉は、強《こわ》ばって分厚く黒々としている。その間を掻《か》い潜《くぐ》るように伸び始めた若い葉は、蛍光色がかった黄緑色でしなやかだ。濃淡の緑が成す模様を目にしながら摂る朝食はいかにも夏らしく、身体の隅々までが瑞々《みずみず》しさと躍動感に満たされる。

二杯目のコーヒーは、町中のバールで飲む約束をしている。ミラノ中央にあるブレラ美術館で知り合った美術学院の面々が、近々夏休みで帰省するという。地方出身者達は、学校の始まる秋までミラノに戻らない。まだ涼しいうちに会おう、ということになった。

この時期のミラノには突然、四十度を超す日が訪れる。アフリカからの熱風、シロッコが吹き込んでくるからだ。サハラ砂漠付近で発生した風は、海を渡り湿気をはらんだままイタリア北部を吹き抜けていく。身体にまとわりつく執拗《しつよう》な蒸し暑さである。いつもは散歩を待ちきれない犬が、シロッコが吹くと部屋の隅に引っ込み、冷たい床に腹をぺったりと付けて動こうとしない。

スキー用のミラーグラスをかけて外へ出る。それでも眩しい。キーンと音のしそうな強烈な日が、全方位から差してくる。素足や腕に当たると、チリチリする。路面電車の停留所までのわずか百メートルほどを歩くだけで、熱暑にへばりそうになる。

中央と運河地区を結ぶ路線には、未だに古い一両編成の路面電車が走っている。運転が開始されたのは、一九〇一年。当時と同じ車両のまま、古めかしい車輪の音を立てている。車内は木製で、重ね塗りをしたニスと床に引いた油の匂いが漂う。新しい景色に囲まれたミラノで、そこだけ時が止まったかのようだ。

秋冬春なら懐古風も趣があって楽しいけれど、今朝のように熱風が吹く中、向こうからこの旧型車両がやってくるのを見ると、気が萎える。冷房も扇風機もないからである。

大きく軋《きし》んで開いたドアの向こうに、車内が見える。窓下に沿って桟のように横長に延びた木製の椅子に座る乗客は、皆、顔を火照《ほて》らせ、惚けた面持ちだ。

電車が停まったとたん開け放った窓から熱風が流れ込んで、車内は蒸し風呂のようになる。以前、北アフリカに行ったとき、暑さと砂埃を避けるために車の窓を閉め切って走り、そのほうがむしろ暑さが凌《しの》げて楽だったことを思い出す。

レフ板を当てているかのように、車窓からの景色は白々と浮いて見える。

乗客は皆、濃いサングラスをかけている。ふだんなら向かいの人達の様子を観ながら降車駅まで過ごすのに、全員サングラスだと表情がわからない。

暑い暑い、と呟きながら、若い女性が直射日光の当たる席から立ち上がり、吊革につかまった。思い切り短いショートパンツ姿が、同性の目にも眩しい。木の椅子に、茹で過ぎのパスタのようにくたりとなって座っていた全員のサングラスが、いっせいにその脚の方を向いた。

十五、六歳という年頃だろうか。ショートパンツの上には、ビキニと見紛《みまが》うチューブトップを纏《まと》っているだけだ。長いストレートの髪を頭のてっぺんでひっつめている。垂れ下がる髪の生え際はもともとの色だが、半分くらいから先は赤と青、半々に染め分けられている。夏休みに入って染めたばかりなのだろう、色が鮮やかだ。

「まあ大変！」

突然、隣の席の老女がその若い女性を見上げて叫んだ。

彼女は大振りの黄色のヘッドフォンを着け、音楽を楽しんでいる。彼女の耳の後ろあたりから首筋にかけて、汗が滴《したた》り落ちている。いく筋もの汗は、赤だったり青だったり。胸元へ伝い流れていくうちに合流し、鮮やかな紫になっている。

老女はサングラスを外しその子に向かって、〈ここ、ここ！〉と、自分の首から胸を指差して教えた。老女だけでなく前に座った乗客達が揃って自分の胸元に注目しているので、彼女はやっと事態に気が付いたらしく、サングラスとヘッドフォンを外して顎を引き、ええっ、と声を上げた。

「でも、水着でよかったわねえ」

老女は、孫ほどのその子にティッシュペーパーを差し出しながらニコニコしている。

待ち合わせた若い友人達に路面電車での一件を話すと、俺も私も、と全員が似たような体験をしたことがあるようだった。

「きっと自分で染めたんだろうな。染めは、色止めが肝心。家庭用は効き目が甘いから」

簡単に染まるけれど、落ちるのも早い。

「うちのシーツと枕カバーは、私の髪の色の変遷記録よ」

発色がよい緑色に染めた短髪の女子学生が笑う。

女性教授が遅れてバールに入ってきた。これまでとはどこか雰囲気が違う。面持ちが明るく、はつらつとしている。

「先生もですか！」

男子学生が大げさに目を見はってみせる。

三色だけよ、とさらりとかわした教師の頭をよく見ると、三段階に明るさが異なる金色に輝いている。この間会ったときは、確か濃い茶色の髪だった。

彼女のような熟女達の間で定番なのが、この〈陽光に射抜《いぬ》かれて〉と呼ばれる染髪《メッシュ》だ。元の色を残し、ところどころをひとつかみ分だけ金髪に染める方法である。一色だけで染めるより、髪に表情が出て躍動的に見える。もともと明るい金髪の人は、鈍い金色や明るい茶色で部分染めし、〈陽光に射抜かれる〉のだ。

白髪染めをする年齢になると、〈陽光に射抜かれて〉は半日がかりになる。

最初にシャンプー、カット。白髪染めでまず全体を同一色に染めて、待つ。再びシャンプー、色止め、シャンプー、ドライ。

ここからが本番だ。

頭にぴったりとしたゴム製の帽子を被る。帽子には、小さな穴が無数に開いている。その穴から美容師が細い棒で器用に髪の毛を掬い、引っぱり出していく。穴の外へ引き出された髪を、明暗差のある金色で染め分ける。待つ。シャンプー、色止め、再びシャンプー、トリートメント、ドライ。仕上げのカット。セット。

終わる頃には、全身が凝《こ》ってへとへとになっている。

時間も料金も普通の染髪より数倍かかるので、陽光に射抜かれた女性は、〈ゆとりのある人〉という印象を与える。ふだんそんな余裕がなく自分で一色染めにしている人も、休暇前になると奥行きのある金髪を手に入れようと、こぞって美容院に行く。

茶色の髪が、海水や潮風に当たると灼けて金色に変わることから、この染め方を〈陽光に射抜かれて〉と呼ぶのである。バカンスに行く前から、髪だけ先に存分に休暇を過ごした風情になっている。

「しばらく前からうちのおばあちゃんは、〈月光〉へと変えているわ」

緑色の頭の女子学生が横から言う。

太陽の日差しに当たって金に輝くのはせいぜい五十歳止まりで、六十を超えもうすぐ七十歳に手が届く頃になると、白髪を茶色にしてさらに金色を重ねるようなことをすると、頭だけ十数年昔に置き忘れてきたようなちぐはぐな印象になる。

そういう老成した女性には、太陽に代わって月が出る。金色の代わりに、薄い灰色や青や紫を白髪に載せていく。〈月光に打たれて〉という。勢いよく照り付ける太陽光とは違って、月光はおぼろに周囲を包み込み、奥ゆかしくしっとりとした印象になる。

そもそも髪は、長らく男の権力の象徴だった。五世紀に西ローマ帝国を制覇して以降しばらく、新しい統治者達はこぞって長髪を頭上でうずたかく丸め上げ、いっそう上背があるように誇示した。「先代の王よりさらに長く」と、後継者達が髪の長さを競い合うのは中世まで続いた。

髭や髪を伸ばす発端は蛮族達の習慣から派生したことだったので、十一世紀にカトリック教会は長い髭と髪を禁じた。

髪が政治的な意味を持ち衆目を集めたのは男性に限り、女性の髪はというと、長らく性的な対象だった。既婚女性の髪は夫だけが愛《め》でるものであり、他人の目から遠ざけて守るべきものだったのである。中世後期に教会は、女性達にヴェールを被って髪を隠すよう命じた。公衆の面前で髪を見せるのは品性下劣なこととされ、女性達は高い帽子や覆いを着けて外出したのである。

深々と帽子を被り、襟を立て、マフラーを巻いて過ごした秋冬を終えて春夏になると、髪は装いの要となる。専門店やスーパーの売り場には、さまざまな商品が並ぶ。豊富な品揃えの商品棚を見ながら、かつてリグリア州の山村に暮らしていたとき、初夏に私も髪を染めたことがあったのを思い出した。

無口な老人が多く住むその村にミラノから引っ越して、六年ほど住んだ。夏が来たというのに、村はひっそりと沈んだままだった。気分転換のつもりで髪を染めることにしたのである。いっそ赤にしよう。

日当たりの悪い家で、さらに洗面所には窓がなく、昼間でも電灯を点けなければならない。薄暗いなか自分で染めた髪は、屋外に出てみると燃えるような赤毛に変わっていた。向かいの家の窓ガラスに映った自分の頭を見て一瞬戸惑ったものの、過疎の村に住み、ほとんど室内で過ごす毎日なのだ。誰も見ない。気を取り直して、赤い頭で村の万屋《よろずや》へ買い物に出かけた。

「あらまあ！」

背後から甲高い叫び声がして振り返ると、老いた修道尼が目を剝いていた。

「テスタ・ロッサ《赤い頭》は、車《フェラーリ》だけで十分。すぐに元の色に戻しなさい！」

あのとき選んだ赤は、どういう赤だったのだろう。

ヘアカラー用品売り場には、黄色に近い金髪から墨黒まで、たくさんの色が取り揃えられている。メーカーは、それぞれに創意工夫を凝らして、色に名前を付けている。〈シャンパン〉〈蜂蜜〉〈チョコレート〉〈杏〉〈墨〉に〈灰〉。

赤系を集めた一角に、〈ティツィアーノの赤〉とあるのを見つけた。その隣には、〈ヴェネツィアの金〉も置いてある……。

炎暑が和らぐ夕刻を待ってから来たというのに、駅を出たとたんにミラノとはまた異なるじっとりと重い熱気に包まれた。

ヴェネツィア。

今朝バールで会った美術学院の学生に髪染めの話から、〈ティツィアーノの赤〉とはどういう赤なのかを尋ねたら、

「見ればわかる」

と、ヴェネツィア行きを勧められた。それで早速、電車に二時間半乗ってやってきたのである。

ティツィアーノは、ヴェネツィア派を代表する画家だ。ルネサンス時代をミケランジェロやラッファエッロとともに築き、西洋美術の核を成す。ごく幼い頃から画家の元で修業を積み、長寿を全うするまで、常に新しい作風を生み出し数多くの作品を遺した。

もう七時を回っているが、日はまだ高い。電車でヴェネツィアに着いたばかりの観光客達が、水上バスに乗ろうと長い列を作っている。私は、宿屋まで散策がてら歩いて行くことにした。

駅前の大きな橋を上ると、ヴェネツィアが手を広げて迎えてくれるようだ。足下の大運河に急な流れはなく、緑色の水をたたえて静かだ。そよりと空気が動くと、潮の香がかすかに混じった溜り水の匂いが立つ。運河を伝い歩くうちに、駅前の喧噪はいつの間にか遠ざかった。行き交う人達は馴《な》れた様子で淡々と歩き、そこここでカメラを構えて立ち止まる人もない。華々しいヴェネツィアはこの一帯にはない。路地から路地へと折れ、袋小路《ふくろこうじ》に紛れ込んだりするのを繰り返すうちに、水音が近くなったかと思うと突然、大運河へと抜けた。

先ほどまで斜め上にあった太陽はいつの間にか水面ぎりぎりの高さまで落ち、黄色みがかった橙色の日差しがまばゆい。大運河の片側は夕日を受けて明るく、対岸は影に潜んでいる。はっきりと明暗の分かれた両岸の風景を一瞥すると、視界はそのまま額縁となる。目を閉じては、開いてみる。カメラのシャッターを押すように、ゆっくりと瞬きを繰り返す。両岸の様子は刻々と変わっていく。

太陽がヴェネツィアの上空を通り抜け、陸の遠く向こうへ沈んでいこうとしている。来た道を戻る。背後に長く延びる自分の影をときどき振り返っては西の方角を確認し、夕日を追いかけて小走りに行く。アカデミア橋の前を抜けてまっすぐ歩き、ヴェネツィア本島の南の縁を縫う運河まで出ると、太陽の姿はもう見えなくなっていた。沈んでいった陸側の空には、濃い橙色と桃色、深紅が水平線と平行して層を成している。見とれているうちに鮮やかな色は混じり合ってひとつになり、次第にすぼんでいく炎を取り囲むように空の青は深くなっていく。運河の水はじっと動かない。行き交う船が立てる波間に、今まで上方を染めていた橙色や桃色、赤が、時折チラリと輝く。夕日が砕けて、こぼれ落ちたようだ。

とうとう日が暮れた。

空から赤みが消えたのを見届け――そう思った瞬間、東側にあるサンマルコ広場の上に流れていた雲がさっと刷毛で刷いたように突然、赤く染まった。下方だけを強い赤に染め、上方は残光を受けてほのかな橙色である。

気付くと、水上バスを待っていた人達も歩行者も立ち止まり、遠くの雲を見上げている。夕焼けの残光は、雲を染めた後ドゥカーレ宮殿の屋根を伝い、ファサードを端から染めながら下ると、もう紺色に沈むリド島前の水面へと流れ落ちていった。赤い点に変わった夕焼けに案内されて、海峡から空、空から外海へと、薄暮《はくぼ》のヴェネツィアをぐるりと見渡すようだった。

夜の帳《とばり》が下りたばかりの空は、澄んだ群青色をしている。町の照明は暗い。街灯の近くまで行かないと、あたりはロウソク越しに見るような、焦点も距離もはっきりしない景色である。路地へ入るとすっかり人出も少なくなって、足下から薄暗さが這い上がってくるようだ。見上げると、四、五階の建物は寄り添って並びながら、それぞれが微妙に肩を上げたり下げたりしている。傾き加減はそれぞれで、建物と建物の隙間は歪《いびつ》な長方形をしている。多くの建物には、屋根の上に四本柱と天井枠が付いている。物干し台なのだろうか、それとも星見台なのか。柱の間からナス色の夜空が素通しに見え、それぞれの屋根上に絵画が並んでいるようだ。

「物干し台には違いありませんが、乾かしたのは洗濯物ではなくて女性の髪だったのですよ」

着いてすぐ宿主に尋ねると、笑って教えてくれた。

「うちの上にもありますので、明日ご案内しましょう」


今でこそ宿になっているけれど、十五世紀にはそこそこの名門の持家だったらしい。現在客室として使われているのは、上階の天井が低く狭い部屋もあれば、中二階の奥まったところにある広々とした二間続きの部屋もある。どの部屋の窓からも、屋根《やね》瓦《がわら》が赤黒く連なっているのが見える。日暮れとともに湿気はテラコッタの瓦に沁《し》み入り、夜が明けると再び外へじんわりにじみ出してくる。日が上り始める頃、遠くからカモメの羽音や鳴き声が聞こえてくる。


翌朝、宿主に連れられて階段を上り詰め、扉を開けると、空だった。

火の見やぐらに立つようだ。吹き上がってくる朝の風を受けながら、ヴェネツィアを見回す。昨日、夕日の残光が落ちていったリド島が、まばゆい橙色に染まっている。

一日が始まる。

宿主はシーツを干すような手順で、四本柱の上に付いている枠に白い布を掛けていく。四枚の布を掛け終えると、真ん中に置いた椅子に座ってみせ、

「こうして髪を乾かしたのです」

ツバだけの帽子を被ってみせた。女性の魅力の象徴だった髪を、ここで染めたのである。

「染料は稀少《きしょう》で高価でした。最高級の色で髪を染めれば、即ち豊かさを誇示するようなものです。白い肌にも合う色でなければなりません」

それで選ばれたのが、赤と金だったという。

当時のヴェネツィアの元首《ドージェ》や高位聖職者など、限られた者達の礼服は赤で染められ金糸で飾りが施されていた。染料として用いられたのは、異国の花や根、実をすり潰《つぶ》して合わせたものだった。

「いくら染料がよくても、色止め次第でしてね」

毒性の強い鉛の粉や馬の尿が、色止めに効くとされた。屋根上で人の目と鼻を遠ざけて、女性達は帽子の大きなツバで顔や首筋、胸元が汚れたり日に灼けたりするのをかばいながら、悪臭にも耐え、美を手にしたのだった。

宿は、ティツィアーノの工房があった地区にある。宿から一区画ほど歩くと、アカデミア橋に出る。その先にヴェネツィア美術学院《アカデミア》がある。画家はこの界隈で暮らし、この道を往来し、絵を描き、教えたのだった。

ティツィアーノが見た太陽の行方を追ってみる。それは、ヴェネツィアが目醒め、色付き、影を作って、空と海峡が輝き、再び闇へと沈んでいく、一日の色の移り変わりを見ることでもある。

昨夕《ゆうべ》は闇に紛れていた路地も建物も、初夏の朝日を受けて目醒め始めている。広場の店にかかる日除けは、ブドウ酒を煮詰めたような赤である。バールの店頭で忙しく立ち回る給仕の前掛けも同じ赤だ。土産物屋にはヴェネツィア共和国時代の旗が翻っている。紋様は金色のライオン。その背景の色はヴェネツィアの赤だ。

点から点へ、金色と赤を追いかけるように、太陽が飛んでいる。

アカデミア美術館やサルーテ教会で、フラーリ教会でもティツィアーノの絵と会う。薄暗い中世から光に満ちたルネサンスへと芸術を導いたのは、ティツィアーノの開放的な色使いと深い観察力による人間描写だった。ヴェネツィアじゅうに点在する作品は、ティツィアーノの創り出した心が弾むような色を通して、時を経てなおいっそう人々に生きる楽しさを案内し続けている。

ティツィアーノの赤。

主役でありながら決して出過ぎず、むしろ他の色を引き立てる寛大な赤である。

それはまさに太陽が持つ力であり、温かさだ。


観てきたばかりの絵を思い出しながらティツィアーノの工房があった近くを散策していると、ごく細い路地の角に手帖や付けペン、印璽《いんじ》を売る小さな店を見つけた。薄暗いショーウインドウには、ガラスペンや羽根ペンがところ狭しと並べてある。ガラスペンの軸の流れ模様は、色鮮やかで斬新だ。封印用の蠟《ろう》は、深い赤や濃い緑、青が見える。色に呼ばれて店内に入ると、

「紙あっての色ですからね」

店主は穏やかに迎え入れ、ご覧あれ、と店の奥へ案内してくれた。

棚には、手漉《てす》きらしい紙がびっしりと積み重ねてあった。

「皆さんは水の都と思っているのですが、中世からずっと紙の町だったのですよ」

言われてみてなるほど新刊書店は数少ないものの、古本や古書を扱う店は多い。堂々としたファサードの建物があり近づいてみると、公文書館だったりする。

店主はペン先をインク瓶に浸けると、

「お試しください」

と、手漉きの紙を置いた。

茶系のインクで、色が厚く載ったところは鈍く光る骨董の家具のような奥行きがあり、あるいは濃く入れた紅茶のようである。だんだん掠《かす》れて色が浅くなってくると赤みが勝ち、紙の味わいがインク越しに透けて見えるのだった。

「セピア《イカ墨》ですよ」

店には、〈闇〉や〈外海〉など、思わず見入る名前のインク壺《つぼ》がいくつもあった。さまざまな色のインクで、これまでどれほどの物語が記されてきたことだろう。色の数だけのヴェネツィアが、インク壺とガラスペンの向こうにある。真っ白の手漉きの紙が、新しい物語に出会うのを静かに待っている。

色のことなら紙のプロに訊くといい、と店主から言われて、印刷所に行くことにした。印刷所といっても、新聞や書籍は刷らない。十四世紀頃からの印刷方法を継承し、いまだに当時のままに活版印刷を試みているところなのである。もっぱら古くからの技術や道具を研究し、業界内外に伝受しているのだという。

北側の込み入った地区の、引き込み線のような細い運河に沿ってあった。入り口には、小さな花を付けた鉢植えが無造作に置いてある。

直射日光が照り付ける表から入ると、屋内は真っ暗で何も見えない。窓はなく、船《ふな》曳《ひ》き場か蔵のようだ。相当に奥行きがあるようで、しばらく経っても目が暗さに慣れない。そう思っているところへ白い人影が近寄ってきて、

「いらっしゃい」

と、言った。白い綿パンツに白のセーター姿のその人が、工房の主なのだった。

足下に気を付けて、と案内されて進んだ奥には、中世が待っていた。

香を焚《た》いたような、奥深い香りが漂っている。匂いのおかげでいっそうしんとする、という静けさがあるのを知る。

主は五十過ぎの男性で、工房奥に置いた一枚板の大テーブルの周りに六、七人を集めて、植字作業の実習をしているところらしい。

無数の文字が入った、木製の活字ケース。

植字台。

手元を照らすための灯り。

組版用のステッキ。

行間用の込物。

一字ずつ指で押さえながらゲラの上に置き、版が出来ていく。

インクを載せたり、シリンダーを回しプレスしたりする全作業が手作業のままである。

「活字は二十六種類だけですがね、書体や書式、そして何といってもこれで、ヴェネツィアは印刷業の頂点に立ったのです」

主が引き出しから取り出したのは、数個の木版用の原版である。細い線が入り組む緻密《ちみつ》な模様が彫り込まれてあり、断片を繋ぎ合わせると一枚の絵画になるのだった。

「ヴェネツィアは、何度も何度もペストにやられました。それで当時、飛ぶように売れた刷り物は、無病息災の守護聖人を描いたものだったのです」

死の恐怖におののく人々が、聖人と祈禱文《きとうぶん》が刷り込まれた札を競って買った。

〈より美しく聖人を刷り上げれば、きっと願いも届くだろう〉

各作業の職人達が一丸となり、持ち分の最高の技を繋げて一枚の刷り物を創り上げていく。

「インクの調合では、ヴェネツィアは唯一にして無二でした」

深呼吸してみて、と言う。

目を閉じて静かに息を吸い込んだ。

花のような、薬味のような。動物臭のような艶《つや》やかでしかし生臭いもの、煙や焦げ、カビの暗い匂いがするかと思えば、日向《ひなた》の香り、淡々とした酸っぱい匂いなどが漂っている。工房の隅々まで、鼻に導かれて見て回る。

目を開けると白い小皿が何枚か並べてあり、どの皿にも黒い液体が入っていた。

「竹を燻《いぶ》してできた墨、イカ墨、コショウ、土……」

主が見せるどれもが黒であり、しかし同じ黒はひとつもない。

長らくヴェネツィアは、ヨーロッパの玄関口だった。東洋と西洋が初めて遭遇したここは、海でもなければ陸でもない。流れるようで流れず、留まるようで安定はない。そういう場所に、世の中のすべてが集まった。入ってくるもの、出ていくもの。物資であり情報であり、人材であった。チャンスがあった。

すべてが生まれる場所は、またすべてが果つるところでもある。

海の向こうから届いた植物や食材は、そのまま世の往来の流れを記すための染料の元ともなった。色の変遷はヴェネツィアの歴史でもある。

枕カバーやシーツに付いた染髪剤の色染みを〈私の髪の色の変遷記録〉と笑った、緑色の短髪の女子学生のことばを思い出す。

「西洋に色があるのは、オリエント《東》のおかげです」

木版も東からやってきたのだろうか。同じように、祈りを彫り込んだのだろうか。アラビア文字の動きのある曲線を思う。耳元にコーランを読み上げる声が聞こえてくる。

印刷工房の主は、東の色を出迎え西へ送り出している。主が白装束なのは、西側にも東側にも付かずに中立の立ち位置で双方の英知が合流する瞬間を見守っている、という表明なのかもしれない。

ゆらり、ゆらり

カーニバルにビエンナーレ、映画祭やレガッタと、ヴェネツィアには年に何度かハレの時があり、町が沸く。宿屋に食堂、土産物屋もゴンドラも、路地、広場、駅や船着き場も、人と喧噪であふれ返る。しかしいったん山場が過ぎてしまうと、界隈からは音と色が消え、退廃の中に町は沈む。

「言い値でいいから」

定宿の女主人に誘われて、名物行事が終わりひと息ついた頃、町を訪ねることにした。

〈言い値〉とは、宿泊料のことである。こちらがいいと思う額面を心付けで置いてくれればそれでいい、ということらしかった。

知り合ってもう長いが、部屋に入るまでに少々雑談をし双方の気が向けば階下でときどきコーヒーを飲む、という程度の付き合いでしかない。互いの名前は知っているけれど、それ以上の身上は知らない。女主人はいつも親切に迎え入れては、さっぱりと送り出す。適度な距離をもった客あしらいが、何よりのもてなしだった。

その宿は、高いか狭い宿の多いヴェネツィアに閉口していたとき、地元の船乗りからの紹介で知った。

「自分の家と思って気楽に使えばいい」

どの町でもタクシーの運転手達が日常の詳細に通じているように、ヴェネツィアをよく知るのは船乗り達だ。行き付けのバールの店主に、適当な宿がないか尋ねているとき、カウンターにいた彼が脇からそう教えてくれたのだった。

初めて行くのに住所だけでは辿り着けないだろう、と紙ナフキンに描いてもらった略図を頼りに訪ねた。小さな橋の特徴から建物の裾模様、岸壁に付いた水苔の様子など、記された目印がすべて運河から見た町の角々なのは、いかにも船乗りの案内らしかった。

観光名所から少し奥へ入った住宅街にあり、満潮時の水位が高くなると冠水で玄関口まで近寄れなくなる場所に宿はあった。路地に面した玄関扉の上方に、ごく申し訳程度に宿の名を記した小さな看板が掛かっているだけで、知る人だけを相手に商売をしているという佇まいである。

呼び鈴を押したが、返答はない。横に、〈乞《こ》う電話〉と番号が書かれたメモが貼ってある。

「午後三時を過ぎると、宿にはお出迎えする者がいないので」

電話口に出た女主人がすまなそうに言い、

「まず、これから言う暗証番号を押してください」

それで玄関扉が開くと、

「まっすぐ数メートル進むと、右手に階段があるでしょう?」

携帯電話からの案内を聞きながら、階段を上り始める。

「最初の踊り場に出る数段前で止まって右側を見ると、緑色のドアがあります」

高さがまちまちの石の階段は、数段ごとに右へ左へと傾いている。波に揺られるようだ。

「十四世紀に遡る建物でしてね。御足下に気を付けて」

ゆらゆらしながら緑色のドアの前に立つ。

「ドアを押して、左に折れてください。廊下の突き当たり右が、あなたのお部屋です」

廊下の床は上下に波打っている。入れ子細工のように部屋の中から部屋が現れ、廊下伝いにさらに奥まった部屋へと進むうちに、方向感覚がすっかりおかしくなった。

不思議な部屋だった。入ってすぐ数段の階段を下りると、寝室になっている。亜麻色の木机の前には紺色のビロード張りの小椅子が置いてあり、イスラム風の窓には深紅のベールがたっぷりのドレープを付けて掛かっている。高い天井に並ぶ古木の太い梁《はり》からだろう、ウッドオイルの匂いが漂っている。寝転んでベッドカバーのアラベスク模様を見ているうちに、いつの間にか寝入ってしまった。

何度訪れても、その宿の構造はよくわからなかった。玄関を入って、階段を上り、階段の途中から始まる部屋を抜け続きの間へ通されるときもあれば、最上階まで上り詰めて居間のような場所に入り、そこから蛸足《たこあし》のように分岐する小部屋に当たることもあった。廊下は曲線になったり直角に折れたりして、階上と階下は同じ部屋割りになってはいないようだ。隣室からの物音かと思って廊下に出てみると、路地を挟んで向かいの建物から聞こえてくるものだったりした。

ただでさえ路地の入り組んだ町なのに、宿の中までが迷路同然で、投宿するたびに時空を超えたところへ飛んでいくような錯覚を覚えた。

ヴェネツィアの中の、ヴェネツィア。

宿の内外の様式はアラビアでありアフリカでもあり、インド様式と並んでヴェネツィアン・バロックの片鱗《へんりん》が見られ、ディテイルには斬新なイタリアンデザインも光っている。

常連客達も宿同様、独り旅の老人から学生のグループ、スーツ姿から民族衣装、秘めた事情のありそうな二人連れがいるかと思えば、週末旅行の家族もいるという具合である。

宿は素泊まりで、客達が朝食に集まる場所はない。よって、一日の始まりもまちまちである。階段のあちこちや廊下の奥など、部屋は四方八方に不規則に位置しているため、宿泊者達が出会い頭《がしら》に鉢合わせになることはほとんどない。人の気配はあるけれど姿は見えず煩わしい思いをしない。好きに入って、思い思いに出ていく。

それが偶然なのか、熟考の末の構造なのかは知らない。長年、混沌とした来訪者への対応をしてきた宿からの計らいのようにも思う。建物に入ったとたんに、旧知の温かな懐に抱かれるようだ。建築様式、雰囲気、宿泊客。世の中の異種を内包する宿の鷹揚《おうよう》さは、ヴェネツィアそのものである。

「それなら、〈仮面屋〉に訊くといいよ」

そうだな、あいつなら詳しいだろう、と、船乗りのことばにカウンターにいる常連達も一様に頷いている。

かつてヴェネツィアの女性達は髪に天然の染料を塗り、屋根の上に上って天日で乾かして髪染めをしたと知り、この町の色の来し方について知りたくなった。いつものバールに立ち寄ると、顔馴染みの客達が飲んでいたので、色のことを訊いてみたのである。

おう、やあ、と挨拶を受けるが通じたのはそれくらいで、あとは強いヴェネツィア訛で雑談を続けている。丸く膨らみのあるグラスの中の赤はワインだろうが、背の高いグラスに入ったオレンジがかった茶色は何なのだろう。四つ切りのレモンが皮ごと氷の下に押し込まれている。カウンターに寄りかかり、客がそれぞれ船を漕《こ》いでいる。

「いつもの、頼む」

初老の男性が店内に入るなり、カウンターの向こうに声をかけた。ちょうどよかった、噂《うわさ》をすればやって来た、と船乗り達が挨拶し合っている。〈仮面屋〉本人だった。

小ぶりのワイングラスで出された黒ビールをグビリとひと口飲んでから、

〈で、いったい何の用だ〉

というふうに私を見た。

にらみ付けるような目付きにたじろいだが、正面から向き合ってみれば瞳はミント色に白を混ぜたような色味で、思わず見入ってしまう。額が前に飛び出て見えるのは、灰色の髪が薄く生え際が後退しているせいだろう。頬骨《ほおぼね》も鼻梁《びりょう》も高く赤く、奥の眼光にいっそう深みが増して見える。

「ヴェネツィアの色？　そんなもの、ないね。色はどこでも色だろ」

カウンターに並ぶ男達が、まあそう言うな、と口を挟んで取りなしてくれるものの、すぐにそれぞれの世間話の続きや店に入ってくる若い女性観光客を目で追うのに気を取られて、色どころではない。

〈仮面屋〉フランコはビールを飲み干すと、給仕に顎をしゃくって合図し二人分の小銭を置き、

「ちょっと来るか」

ぶっきらぼうに言い、私の返事を待たずにさっさと店を出ていった。

昼前だというのに、日差しは厳しい。

バールを出ると、すぐ前がフェニーチェ劇場の正面口だ。劇場を仰ぎ見るようにし

て、小さな広場がある。そこから放射線状に、サンマルコ広場やアカデミア橋、リアルト橋へと抜ける路地が延びている。どれも両手を広げると両壁に触れることができるほど幅の狭い小径《こみち》だが、名所と名所を繋ぐ観光の動線になっているため通行人が引きも切らず、後から続く人に押されるようにして進む。路地沿いにびっしりと軒を並べる店は、どこも間口が狭い。ショーウインドウには照明が灯《とも》っているが、その陳列棚の間から見える店内は薄暗く、外からは様子を窺うことができない。これまでに何度この路地を抜けたことだろう。ガラス細工に雑多な土産物、軒先でサンドイッチや飲み物を売る店、インドのものだろうか、細密な模様の彫り込まれた銀製のアクセサリー、〈郷土料理〉と書かれた食堂、色ガラスのはめ込まれた明かり窓……。一歩進めばもう隣の店の入り口という密集ぶりで、商いのせめぎ合いに息が詰まりそうになる。それで、これまで早足で素通りしてきたのだった。

誰かに見られている気がして目を上げると、無数の顔が黙ってこちらを向いていた。ぎょっとすると、その中のひとつがニヤリとして、

「どうぞ」

と言ったので、二度仰天した。仮面に囲まれてフランコが笑っている。そこが彼の

工房なのだった。入り口のガラス戸にもショーウインドウにも、路地を向いて顔が隙間なく並んでいる。顔には目がない。黒く開いた眼孔は空《くう》を泳ぐようでもあり、こちらの心の内を凝視するようにも見える。慌てて目を逸《そ》らす。中には目がないばかりか、口までない顔もある。

見ない、話さない。

死に顔のようかというとそうではなく、緩んだ頰に含み笑いを浮かべているものもあれば、眉間に皺を寄せ耐えている顔もある。立派過ぎる鼻を持つ威張り顔もある。眉を引きつらせている横には、まぶたを半分閉じた諦め顔がある。多様な感情を貼り付けたまま、仮面はじっと待っている。手に取られ、生きた人の顔に被さり、生気を得る瞬間を。

フランコが壁面やドアをゆっくり見回すと、空洞の眼孔に力がみなぎり、いっせいに〈おかえり〉と目礼を返すように見えた。

仮面はどれも違う面構えなのに皆、同じに見える。

「朝から晩まで、作っている」

振り返って言うフランコの顔を見て、仮面は彼の分身なのだと思った。

店には、客を相手にしていない雰囲気があった。三人も入るともう手狭で、壁には床すれすれから天井まで仮面が並んでいる。土産物屋で目にするような、仮面をモチーフにしたブローチや壁掛けになるような小間物の類いはひとつもない。数百の、人間の顔に合わせた仮面があるだけだ。

　鳥のくちばしを思わせる、先の尖った長い鼻をこちらに向けている白い仮面が目に入った。鼻の下部には細長く線状の隙間が開いていて、閉じた口元から何か言いたげである。

　フランコは壁からその仮面を外し自分で顔に着け、私のほうに近付きながら顎をしゃくってみせた。鼻の先端がぐいと上がり、私は二、三歩後ずさりした。怪鳥に突かれるようで、恐ろしかったからだ。白い仮面に開いた眼孔から、フランコの緑色の目がじっとこちらを見ている。

「そばに寄り過ぎると伝染《うつ》るし、ひどく臭っただろうからね」

　中世から近世まで、欧州は繰り返しペストの大流行に見舞われた。交易の中心だったヴェネツィアは、異国から文化や物資とともに疫病の伝播《でんぱ》も担い、繁栄と絶滅を交互に経験してきた。荘厳な教会の大半は、犠牲者の慰霊と加護のために建立されたものである。

疫病の蔓延《まんえん》する町で医者や聖職者達は、この長い鼻の仮面を着けて、距離を置きながら病人を介護し、遺体を処理した。鼻先が下方に湾曲しているのは、病人の吐く息を直に吸い込まない工夫だったのだろうか。

ぐい、とフランコが再び持ち上げた鼻を避けようとして、私はよろけて壁に手を突いた。ゾワリ。手が触れた先を見ると、そこには巨大なネズミの頭があった。

「そいつはモルモット。悪い奴じゃない」

フランコは、緑がかった灰色の毛で覆われたモルモットの頭を愛おしそうに撫ぜて言った。

「ペストを広めたのは、パンテガーナ《ドブネズミ》。でかいのだと、このくらいになる」

両手を五十センチほど広げてみせる。

フランコが撫でる下から、サワサワと音がしている。よく見ると、モルモットの毛は一本一本が乾いて筒状に丸まった竹の葉なのだった。感心する私を、ペスト用の仮面の奥から緑色の目が笑って見ている。

外した仮面の長い鼻は空洞になっている。作業台の下からフランコは木箱を出してきた。ガラス瓶が並んでいる。〈ローズマリー〉〈ラベンダー〉〈スターアニス〉〈ニンニク〉〈ヒノキ〉〈ミント〉などと蓋《ふた》に記してある。

フランコはおもむろに瓶から香草をつまみ出して小皿に入れ、指先で混ぜ合せたものを仮面の長い鼻に詰め込み、着けてみてごらん、と緑色の目を私に向けた。

仮面を着けたとたん、匂いは鼻腔《びこう》を抜け喉を通って五臓六腑に沁み渡った。

「こんなものでは、とても足りなかっただろうがね」

口で息をしている私から仮面を外すと、口にかかるあたりに濡れたガーゼを当て、もう一度着けてみるように、と手渡した。

強烈な酢と香油が口元から目頭を刺し、むせ返った。

「香草も香油も、ヴェネツィアには売るほどあったからね」

同じ材料が平和な時代には絵画や印刷を彩るのに使われ、ペストが蔓延すると臭気消しや殺菌剤として利用されたのである。

芸術と病は、同じ天然の染料で繋がっていたのか。

ヴェネツィアの色。

フランコは後ろにある棚からファイルを出すと、咳き込んでいる私の前に広げた。

そこには奇妙な恰好をした人物が描かれていた。長い棒を上に掲げた手は、伸びた爪の先が目立つ。手袋をはめているようだ。頭から足首まですっぽりと隠すかぶりの服は、たっぷりとした身幅に長い袖口である。ツバの広い帽子を目深に被り、顔は鳥だ。いや、ペスト用の仮面を着けているのだった。上から眼鏡までかけている。

中世の医者の絵だった。鳥人の風体は、不気味だがどこか滑稽《こっけい》で物悲しい。死病を前にしては、どれほどの防備も役に立たなかっただろう。突き出たくちばしのような鼻が、使命感と恐怖でない交ぜになった医者の気持ちを表している。丸い眼鏡の奥に小さな目が見える。諦めたような、やるせないような。離れたところに立ち、棒で患者の布団をめくり上げ衣服を脱がして医者達が診《み》たのは、治る見込みではなく死の到来の確認だったのではないか。

「売れるんでね」

作業台には作りかけの何本もの鼻くちばしが並んでいる。

店には、いっこうに客が入ってこない。店の入り口のドアに掛かる多数の顔に、入るのをためらう人も多いだろう。

どの業界も不景気で、と気遣うつもりで言った私に、フランコは緑色の一瞥を投げると、

「セレーナ、サンドラ、マックス、エロス、デイヴィッド……」

端から順々に仮面に向かって、親しげに名前を呼びかけ始めた。

「こいつは、〈ハーメルンの笛吹き男〉に出演してね」

数十個分の〈モルモット〉の毛を集めるために、彼は陸側へ渡り竹林を探し回ったという。舞台での大役を果たした後、こうしてペスト用の仮面の隣に掛けられ、「疫病神だ！」と皆からお門違いの非難を受けて、さぞ憤慨していることだろう。

モルモットも含めて店内にある仮面は、すべて特別注文に応じた一点ものである。まず客の顔の型を紙で作る。それを土台に、革を叩いては伸ばす。濡らして、叩き、伸ばす。少しずつ、丹精込めて。発注主達と話しながら。

発注主へ納品し、複製を一個余計に作って手元に置く。

彼は〈セレーナ〉の頬を指ですっと撫でながら、〈デイヴィッド〉を目の端で見ている。

仮面ごとにヴェネツィアの秘めた物語がある。

店に一人の客が入ってこなくても、店内は常に満員なのだ。かつての発注主達が、フランコを囲んでいる。

今でこそヴェネツィアの代名詞のようになっている仮面だが、欧州でのそもそもの起こりは、古代ギリシャ時代の儀式や舞台だったとされる。中世以降、海運業で栄華を極めたヴェネツィア共和国では、何ごとにも絢爛さが求められて、仮面にも装飾が加えられて芸術へと昇華していった。

暗い中世を抜けて世の頂点に立ったヴェネツィアに、冬を経て迎える春を祝うキリスト教の祭事であるカーニバルは暗喩《あんゆ》となって重なった。〈死〉に由来する仮面《マスカ》を脱ぎ捨て、春の到来に快哉《かいさい》を叫ぶ。復活を歓《よろこ》ぶ。己の春が永久に続くことを祈るかのように、ヴェネツィアのカーニバルは年々、華やかさを増していった。

「綺麗《きれい》なものは、汚いものを覆うからね。正体も隠す。仮面の着け方を間違えたら、そのまま〈死に面〉ということもあったからね」

フランコはのっぺりした細面《ほそおもて》を壁から外し、自分の厳《いか》つい顔に掲げてみせる。

仮面があまりに流行《はや》ったため、ヴェネツィア共和国はさまざまな法まで作って使用を管理した。曰《いわ》く、

――夜、仮面を着けて外出してはならない。

――男は、女の仮面や道化の仮面を着けてはならない。

――仮面を着けるとき、武器は持ってはならない。

――売春宿では、一年を通して仮面の着用を禁止する。

どこまでが日常で、どこから非日常なのか。

ヴェネツィアは、裏には無数の路地が錯綜《さくそう》するのに、表には大通りの代わりに大運河が一本、たゆとう町である。荘厳な建物は大運河に華麗な姿を映してみせるが、容易く人を近づけない。美しい夢には手が届かない、と言わんばかりである。

現実を仮面で覆い隠して、虚の世界へと飛び込んでいく。永遠の夢を、瞬時、自分のものにするために。

卑近と高貴。貧と富。猥雑《わいざつ》と崇高。

仮面は、ヴェネツィアの極と極を引き合わせてきた。


フランコの店は、フェニーチェ劇場とゴルドーニ劇場の間にある。

十七世紀初めにヴェネツィアで最初のオペラが上演されて以降、最盛期には二十を超える大小の劇場ができたという。

劇場の名前にも残るカルロ・ゴルドーニは、十八世紀のヴェネツィア生まれの劇作家だった。仮面を巧みに使い、当時のヴェネツィアの富裕層と庶民の人間模様を描いた喜劇を二百余りも創作した。その緻密な観察眼と鋭い筆力で文学史に名を残したものの、作品を発表した当時は悪評紛々《ふんぷん》だった。上流階級のただれた生活ぶりと、底辺に暮らして永遠に浮上することのなかった一般民衆達のやっかみや狡猾《こうかつ》さが描かれて、革新的だが辛辣《しんらつ》で、上も下も、観劇者達は気を悪くしたのである。芸術は、創る人だけではなりたたない。パトロンである上流階級から総スカンを喰《く》らい、興行に失敗し暮らしに行き詰まった彼は、ヴェネツィアを後にした。

「着け方次第で人の運命を変えるのが仮面さ」

フランコは、次々とゴルドーニ作品の要となる仮面を並べて見せてくれる。道化者。金満家。詐欺師。貴婦人。死神。浅ましさや哀れ、清純さが、薄い皮一枚の上に濃厚に漂っている。

「仮面劇で失敗してゴルドーニがこの町を去ったおかげでヴェネツィアの仮面が世界に広まったんだから、皮肉なものだな」

失意のゴルドーニは、移住先のパリで王族にイタリア語を教えながら仮面劇も上演した。仮面の下に隠されたヴェネツィアの秘密を覗き見るような舞台に、異国の観客は目を見張った。陳腐さを笑い、性《さが》と運命に涙した。

ヴェネツィアを出ていった仮面は、評判と名声を連れて町へ戻ってきた。流れ出ては、寄せて返す。

後年になってフェニーチェ劇場で仮面舞踏会が開催されると、たちまち究極の美を披露する場として、世の賞讃の的となったのである。

フランコの仮面には色がない。飴色の革のまま着色されていない仮面は一見、木製のようにも見える。若い女の顔は気のせいか艶やかで、苦渋に満ちた老人の顔は枯れ枝のようだ。

〈仮面屋〉は、顔の基本だけを作る職人である。造作付け専門の職人が別にいて、基本に色と装飾を施していった。

「今でいう化粧のようなものだ。造作屋の手次第で、同じ顔型がどうにでも変わったものだった」

鼻をわざと大きく見せたり、唇を腫れたように描いてみたり。淫靡《いんび》な目尻、痩《こ》けた頬、弛んだ顎、半開きの口。

被ると身元を隠すのに、着ければ本性を浮き彫りにする。

仮面には魔力があるのだろうか。

中世、ヴェネツィア共和国で、仮面作りの職人達が画家と同等の職能者として認められていたのは、内面をも見抜く鋭い洞察眼を持っていたからだろう。一枚の絵の中に社会を描き込んだのが画家なら、彼らは面の皮に人間の本質を凝縮させたのである。

店を出た。

目のない顔が、背後から見送ってくれている。

ふらつく。顔に酔ったらしい。

太陽は高く上り、建物の上方にますます白く強い日が差している。

互いに身体を斜めにして、狭い道を譲り合う。皆、影に顔を隠して、黙々と歩いている。観光客は、顔のない人々の集団である。ヴェネツィアから黒い仮面を被された気分で、宿へ戻る。宿への路地には、点在する画廊や雑貨店と突き当たりに水上バスの乗船場があるだけだ。観光名所のない乗船場には、乗降者もまばらである。

宿の玄関に鍵を差し込みかけたとき、数軒先の木の鎧戸《よろいど》が小さな軋み音を立てて開いた。黒い野球帽の男と背の高い女。二人が揺れているのは、男の後ろから女が絡むように抱き付いているからである。長い髪が乱れて、女の顔は見えない。昼食どきの人通りのない裏道に、人目があるとは思いもよらなかったのだろう。

私に気付くと、二人は弾《はじ》かれたように身体を離した。男は帽子のツバを目深に下げて乗船場のほうへ歩き始め、女はうつむいて前髪を垂らしたまま家へと入っていった。

「火遊びが過ぎたらしくてね」

宿の女主人に数軒先の稼業を尋ねると、それだけ言って、髪を上げ自分の耳元を見せた。緑色のような、青のような。白みがかった不思議な色が流れ紋様になったガラス玉が下がっている。窓際に立ち耳たぶを路地のほうに向けて意味ありげに揺らしてみせ、髪を下ろして黙った。


家なのか、アトリエなのか、店なのか。外には何の表札もなく、わからない。昔の駅の切符売り場のようなガラスの窓が路地に面してあり、引き戸を開けると、先ほどの女性が奥からこちらを見た。

薄暗い店内には、無数のガラス玉があった。流線模様は、干潟を取り囲む潮流なのだろうか。あちこちに無造作に置かれたガラス玉は、今見てきたばかりの仮面から転がり落ちた目玉のように見える。

彼女は玉を手の上にいくつか載せて、

「いかがです」

私の首元に当ててくれる。

長い金髪は、乾いて黄色に変色している。見えなかった顔には、深い皺がある。

黒々と引いたアイラインのせいで、いっそう老け顔に見える。ガラス玉を持つ手から香りが漂う。傷んだ髪や緩んだ頬とは釣り合わない、春の花の甘い匂い。

転がるガラス玉に、奥に吊るされた真っ赤なビロードのカーテンが映っている。


「赤の間仕切りの向こうが、桃源郷らしいのよね」

バールに寄り、裏道で目撃した二人の情景を口にしたとたん、船乗りや周辺の店主の連れ合い達が口々に教えてくれた。

「カーニバル衣装のボタンや刺繍《ししゅう》の担当でね」

「ムラノ島の出身と言っているけれど、元ユーゴからの移民らしいわ」

「それで吹きガラスが上手なのね」

「仕立て店の同僚の息子と恋仲になってね。しかも自分の息子よりも年下よ」

「仮面も衣装も手近に揃っていて、化けるのはお手の物」

秘密の逢瀬に使っていたのは、満潮ごとに冠水する船曳き場跡だった。

水があふれれば、もう誰も近付けない。

人通りのない裏道で耳にした、鎧戸が軋む音を思い出す。

カーニバルに紛れて。フェニーチェ劇場の衣装搬入と言い訳して。時代劇の通行人役で、路地奥へ歩いていく。ビエンナーレの作品搬入を装って、穴蔵へ入る。レガッタの喧噪の陰で上げる、嬌声《きょうせい》。勝利を祝いながら、強く抱き合う。

「どんなに仮面で隠したつもりでも、ガラス玉のイヤリングでバレたのよ。あれほどの腕前はなかなかいないからね」

仕立て屋を辞め、ガラス玉を創って暮らしているという。

赤いビロードのカーテンの向こうには、部屋と同幅のベッドが置いてあるらしい。

「でも生活は別のところみたいね。あの穴蔵は、彼女のハレの舞台なのよ」

宿に戻ろうか、それとも、仮面屋の工房に行こうか。

バールはちょうど真ん中にある。路地は錯綜しているようで、名所から名所を繋ぐ動線なのだ。目のない顔の掛かる壁と、目玉の転がる暗い穴を交互に思い浮かべて、足下がふらつく。

色の由来など調べてどうなる。

この町では華美な色はモノクロとなり、濁った色は虹色に変容する。

落ちていく太陽を受けて、運河は白みがかった緑色に光っている。濁っているのか半透明なのか、わからない。
どこを見ているのかわからないフランコの目と同じ色だった。

緑の海

八月のミラノ。

第一週目まではどうにか堪えて開けているものの、それを過ぎると店も会社も市場もいっせいにシャッターを下ろして、夏期休業に入る。ミラノがゴーストタウンとなる。

かつてこの時期に食材を買えずに、飢餓状態に陥る一人暮らしの高齢者が出たことがあった。以来、八月も交代で店が開くようになった。郊外の大型スーパーマーケットは常時開いているけれど、そこまで買い出しに行けるのは車を持つ人と元気のある人だけである。

盛夏、開いている店までキャリーバッグを引き、路線バスや市電を乗り継いで行くのはひと苦労だ。休日運行になっていて、バスも電車も間引き運転をしている。停留所の屋根は幅狭で日除けの役を果たさず、造り付けの椅子は三人も掛けるともういっぱいで、しかも塩化ビニル製なので汗ばんだ腿にぺたりとくっつき居心地が悪い。

「スイカを買いたいのですが、重くてねえ」

老女は乾涸びたような身体をベンチに預けて、なかなか来ない市電を待っている。大通りにいるのは、私達だけである。老女につき合って、だらりと暑い待ち時間を四方山話でやり過ごす。

家族もなく、一人分の食事のために買う食材の量は知れている。近所の個人青果店なら、トマト一個にタマネギ三個、スイカ八分の一(「奥さん、冷やしておきましたよ!」)といった買い物でも、店主は嫌がらない。頼めば家にも届けてくれる。

「ローマに住む娘が、月に一回インターネットでスーパーマーケットに注文して、宅配の手配をしてくれるのですけれどね……」

未熟の梨二キロ、お買い得ジャガイモ三キロ、スパゲッティ徳用一キロ入りを六袋(早く茹で上がる№3タイプ)、ツナ、トマトピューレ、オイルサーディン、南米製コーンビーフそれぞれ十缶、オリーブオイル大瓶、瓶入り酢漬け野菜いろいろ、長期保存可能牛乳一リットルパック十個、ビスケットに乾パンの大箱が二個ずつ、グラーナ・パダーノ・チーズ真空パック入り、二リットル入り赤ワイン、塩三キロに小麦粉一キロ、「ママ、飲み水は水道水でがまんしてね」……。

配達業者は、老女の家の玄関前までしか運んできてくれない。腐らない食品が缶や袋、箱に入って玄関に積み上げられ、途方に暮れた老女が立ちすくむさまを想像する。娘には、一人暮らしの老母が一ヶ月に食べる量の見当が付かないのだろう。いや、暑い中、老母が遠くまで買い物に行かなくてもいいように、との思いやりが過ぎてのことなのかもしれない。

でも、いったん酢漬け野菜の瓶詰めを開けると、そのひと瓶で丸一週間は過ごせるのだ。旬を味わいたいと思っても、手元にある野菜はジャガイモとタマネギだけである。ほんのひと切れでいい、さっと炙《あぶ》った新鮮なカジキマグロにケッパーを刻んで合わせたらどれほどおいしいだろう。台所の棚には、ぎとりと油臭い鰯《いわし》の缶詰がぎっしり入っている……。

「よく冷やしたメロンのくし切りと、目の前で手切りしてもらった生ハムを食べたいわねえ」

老女は目を細めて、少し寂しそうに言う。

私は買い物に行くのは端から諦めて、開いているバールを見つけてそこで昼食を済ませよう、と家を出たところだった。野菜や果物を買い置きしたところで、新鮮であればあるほど、腐らせないように昼夜同じものを連日食べるはめになる。夏のミラノでは、大勢で一気に食べ尽くす機会がない。缶詰や瓶詰めで秋を待つ老女とたいして変わりはないのだ。

老女と別れてから大通りを二駅ほど歩いたところで、ようやく日除けを張っているバールを見つけた。ガラス戸を閉めている。冷房が効いているに違いない。

店内に人はいなかった。入るとすぐカウンター奥の観音開きのドアが開いて、エプロンに三角巾姿の小柄で痩《や》せぎすの若い男が顔を出した。

何かパスタをお願い……、と私が注文しかけると、

「今日は、出せる料理がないもんで」

男は、バツが悪そうに詫びた。店主らしい。

ないと知ると余計に食べたくなった。道に面した陳列ケースに、細い筒状に丸まったショートパスタの袋入りが並べてあるのを見てから店に入ったのだ。このところ暑過ぎて、火を通さないものばかり食べていた。

『プーリア州から直送の手作り！』

パスタの脇に大書してある。

あり合わせの具で構わないからぜひあれで、と陳列ケースを指差すと、

「素パスタでもよければ」

ますます彼はきまりの悪い顔をした。

店は調理場まで空っぽなのだった。食材がないのは客が来ないからで、客が来ないのは店主が口下手だからなのかもしれない。一人で料理から給仕までこなしているようで、注文を受けた後に「暑いですねえ」でも「バカンスはどちらへ?」でもなく、さっさと厨房へ引っ込んでしまった。客の私は一人、取り残された。

それにしても界隈で一軒だけ開いているバールなのだ。目がけてやってくる一人や二人、いてもよさそうなものである。

座って間もなく、店内には冷房が入っていないのに気が付いた。これでは、涼を取りに立ち寄る一見客もないわけだ。ドアを開けっ放しにしておくと外からの熱気が入りかえって暑いので、閉めてあるのだろう。

カウンター横のガラスケースには、焼き菓子もクロワッサンも入っていない。朝食やおやつ時《どき》に来る客もいないようだ。エスプレッソマシーンの電源も落としてある。バールなのにコーヒーも飲めないなんて。

茹で上がったばかりのパスタを山と盛って、店主が厨房から大股《おおまた》で出てきた。盆に

も載せていない。明るい緑色のビニル製のランチョンマットの上に皿を置き、まだ食べないで、と手で制すと、ラベル無しの瓶を皿にかざしてぐるぐるとオリーブオイルを振りかけた。オリーブオイルの中でパスタが溺《おぼ》れんばかりだ。パスタから立つ湯気にオリーブの青い匂いが混じる。鼻をひくつかせている私の顔の前で、店主は煉瓦ほどある熟成チーズの塊をわしづかみにして削り始めた。

「辛いの、だいじょうぶですか？」

こちらの返事を聞く前にもう、カウンターの後ろの壁に掛かっている枯れ枝の束を取っている。乾涸びた赤い実がぶら下がっている。

「乾いていればいるほど効くのでね」

実を千切り取って両手で擦り合わせると赤い小片が皿に落ち、酸っぱい香りがツンと鼻腔を突いた。

「唐辛子だと思ったでしょう？」

粉々になったのは、赤ピーマンの天日干しだった。

固めに塩茹でされたパスタは、黄色にも緑色にも見えるオリーブオイルをみるみるうちに吸い上げていく。ぽってりと膨らんで、表面が照り光っている。削り下ろしたチーズはパスタの余熱でほどよく溶け、乾涸びていたピーマンのかけらはしっとりとパスタにしなだれかかっている。具は、それだけ。

フォークで二個三個とまとめて突き刺し、熱々を頬張る。パスタを嚙むたびに、香ばしい焼きたてパンのような味わいがじわりと出る。小麦粉の味。干したピーマンの酸味少々が、小麦粉の甘い味をいっそう引き立てる。呑み込む直前に、ピーマンが鷹揚なパスタの味をぴりりと引き締める。表を照りつける日差しを口に放り込んだ気分だ。

店が空っぽでよかった。

素のパスタを食べて、目の前に夏の麦畑が広がった。

プーリア州。イタリア半島南部の広域を占める。長靴の踵《かかと》から土踏まず、くるぶしあたりに位置している。海と大地と山を抱く。

遠い大学時代、選んだ卒論テーマが、『南部イタリア問題』だったことを懐かしく思い出す。

私が通った大学は〈外国語大学〉との名を持つが、入学後の数ヶ月で文法などの語学の授業をざっと終えると、すぐさま専門分野の勉強に進んだ。文学や思想史、言語学もあれば、社会学や政治、経済史もあった。まだ文法の基本すら怪しいというのに、教材は原著だった。当時は伊和辞典などなく、頼るのは伊伊辞典だけである。わからないことばを伊伊辞典で引くと、さらにわからないことばに囲まれた。そのままことばに手を引かれて、イタリア語の樹海に入っていく。密林は果てがなく、迷い、たった数行を読むのに気付いたら数時間、ということもしばしばだった。『祖国は国語』と言うらしいが、次々に出逢《であ》う見知らぬことばに付いて四方八方へと訪ねて回るイタリア語学科での勉強は、全方位に好機を窺いそれぞれ思うがままに進んでいく、イタリアとイタリア人そのものだと思った。

この調子では到底、自分には原語では味わえない、と文学研究は断念した。卒論はどうする。

その頃ちょうどイタリア国内では半島南部と北部の格差が問題視されていて、新しい政策や研究が展開しているところだった。〈提起されてまだ歴史も浅い問題なのだ。古い文献だけではなく新しい図説や統計などもあり、私でも理解できるかもしれない〉

二十歳《はたち》の浅慮で卒論のテーマに選んだのが、南部イタリア問題だった。

あれからもう四十年近くになる。

当時、日本では、生のイタリアを見る術《すべ》がなかった。イタリア料理店すらなかった。〈パスタ〉と言っても通じず、自分もマカロニとスパゲッティしか食べたことがなかった。大学の近くに気易い洋食店があり、そこの自慢の皿はナポリタンだった。

「うちのはケチャップなしだからね」

だから本場の味なのだ、とばかりに店主は自信満々で、大盛りを学生達に出していた。櫛切りのタマネギやウインナーソーセージ、ピーマンによく煮えたスパゲッティを加えて炒めてある。サラダオイルで。

〈これぞ本物！〉

皿の中のイタリアに感激しながら、しみじみ味わったものである。

今から思えば、野菜不足の下宿学生達を店主なりに慮《おもんぱか》ってのレシピだったのかもしれない。

伊伊辞典の毎日に途方に暮れて、私は専門洋書店に行って、偶然『イタリア語図解辞典』なるものを見つけた。薄い本だったが、分野ごとに原語の名称付きで詳しいイラストが載っている。おかげでどの項目も一目瞭然の明解さである。

さっそくページを繰る。巻頭に『地球のしくみ』や『生き物』があり、そのすぐあとに続くのは、『パスタ』だ。

〈地球と生き物の次に重要なのが、パスタなのか……〉

ページの上半分に、多種類のパスタが細密に描かれている。何度も図解辞典を開き、さまざまなパスタに見入っては、遠いイタリアに想いを馳《は》せた。

食べたいと思っても、売っている店がない。レストランもない。レシピもない。イタリアを味わえない。実像がつかめない。

〈何としても、現地に行かなければ〉

私のイタリアへの関心の原点は、パスタへの飢餓感だったのかもしれない。

『南部イタリア問題』は取りかかってみると、イタリア人も見て見ないふりをして通りすぎる難題らしい、と知った。

イタリア半島が国家として統一されたのは一八六一年のことであり、そう古い話ではない。統一国家は生まれたものの、人心も制度も群雄割拠の頃のままだった。各都市はそれまで通り、自分達こそが国、と揺るがず、新しい国家には帰属意識を持たなかったからだった。南北に延びた半島の気候や土壌が多様であるように、歴史は各地で大きく異なり、互いに共有できる過去は少なかった。

自分達のことを知らない政府がすることなど、信じない。つかめない人心に、国政は届かない。

国家が生まれて、もともと距離のあったところはますます隔《へだた》り、欧州他国に近くて地の利の良い北端には優越感が、道路も鉄道も果てる南端には失望と妬みが生まれ、二度の世界大戦を経て時代が変わると、溝は簡単には埋まらない深さとなってしまった。

日本では関連資料がなかったため、卒論の準備にナポリへ行くことになった。

南部問題を調べに来た、と現地に着いて周囲に言うと、南部人達は揃って声高に笑った。年端《としは》も行かない極東人から言われて、問題に日々直面していた皆は笑い飛ばすほかなかっただろう。

「泣かないために、笑う」

と、現状を説明する人がいれば、

「北から見たら問題に見えることも、こちらでは当たり前ということもある」

よって問題はない、調べる意味はない、と助言してくれる人もいた。

「南部問題だって？　それは、〈昼メシに何を食おうか〉という問題だろ」

そう言って、近所の食料品店の主人は笑った。

古代から船乗り達は、南から吹いてくる風のことを〈正午《しょうご》〉と呼んだ。羅針盤《らしんばん》には、〈南〉の別称として〈正午〉と記されている。南からの風は熱く湿っているので、太陽が最も高く上り日差しの強くなる正午に合わせてそう呼ぶようになったのだろう。

「〈南部《正午》問題〉は〈昼メシの問題〉」と、主人は言い換えたのだった。部外者がつべこべ言うな、と聞こえた。

「南部出身者による文献と北部出身者がまとめた文献を、それぞれ均等に読むように」

ナポリの指導教官はそう指示し、数名の研究者の名前を挙げた。

北部の研究者が書いたものは、明確な構成に各種統計を併せてテキパキとした論の運びで、理系の検証論文のようだった。北部人に言わせると、南部人は迷信深く、保守的で改革を嫌い、土地から離れず、怖がりで、誇り高く、鷹揚だが緩慢で、たいていが怠惰で、家族と縁故が第一で、他人を信じず認めず、唯我独尊、男尊女卑、貧富の差が著しく、制度を守らず、臨機応変、無法地帯、となる。難病を患《かか》った人を細かく検査し分析して、冷徹に病状を説きメスを入れていく医師のようだ。南部問題は罹るべくして罹った生活習慣病のようなもので、効き目の期待できる治療方法はない。症状が悪化しないようにところどころで対処するしかない、等々。突き放したような論調が多かった。

一方、南部の研究者の著作を開くとどれも、〈はじめに〉が十数ページも続いている。経済政策の変遷を説く本なのに、古代ギリシャの哲人の引用に始まり、ラテン語で聖書の一節が紹介されている。注釈が付いていないところを見るに、そのくらい知っていて当たり前、という著者から教養について審査を受けているようだ。美文調は、ページを繰るごとに高まっていく。修飾語が入れ子のように連なり、その華飾に目が眩んで言わんとする核心が見えない。荘厳なバロック建築を入口で見上げるようだった。あのことばの密林が蘇る。

歯が立たず、同級生に抄訳を頼み本を渡した。

代々ナポリ住まいという級友はところどころで深く相槌《あいづち》を打ちながら、

「イタリアの文化を支えるのは、やはりこうした南部の知性よねえ」

と、感嘆している。

彼女の抄訳によれば――。

北部は欧州諸国に隣接している。川あり海あり。厳しい気候に農業は適さないので、戦後早々に新産業へと移行した。昔から投機と起業は、北部の特技だ。お金《かね》が特産品である。新しい財力は、新しい機会を呼ぶ。速い流れ。新鮮な血。斬新を求める気質にいっそう拍車がかかった。イタリアの未来は北が担っているとばかりに、南を過去へ放り置いたまま、時は北だけ抱えて先へ進んだ。

北の体力を支えたのは、しかしながら、南の大地と太陽である。イタリアの現在は、南の犠牲の上に成り立つ、等々。

「食べなければ、走れないでしょ。北の胃袋は、南が満たしてやったのよ。こうした知識人が南部に多いのも、豊潤な時間のおかげでしょうね」

海水浴に友人達と連れ立って行ったカラブリアの寒村の様子が、ナポリに滞在している間ずっと頭から消えなかった。海沿いに鉄道は通っているものの、駅から先は移動の術がなかった。路線バスはあるものの本数は限られているうえ、電車と連携していないので動きようがなかった。海へ続く道も広がる地も石が多く乾き切っていて、荒涼としていた。透明な海は底に雲を映しただ広く、岩場は黒々と尖って人を寄せ付けない荒々しさがあった。

それでも人は住む。乾き切った地に暮らす人々は地にしがみ付くように生えるケッパーのようで、大様な太陽と海とは裏腹に、暗く逼塞《ひっそく》した印象だった。

〈一年弱ナポリに暮らしたというのに、自分は南部のことを何もわかっていない〉

帰国する前に南部を走り抜けてみよう、と決めた。

遠距離バスだったのか、有志を募《つの》って貸し切りで行ったのか、よく覚えていない。ただ記憶に残っているのは、車窓からの眺めがバスに乗っている間じゅう同じだったことである。

「海側は通りませんから」

運転手はそう告げると、ナポリを出た後、内陸の奥へ奥へと走り続けた。

ナポリやソレント、アマルフィ、カプリ島やプロチダ島、イスキア島と、それまで海から見ていたカンパーニャ州に深い山々があるとは、思いもよらなかった。手入れのされていない山が多く、雑木林のあちこちに焦げたまま立ち尽している木々が見えた。自然発火なのか、放火なのか。木だけが知っている。

森閑とした山道を行くと、木々の間に架けたばかりらしい橋が見えた。その先に造成地でもあるのかと思って目を凝らすが、バスは橋を渡らずに細い山道を走り続けた。

高台から見下ろすと、橋は鉄杭をセメントから突き出し未完のまま放置されているのだった。

そもそも橋を架けて渡る先があるのか、というような辺地である。

「新制度の『南部助成金』で造ったのですよ。あの制度の〝おかげ〟でね、そりゃあ方々《ほうぼう》に橋や病院や学校が造られはじめたものです。もちろんすべて助成金を貰うための口実でしたから、取りかかってすぐに工事は中断され、建築物は未完成のまま野ざらしになっていますがね」

私が振り返って橋を見ていたので、隣席の男性が苦笑いしながら教えてくれた。繁った木が覆い被さり、橋の無粋な姿を隠している。恥を見せまいとするかのように。

数えるほどの集落からなる村もあれば、教会と塔の周囲にゆったりと広がる町もあった。町村を結ぶ公共交通機関は、ない。独自の暮らし、と言えば聞こえはいいが、すべてから孤立し仲間内だけで寄り添って住む様子は、遠目にも息苦しく見えた。落ちたら二度と地上に這い上がることのできない暗くて深い穴のようだ、と思った。

さらに奥へ進んで行くと、険しい山に細く曲がりくねった道と家々が見えた。窓からその山に向かって、前の席の老女が頭《こうべ》を垂れ十字を切っている。

「七年に一度、信者達が、膝を突いて進みながら山頂に立つ十字架を参拝するのです」

地元ばかりか外国からも大勢の信者が集まり、蛇行する白い道には擦り剝けた膝から滴る血が流れるほどになるという。

トマト畑を越え、ブドウ棚を抜け、オリーブ林を後にすると、目の前に一面の緑が広がった。バスの行く道だけが、黒い線となって緑の大地を切っている。三百六十度の地平線は緑色で、左へ右へ揺れ動いている。麦の穂だ。そこからプーリア州が始まるのだった。

空いた皿を下げに来た店主は、昔のことを思い出してぼんやりしている私に、

「具もないパスタにそんなに感激してもらっても」

と、恐縮している。

二時を回っても他に客は来なかった。外はますます暑い。

「そろそろ閉めますんで」

立ち上がろうとすると、

「永遠に」

店主は溜め息混じりに言い足した。

店主のミケーレは、プーリア州内陸部の生まれだ。つい三ヶ月前までそこで暮らしていた。中学校を出たあと隣町の観光業専門学校に通い、調理師の資格を取った。村にはホテルがない。あるのは、部屋貸しか空き家を利用したB&Bだけである。開けても客が来ない。観光名所ではないし、移動手段がない。鉄道は単線で、日曜は運休である。バスの代行もない。そもそも空港は、二万平方キロメートルもあるプーリア州に二つしかない。しかも海側だ。それなのに、なぜ観光業専門学校があるのだろう。

「プーリアの特産品は、〈移民〉ですので」

ミケーレが言った。

調理から給仕、テーブルセッティングまでを覚え、白いジャケットに黒の蝶ネクタイも持っている。移住していく先は、世界各地の行楽地である。

「皆が楽しむところにプーリア人は必ずいるのです」

閉業寸前の店で食べた手打ちのパスタの味は、それからしばらく舌先に残った。小麦粉の甘い味には、遠く北のミラノへ移住していった息子への母親の思いがこもっているのだろう。

昔、卒論のために訪れたナポリは、私にとって初めてのイタリアだった。孵化《ふか》したばかりのヒナが最初に目にするものを親と信じるように、私にとって母なるイタリアは南部なのである。南部へ行ってこよう。

四十年ぶりのプーリアである。バーリ空港からレンタカーを駆って内陸へ向かう。バーリ市を抜けるとすぐ、ざわり、とフロントガラスの中で緑色の波が大きく揺れた。

空は頭上に半球状に広がっている。視界の半分は麦の穂の緑と黄色で埋まり、残りは空の青だ。対向車すらない。まっすぐの道を地平線に向かってアクセル踏みっ放しで、一人、走る。

両目の端で、前で、背後で、ざわり、ざわり。

開け放した窓から、麦が風になびく音と青い香り、農耕地の甘く濃い匂いが流れ込んでくる。雲は高く低く何層にもなって、広い空を緩やかに流れていく。緑色だった地平線が銀色に変わる。新しい町でもできたのだろうか。走るうちに、オリーブの森林だとわかる。花を付ける頃、葉の裏が白く輝くのだ。

イタリアの穀倉。

「食べなければ、走れないでしょ」

四十年前の級友の誇らしげな声が、耳元に蘇る。悠久の時が、あのときと変わらず流れている。

変化のない車窓からの風景を見ているうちに、バスに乗り込んだ四十年前の朝に、時空を超えて飛んでいくような錯覚に陥る。麦の波の合間に、今日までに起きたさまざまが浮かんでは消えていく。経てきた時間は膨大なのに、すべて一瞬のうちに背後に流れていく。


翌朝、八時を告げる鐘で目が覚めた。部屋の真ん前に鐘楼があるのだ。

ミケーレが紹介してくれた宿だった。彼の郷里は、プーリアの内陸部の小村と聞いていた。見所もホテルもない村、と言った。それでもぜひ、と勧められるままに来たのである。あのパスタが生まれた地を見たかった。小麦粉を練った彼の母親にも会ってみたかった。

大聖堂を目印に、と宿への道順を教えられた。辺地の教会なのだ。大聖堂とはいえ、こぢんまりと地味なものだろう。

ところがそれは大聖堂の名の通り、離れないと屋根まで視界に入らないほどの荘厳な建物だった。大聖堂から礼拝所、祈禱所《きとうしょ》とひと繋がりに延びている。鐘楼を囲むように、さらに建物は続く。私が泊まっているのは、大聖堂に連なる建物の一角にある部屋だった。いわゆる宿坊だったところらしい。数部屋だけの質素な宿泊所ではない。百人以上が寝泊まりできる規模である。

〈なぜこの小村に、これほどの大聖堂があるのだろうか〉

朝食を待ちながら、中庭を見下ろす。

大聖堂の正面玄関は広場に面しているのに、中庭側は渓谷のように深い。教会の外壁が、海に迫る絶壁のように見える。底のほうに廃屋が見える。屋根が抜け落ち、雑草が繁り、崩れた壁が瓦礫《がれき》となって散らばっている。捨てられた古新聞や古着が木に引っかかり、割れたビール瓶が転がっている。高く重々しい教会の壁は、片面いっぱいに朝日を受けて金色の威光を放っている。そのすぐ足下に深い影があり、ゴミが放置されたままになっている。

「遅れてすみません」

ぼんやり下を見ていた私に、白いエプロン姿のふっくらとした給仕の女性が詫びた。三十になったかどうか、という年恰好である。黒々と艶のあるショートボブの下の大きな黒い目をさらに見開いて、朝食のメニューを説明し始めた。

「今、近くの果樹園で摘んできた梨、イチゴ、スモモでジュースをご用意できます。卵も産みたてなんです。目玉焼き？　茹で卵？　ちょっとお時間いただければ、自生のアスパラガス入りの卵焼きもご用意できますよ。パンは朝五時の窯《かま》のものです。よろしければ、明日はフォカッチャもご用意します。チーズは、早朝に出来上がったリコッタ。昨夕しぼった牛乳と羊乳です。もっと歯ごたえのあるものがよろしければ、ブルラータかモッツァレッラを手に入れてまいります。それから、ハムですが……」

客は私一人である。

朝食用の広間には四人がけのテーブルが置いてあり、いつの間にかその上には祝宴と見紛うほどにチーズや卵、果物がところ狭しと並べてあった。

その村を起点にしてプーリア州を回るつもりでいた。しかし結局それからの十日ほど、私はずっとその村にいた。朝出かけては、夕方また戻った。往復の道は、東西南北どこへ向かっても、麦の海が広がっていた。どこまで行っても結局は釈迦如来《しゃかにょらい》の手のひらから出ることのなかった、孫悟空の気分だった。

四方八方に出かけ麦の海を泳ぐようにして宿に戻ると、しみじみ気持ちが安らいだ。

宿は高い天井に広々とした間取りで、ベッドに寝転がり窓から鐘楼を眺めた。

ガランゴロン。

十五分ごとに鳴る鐘が、頭上から身体の隅々へと沁み入る。鐘の音に一日の疲れと汚れを祓《はら》ってもらうような気がした。


「おはようございます」

福々しい笑顔の胸元に、今朝は大皿に載ったケーキが見える。

張り切って、大きな一片を切り分けてくれる。ぷっくりした手で、しっとりとケーキが差し出される。

「薄くビスケット生地を焼いて、その下にスポンジケーキ、間にはパイ生地をはさんであります。卵にリコッタチーズ、バターに牛乳、うちで生《な》ったレモンの皮を少々入れて、小麦粉で練った具です」

村から遠く離れた田舎家に住んでいる。四人の子供達の母親だ。

「土日もなく働かせてもらえて、本当にありがたいことだと思っています」

大聖堂に繋がるこの一角を購入したのは、大土地所有者だった貴族の末裔《まつえい》である。宿に改造して部屋貸しをしてはいるが、儲《もう》かっても儲からなくてもどちらでもいい。宿になって恩恵を受けるのは、麦畑の向こうで質素に暮らすこの六人家族なのだ。

毎朝、若い母親は小麦粉でパスタを練り、パンを焼き、ケーキを作り、ビスケットを作り置く。休みなく外で働く彼女は、心と身を小麦粉に練り込み姿を変えて家族のそばにいるのである。

パンはキリストの身体、か。

異教徒達の進撃から母なる大地を守ってきた大聖堂の鐘が、鳴り響く。

遠くから、緑色の麦が寄せては引いていく。

流浪の人

毎年七月にきまって、ミラノは四十度を超える暑さに襲われる。アフリカ顔負けの灼熱《しゃくねつ》の数日間をやり過ごすと三、四度、稲妻が天を裂き、土砂降り。上がったあと、空がぐっと高くなっている。空気が澄み、それまで蜃気楼《しんきろう》に揺らいでいた景色がくっきりと前に飛び出すように見える。盛夏を飛ばして、すでに秋の気配がする。

「あと二、三回は泳ぎに行けると思っていたけれどなあ」

昼食にやってきた一人が、窓の外を見上げて呟く。

ブルル……。大げさに唇を震わせ、もう一人が大げさに首をすくめてみせる。

九月の中旬から学校は始まり、遅れて休暇を取っていた人達も帰ってきて、町はすっかり平常に戻っている。次の雨で街路樹の葉の色も変わり始めるだろう。

魚市場で秋の初物を見つけて嬉しく、あれもこれもと買い付けた。友人達を誘い、魚尽くしで楽しむことになった。

青背の魚は脂が乗って、ピカピカ光っている。皆、食べるのに夢中で、無言の食卓である。

腹がくちくなったところで、それぞれの近況報告を兼ねながらの四方山話となった。ミラノの毎日は忙《せわ》しなく、小さな町なのに、うかうかしていると顔も合わせないうちに年が暮れてしまうようなことはしょっちゅうだ。

「一見、地味だったけれど、実に素材感がよかったなあ」

「キュレーターの連絡先を控えそびれちゃった」

市内の小さな画廊で開催されていた、京都の伝統工芸品展の話になった。竹細工の日用品だったが職人技を駆使した逸品揃いで、芸術作品として見て楽しめるようなものばかりだった。

「ああいう器や道具に囲まれた毎日だなんて、うらやましいわ」

ミーナは溜め息を吐いている。

もし結婚したらお祝いに贈ってあげる、と私は思わず口を滑らせた。ぎょっとするミーナに、

「おっ、いいなあ。あれが貰えるなら、結婚するのも悪くないんじゃない」

「いっそ新婚旅行も日本にすればどう？」

他の友人達がはやし立てる。

いつもならひと言ふた言で言い返しておしまいにしてしまうところを、今日のミーナは返事に窮している。結婚の話は、ミーナにとってタブーなのだ。


カメラマンである彼女は、四十代半ばである。彼女がまだ二十代だった頃からの知り合いで、家が近いこともあり、仕事に私的に付き合いが続いている。ミーナは飾り立てないけれど、町を歩くと皆が振り返るほど華がある。鼻筋の通った顔立ち、濃淡の茶色がメッシュになった髪、色白で透き通るような肌で、周囲を寄せ付けない気品がある。男性に騒がれるほど、ますます素っ気なく振る舞う。照れ隠しのためなのか、いつもぶっきらぼうだ。

肉感的で甘く、おしゃべりでわがままな女性にイタリア男性は弱いが、長身で痩せていて化粧はアイラインだけ、髪を無造作に束ねたミーナのような硬派がたまらない、という男性もいる。そういうわけで、彼女の周りには常に何人かの取り巻きがいる。どの男性も本気で、しかし全員が妻帯者か恋人持ちなのだった。彼女はクールなようで、いったん発火すると火消しが難しいような熱情を秘めている。取り巻きの男性達は、何とか火の粉が自分にも振り掛かり、着火して燃え上がるような好運が回ってこないか、と待ち構えているようなところがあった。

二十年余り前に私が知り合った頃、彼女には映画監督を目指す恋人がいた。フィリップ。野菜だけを食べ、家の中はいつも薄暗くなければならず、雨が降れば黙りこくり、日が差すとイライラした。本とレコード以外に気を許さず、彼もそういう自分を持て余しているようなところがあった。運転し難い車のほうが魅力的、とイタリア男性はよく言うが、私はフィリップと会うたびにそれを思い出した。

ミーナとフィリップは、そっくりだった。性格も趣味も、体質や習慣も。あまりに似ているので黙っていても互いの思いが通じ、いっしょに暮らす家の中には会話がなかった。時おり閃光《せんこう》が走ったかと思うとどちらかが家を飛び出していき、しばらく帰ってこなかったりした。突然、仕事も約束も放り出して、行き先も告げずに揃って旅に出てしまったりもした。その都度、周囲は当惑したが、二人は皆が望んでも手にすることのできない自由そのもので、その身勝手を詰《なじ》る人はなく、むしろますます憧憬《しょうけい》の的となっていた。

ミラノで暮らし始めた私に、映画や演劇、美術、音楽の水先案内をしてくれたのは、彼らだった。「スカラ座だから行く」「デザイン展はトリエンナーレ・デザイン美術館に限る」、という〈箱〉に頼る鑑賞方法にもちろん外れはないのだろうが、そればかりだと王道に過ぎて、ミラノであってミラノを超えない、というような気詰まりも感じる。

「規格外やハプニングも悪くないんじゃない？」

二人はそう言って、あるときはスカラ座に誘ってくれたかと思うと、その翌週には近所のバールで弾き語りをする見知らぬ若者を自宅に呼んで開く、にわかコンサートに招いてくれたりした。固定観念に左右されることもなければ、先入観も持たない。自分達の気の向くままに観聴《み》きし、楽しんだ。

寄り道には無駄が多いけれど、省いてしまうと早く到着し過ぎてしまい、旅の醍醐《だいご》味《み》を味わい損ねることもある。到着点はひとつとは限らない。そもそも二人には最終目的地というものなどないように見えた。

「そのときの気分によって、観たいものや行きたいところも変わるから」

雨のミラノで家に閉じこもって古い映画ばかり観ていることもあれば、電車に乗って、別の町まで美術展を観に出かけていくこともあった。ヴェネツィアやボローニャ、スイスのルガーノの名だたる美術館から、コモ湖に浮かぶ船内での個展など。どこへ行っても、二人はその土地のつかみどころを知っていた。迷わず入っていく先が行き付けの店かというとそうではなく、勘を頼りに選んだ一見であったりして、それでもひとつとして外れたことがないのだった。美しいものを創る人には、厭《いと》わしい気持ちにさせる物事や場所を察知する嗅覚《きゅうかく》でもあるのだろうか。

ミーナもフィリップもフリーランスである。家の中はレコードやワイン、古書や布地の切れ端、香草の植わった鉢、パナマ帽やロードレース用自転車など、脈絡のない物で混然としていた。訪ねていくと、ミーナはそれらを無造作に脇へ押し退《の》けて座る場所を作ってくれた。居心地の悪い思いをしたことは一度もなかった。むしろ、二人が大切にする場所や時間の層の間にもぐり込み、内側からその世界観を眺めるようで、周囲のものに目を凝らしたものだった。

そう感じたのは、私だけではなかったのだろう。二人ともけっして愛想はよくなかったのに、いつも誰かしら訪ねてきてはそれぞれが思い思いに聴いたり観たりし、居合わせた人どうしで歓談したりしていた。食事時になると冷蔵庫を開け、棚にある買い置きと合わせて即席に料理を作る。

あるいは、

「トスカーナの農家で乾物を分けてもらったの」

ミーナが前日から丁寧に煮込んだ煮豆と乾パンが並んだりした。

どの皿もところどころ縁が欠けていて、一枚、二枚は揃いもあったが、あとはてんでバラバラだった。ミーナが祖母の家から持ってきたものだったり、フィリップが骨董市で手に入れたり。それは、インテリア雑誌さながらの整然とした家が多いミラノでは珍しい光景だった。片付いた家は見た目に美しく気持ちもよいが、家主が仮面を着けて出迎えるようで、よそ行き顔どうしの付き合いからなかなか先へ進まない。いかにも体裁が第一のミラノらしく、感心はするけれど親近感は湧かない。

ところが二人の家は開けっ広げできまったスタイル《様式》などがなく、初めて訪れる人にも居場所があった。強制されることを厭う彼らは、人にも強要しない。自分らしくあることが、自由の始まりだからだ。

ある九月の日曜日、フィリップから散歩に誘われた。

数日、薄ら寒い雨が続き、やっと晴れ間が出た午後だった。

ひと筋裏へ入ると、運河から分岐した水路がある。表通りに人混みを残して、裏道は静まり返っている。木工大工やガラス職人の工房跡が並んでいてざっくばらんとした雰囲気で、ひと昔前のミラノを歩いているようだ。夏に岸辺に繁った雑草が、そのまま立ち枯れている。岸壁も川底もコンクリートで固められていないので、水鳥や虫、は虫類も棲息《せいそく》している。時から取り残されたような景色の中をしばらく歩いていると、フィリップがふと立ち止まって、

「ま、そういうことで」

さっぱりした口調で言った。報告と挨拶はそれだけだった。

翌朝、フィリップはミーナと暮らした家を出ていった。

写真と映像。同じ視覚芸術といっても、ミーナは外界の一瞬を枠の中に集めて内なる世界を表し、フィリップは内なる思いを表出して見せる。気持ちが合って並走していたときは代え難い快感だっただろうが、ずれ始めると二人の行く先はどんどん離れていったのかもしれない。

来る者を拒《こば》まないように、離れていく者は追わない。

「本当にくれる？　竹細工」

空いた皿を片付けようかという頃になって、ミーナが上目使いでこちらを見た。さっき茶化されて言い返せなかったが、何か気の利いた言い分でも思い付いたのかもし

れない。

もちろん、と私が応えると、

「じゃあ、確認してみる」

そう言うなり彼女は携帯電話を取った。

片付けにとりかかっていた友人達と私は驚いて座り直し、ミーナの電話に耳を傾ける。

「あれ、まだ有効?」

野太い歓声が電話の向こうから洩れ聞こえてくる。

「いただくことになりました」

ミーナは手短かに言い、流し台に立って皿を洗い始めた。

誰だ!?

ザワザワはあっという間に広がった。親衛隊が空々しい言い訳をしながら、次々と私に電話をかけてきた。

「気が付いたらもう秋じゃないか。元気?」

冬も春も夏も、ずっと会っていない。

「昨日は、おいしい魚だったらしいね」

魚介類が苦手と聞いていたけれど……。

「えーとその、明日にでも〈彼女〉の中庭でアペリティフ、っていうのはどうかな？」

〈彼女〉って、ミーナのこと？

核心から遠いところをウロウロしながら、私がミーナの結婚相手を明かすのを待っている。でも、私も知らないのだ。ミーナが言わないので、尋ねなかった。乞われなければ、構わない。かつてミーナとフィリップから教わったように。


竹細工の件は、ほんのきっかけだったのではないか。

「結婚は？」と、話の矛先を向けられたミーナが化粧っ気のない顔を思わず緩ませたので、図星だったのだと思った。彼女は慌てて澄まし顔に戻ったが、きっと重大宣言をするつもりで喉元まで出ていたのだろう。

工芸品展で見た簡素な竹細工は樹齢の古い孟宗竹《もうそうちく》の節が流線を成し、強くてしなやかな作品だった。ミーナにぴったりの祝いではないか。

今日は席を改めてミーナと二人だけで会い、結婚にまつわる諸事情を話してもらう

つもりだった。ところが、

「来週の予定は？」

会うなり、彼女が尋ねた。照れ臭いのだろう。本題には入らず、自分の手帖を差し出して、私の時間が空いているところに印を付けるように言った。使い込まれた革製の手帖は、切り抜きやレシート、食べ物の空き袋、名刺で、はち切れそうに膨らんでいる。

「この色、どう思う？」

雑誌の切り抜きの一枚を抜き出して、自分の胸元に広げてみせた。

どこかの庭の写真だった。初夏の庭にさまざまな花が咲き乱れている。彼女が指差しているのは、蔓バラである。クリーム色がかった小ぶりの花は、花弁が縮れてレースを重ねたように見える。色白のミーナの顔が中間色のバラに映えて、磁器のように見える。

「いまさら、という年齢でしょ。真っ白だと、はしゃぎ過ぎよね」

ウエディングドレスのことらしい、とようやくわかる。

ミーナは、次々とページの切り抜きを喫茶店のテーブルに並べていく。

「誓いのサインが終わったら、こういう色のドレスはどうかしら」

観光特集ページの切り抜きに、サルデーニャ島の抜けるような空と果てしない海が広がっている。

「来週木曜日あたり、ランチに付き合ってくれる?」

よれよれになったレシートの余白に赤ボールペンで、〈!!!〉と記されている。裏には、パスタの種類やソースの味、デザートの名前がメモしてあり、

「これがすごく合ったのよね」

と、剝がしてきたワインのラベルを見せたりした。

結局、誰と、どうして結婚することに決めたのか詳細は知らないままに、私は彼女の結婚式の準備を手伝うことになった。

肌寒い雨が降り続いている。ミラノの道は穴だらけで、水溜りに足を取られないように下ばかり向いて歩かなければならず、いっそう煩わしい。

ふだんは渋滞を嫌って雨天でもレインウェアでオートバイに乗るミーナが、今日は車でやってきた。いくつか回りたい先がある、という。車にしたのは、音楽を聴くためでもあるらしい。

「二百曲で足りるかしら」

当日さまざまな場面で流すために、自家製コンピレーションアルバムを作ってきたらしい。弦楽四重奏で始まり、ピアノソロからアリアの熱唱へ、次はボサノヴァ。渋い声のブルースを挟んで、プップツと雨降るような雑音の入る古いシャンソン。アコースティックギターの弾き語り、と途切れなく続く。

外は雨。車内は音楽に連れられて、中世から近世へ、イパネマの波打ち際からニューヨークの劇場、パリのカフェ、リヴァプールの並木道へと変わっていく。年代も種類も異なるのに、音は違和感なく繋がる。

愛おしく、敬《うやま》い、神聖な。浮き立ち、しんとして。

耳を傾けていると、ミーナから事情を聞かなくても、結婚に臨む彼女の気持ちがしみじみと伝わってくるのだった。

さて結婚の仕度は、イタリアでもやはりお郷柄《さとがら》というか、地方によって習慣はさまざまである。総じて変わらないのは、花嫁を中心に動くということ。結婚の主役は、女性なのだ。

近年、北イタリア都市部では、結婚式を挙げるカップルはごく稀《まれ》である。これまで私がイタリアで招待された結婚式は、すべてローマ以南だった。

この間まで初キスで大騒ぎしていた中高校生達に、結婚観を尋ねると、

「結婚式？　いつまで続くかわからないのに、ナンセンス！」

自分の思いを告白し、交際を申し込み、時間をかけて関係を大切に育て、結婚、というのが夫婦関係でしょう？　と私が言うと、

「告白!?　一八〇〇年代じゃあるまいし。何のためにキスがあるの？」

少女達は呆れ顔で肩をすくめている。

気付いたらいっしょに暮らしていて、そのうち子供が生まれ、複雑な事情も生じ、別れる。次のページを繰る。

周囲の夫婦を見ても、たいていどちらかに、あるいは双方ともに過去がある。元パートナーとの子供を連れて、あるいは週末に預かって、次のページは繰られる。義理の親族は、くっついては離れた数に比例して増え、身内の人間関係の整理だけでもすでに手一杯だ。

カトリック教の規律で、長らく離婚は認められなかった。神の前で誓いを立てた二人は、死が分かつまで、いや天に昇っても一心同体でなければならなかった。より豊かな世の中にするために子供を産み増やし、揺るぎない家庭を築くのが信者として正しい行いだったのである。

しかしそこは、人間の所業。気持ちも事情も変わるもの。

大昔、私がイタリアに着いたばかりの頃、昼食後のゴールデンタイムに、『あんなに愛し合ったのに』というテレビ番組があった。かつては熱愛だったカップルが、ある時を境に互いを天敵とばかりに恨み、罵《ののし》り合う。応募で選ばれたカップル数組がテレビ局にやってきて夫側と妻側に分かれて応援団を従え、二人が破局に至った顛末《てんまつ》を侃々諤々《かんかんがくがく》、検証するのである。

「土曜日まで仕事だなんてどうも怪しい、と思ったら、案の定！」

恐ろしい形相でついこの間までいっしょに暮らしていた夫をにらみ付ける女性は、もう五十を超えているのではないか。

「土日ごとに、やれ買い出しや掃除や修理を山のように命じられて……」

夫はくたびれ果てた顔をしている。薄くなった頭。貧相な肩回りなのに、腹は出ている。ポロシャツの左胸のポケットの刺繍のワニは、オリジナルブランドのものとは向きが逆だ。

家族揃っての娯楽といえば、大型家具店の冷やかし。破格の布巾五枚セットや冷凍スモークサーモンを買い、帰りがけに店内の食堂で電子レンジで温められた異国料理をもそもそ食べる。

「もっと違う週末を過ごすのが夢だったんだ」

妻側の付き添い達の席から、嵐のようなブーイングが湧き起こる。

次に出てきたローマの女性も、ベテラン主婦らしい。ボリューム満点の体軀《たいく》はメリハリがあり、薄い身体の若い女性にはない魅力に満ちている。見るだけで頼りがいがある。

「日曜ごとの言い合いは、もうたくさん！」

結婚した当初は嬉しかった。毎週日曜日になると、夫の実家に昼食に呼ばれる。そういう習慣の家は多い。母親は息子に食べさせようと、日曜日を待ちわびている。嫁は、日曜日ごとに必死に義母の味や食卓の用意の仕方、家の中の様子を観察する。

「違った料理が出てくるならまだがまんできたものを、義母ときたらこの二十年間、毎週きまってラザーニャだったのです」

幼い頃から一人息子はラザーニャが大好物だった。トマトソース、ベシャメルソース、チーズに隠し味の干しぶどうやカカオ。嫁に真似できるわけがない。

夫の母は、味覚で息子を繋ぎ止めたまま離そうとしない。

「奥さんの料理とお母さんのラザーニャと、どちらがおいしいのです？」

番組の進行役が夫にマイクを向けると、

「マンマに敵うものはありません」

なぜそんな当たり前のことを訊くのか、という顔で明言したので、先に登場したカップルもそのあと出てくる予定の夫婦もテレビカメラ前に飛び出し、妻側の陣営も全員が立ち上がって、

「り・こ・ん！　り・こ・ん！」

と、シュプレヒコールを始めた……。

世相に押されたのだろう、ようやく教会も離婚を認めるようになったが、それでも簡単な手続きではない。別居申請に始まり、一定の期間を経てから離婚となる。未成年の子供や共有の財産がある場合は、さらに話は込み入ってくる。「神に嘘を吐いてしまった」という自責の念に苛《さいな》まれる敬虔《けいけん》な信者もいれば、世間の倫理観に自分の生き方の是非を問われるようで、煩わしく思う人もいる。

かつて、映画『イタリア式離婚狂想曲』が爆発的にヒットしたのは、長らく世間体と宗教に抑えられて見えなかったイタリア人の離婚願望を、ずばり引き出して見せたからだろう。

〈破綻《はたん》すると、抜け出せない樹海らしい〉

北部の人達は何ごとにも実利的で、時流に合わせて臨機応変だ。センチメンタリズムに傾倒するのを恥じるようなところもある。式を挙げても別れても騒動ならば、最初から省けばいい、と結婚にこだわらなくなったのだろう。

それなのに、北部人の見本のようなミーナは結婚する、と言う。

渋滞を抜けて、町の北端で車を停める。ミーナに付いて、何の変哲もない住宅ビルに入った。半地下の扉が開くと、そこは壁が打《ぶ》ち抜かれた広い空間だった。半地下だというのに天井が思いのほか高く、磨き込まれたフローリング以外には何もなく、バレエのレッスン場のようだ。低く香の匂いが漂っている。薄暗い一角に数人の女性がいる。

「今回はどこの雑誌向け？」

柔らかに腰を振りながら、奥から中年男性が出てきた。

ミーナから、結婚すると聞いて男性は大げさに両手を広げて抱き付き、若い助手に目配せで指示した。

注文で一点ものを創るデザイナー兼仕立て職人だという。店舗は持たない。ショーも開かない。このアトリエで、紹介のある客だけを相手に服作りをしている。

「これが壁紙なのですが」

　布地を選んでいた熟年女性が、紙片を助手の女性に見せている。自宅の改築披露で開くパーティー用の服を注文しにきたその人は、祝いのテーブルを置く部屋の壁紙の切れ端を持参し、晴れの席で映えるような服を頼みに来たらしい。

「クリスマス用に、昼用と夜用を数着ずつお願いしたいのです」
　三、四歳の女の子を連れた若い女性は、季節が逆の南米で冬の休暇を過ごす予定とのこと。
「このあたりがよく見えるような、ミニかショートパンツが欲しいのだけれど」

　膝の上を押さえながら頼んでいる女性は、白髪をベリーショートにしている。七十過ぎだろう。助手が、「ショートパンツに合いますよ」と、ニーハイブーツを出してきて手際がいい。

　ミーナとデザイナーは、仕事の打ち合わせをするようにことば少なく次々と生地を広げては畳み、くすんだベージュ色のシフォンを選び出した。

「タックもリボンも、裾のヒラヒラも……」

　わかってる、とデザイナーはミーナのことばを遮りウインクし、ひらりと舞いながら奥へ戻っていった。

　これでドレスは決まった、とひと息吐いたのもつかの間で、ミーナは中年女性が一人で仕立てをする店や既成品を売るブティックにも立ち寄り、似たような色と布地の服を数点注文した。

「創る人は、気分が乗らないこともあるし。私の好みも変わるかもしれないでしょ」

　ランジェリー専門店にボタン屋、寝具店も回った。どの店も古く、用件がなければ決して通ることもない遠い地区や下町の奥、知らないミラノにあった。

「ご両親が生きていらしたら、どんなにお喜びだったでしょう……」

　店主達が異口同音に言うのを聞き、ミーナの血筋とその歴史を垣間見る思いだった。


　そして、小春日和のある土曜日。

　祝儀のために客人が集合したのは、ミラノ郊外の小村だった。ひとつしかない広場に車を停め、招待客達は坂道を上がっていく。小道の両側に結わいてある薄いベージュのシフォンのリボンを辿っていくと、着いた先は村役場だった。小さな玄関扉の前でイタリア国旗の三色のたすきを肩から斜めに掛けた村長が、大きく両手を広げて皆を迎え入れた。

百人が百様である光景を、私はそこで初めて目にした。服装も、年齢も、出身地も暮らしているところも、仕事も、声の大きさも。類は友を呼ぶ、というのは、仲のよい人達はおおよそ似た者どうし、ということだろう。その日集まった人達は、まったく似通ったところがない、という点で共通していた。人の数だけの自由さが、ミーナの祝宴に集まっていた。

披露宴は野外で行われた。なだらかな丘陵を遠景に、周囲には野菜畑や果樹園が広がっている。休耕地の真ん中に、八人掛けの円卓が十分な間隔を取って置いてある。白いテーブルクロスは、ミーナの母が嫁いだときに祖母から贈られたものらしい。ワインの空き瓶に挿した野の花や蔓が、純白のテーブルにこぼれ咲いている。その日の早朝、花婿が野で摘んできたのだという。

田舎の台所から出てくる料理はどれも簡素だが、地場の野菜や肉である。すぐそこまで来ている冬の匂いが野から立ち上っては、風に流されていく。土の匂いに混じって、タバコの煙、コンピレーションの音楽、ギターをつま弾く音、食器のぶつかる音、ハミング、子供が泣く、太い笑い声……。

犬があまりに吠《ほ》えるので、歓談中の招待客達は揃って啼《な》き声のするほうを見た。丘の向こうから、ドレスを替えた新婦が小型トラックの荷台に乗ってやってくる。なびくドレープ越しに、柔らかな土と枯れ草の色が透けて見える。豊穣の秋を抱いて、ミーナが近付いてくる。

新郎が迎え待つ。

私達はいっせいに立ち上がって、二人に拍手を送る。逆光が眩しい。夫に手を引かれて席のほうへミーナが歩き始める様子が、日差しの加減で三人にだぶって見える。秋の日差しで、長い影が絡まっている。


「書類上は一人ですが」

皆の前で挨拶するミーナの肩を、男性二人が両側から抱いている。

目の錯覚ではなかった。村役場でのサインのとき一人だった新郎が、今、二人になっている。

〈創る人は、気分が乗らないこともあるし。私の好みも変わるかもしれないでしょ〉

五十過ぎの温厚そうな新郎はミーナの肩越しに、もう一人の〝夫〟である二十代の長髪の若者へ、息子か友人を見るような和やかな眼差しを向けている。

誰だ。

招待客は、何も訊かない。

ボヘミアン《流浪の人》。

自由を守るのは、宗教でも主義でも様式でもない。自分という人間だけなのだ。

喜んで走り回る犬の首に水色のレースが巻き付けてある。それは、あの雨の日に立ち寄ったランジェリー専門店の主人が、

「花嫁はブルーの物を一点、身に着ける慣習です。純潔の象徴で、好運を呼ぶ御守りですからね」

と、贈ってくれたガーターだった。

色に舞う

コーヒーのあと洗濯機を回し、一日が始まる。

外は雨。薄暗い廊下にずらり、洗濯物を干す。キャミソールに靴下、ブラウス。黒一色が連なっている。

この数日、遠方からの客がうちに泊まっている。十年ほど前に東京だったかミラノだったか、展覧会の会場で紹介されて知り合った。デザインが専門と聞いたが、彼女が具体的にどういう仕事をして暮らしているのかよくは知らない。五十歳過ぎで、頻繁に国内外を旅している。各地の事情を評論にまとめたり、通訳や翻訳をしたり、デザイナーを企業と繋げて商品開発を手伝ったりしているらしい。

「ミラノに行くのだけれど」

久々に連絡があり、次の地へ発つまでの間うちに泊まることになったのだった。

博識家で堂々としている。他人の無知を笑わない品はあるけれど、持論には確固たる自信があるようで、山頂から眼下を眺め下ろしているようなところがある。

彼女は、黒しか身に着けない。

デザイン業界は、華やかだ。常に斬新な提案をして、時代の流れを創るような仕事である。時には意匠を凝らし過ぎるあまり、デザイナーが独走してしまうこともある。そばに付いて沈着冷静に軌道修正を手伝い、ビジネスへと導いていく。そこが彼女の腕の見せどころなのだろう。

無彩色の黒は自己を消して、他の多彩な存在を際立てる。

これまで彼女の黒装束を見るにつけ、その文字通りの黒子ぶりに高貴な印象を受け、畏敬の念を抱いてきた。しかしこうしてミラノの朝、黒一色の洗濯物を前にしてみると、彼女が衣服の下に覆い持つ、他を容易くは認めない厳しさと、隙を見せまいとする緊張を垣間見る思いだった。他人のために影になろうと努めるあまり、気が付かないうちに自分の闇を深めることになってはいないのか。

知人が発ったあと、洗濯物は満艦飾《カラフル》に戻った。この数日で家にも気持ちにも湿気が沁み込んだように感じていた。冬はこれからが本番だというのに。

「出口で運転手がお待ちしているはずなのですが……」

宿に電話を入れると、フランス語訛の英語でそう言われた。目の前には大きく名前を書いた紙を胸元や頭上に掲げて、大勢の男達が人待ち顔で立っている。再び端から丹念に見ていくが、私の名前は見当たらない。約束の時間をもう二十分ほど過ぎている。

マラケシュの空港にいる。昨晩決めて、今朝発った。すっかりじめついた気分を乾かしたくて、やってきたのだ。

北アフリカ時間、というのがあるのかもしれない。気長に構えて待つことにする。時間潰しに到着ロビー内を見て回る。それほどの規模ではないのに広々と見えるのは、支柱がないからだろう。天井から壁をひと繋がりに、大きなX字形の純白の単体部品がいくつも連なって紋様を成している。XXXX……。字の間にできる菱形《ひしがた》の空間にはガラスがはめ込まれ、ガラスに乳白色で描かれたアラベスク模様が薄い影を作って、ロビーの白い床一面に落ちている。しばらく眩《まばゆ》い白の濃淡に見とれていると、

「プリーズ」

宿の名前が書かれたボール紙をヒラヒラ振りながら、男が声をかけてきた。来てください、と手招きし、私の鞄を受け取ると前に立ってさっさと歩き始めた。

西洋でも東洋でもない異国に降り立って、私はわけもなく怖《お》じ気付《け》いていた。北アフリカは、初めてではなかった。ところがここは、アフリカであってアフリカでない。床に広がる模様の影に、足を絡めとられるような錯覚に陥る。

北欧から着いたばかりの若い女性観光客が、タンクトップにショートパンツ姿でロビーを大股で横切っていく。出口に集まっていた名前入りの紙やプラカードがいっせいにその娘のほうを向き、彼女の足取りを追っていく。旅行者や業務員の他には、女性の姿はほとんど見当たらない。

〈知らない掟《おきて》に囲まれている〉

意味もなく目を伏せて、早足で運転手の後に従った。


ホテルの車ではなく、小型タクシーだった。少しずつ全部が歪んでいるような車で、閉めたはずのドアは半開きで浮いている。バックミラーの中の運転手の笑わない目と合って、ホテルまでどのくらいで着くのか、今日の気温は高いのか、といった声をかけそびれてしまう。口をつぐんだまま外を眺める。これまでに知った景色と似ているところはないか。それは、どことも異なる風景だった。舗装されているのにひどく埃っぽい道は、霞んでいる。歩いている人がいない。建物もない。遠くに高いヤシの木が見えたかと思うと、あっという間に背後に飛んでいく。乾涸びた地にところどころ、背の高い木がひょろりと立ち尽している。地面が動いた、と目を凝らすと、ラクダが二、三頭、木の下にいるのだった。カメラを向ける間もない。黒々と繁る緑が現れたかと思うと、それを包み込むように高い石塀が続く。

「ホテル、キング、ホテル」

運転手が石塀とこんもりとした緑を指差して何か説明するのだが、それが王族の家なのか宿なのかわからない。石塀を通り過ぎてしまうと、再び埃が舞う道を延々と直進する。視界を遮るものがない。空が広い。前方に濃い緑色と赤い色が重なる筋が見え始めた。すると運転手は目一杯にアクセルを踏み込んで、

「ウエルカム　トゥ　マラケシュ！」

弾んだ声を上げた。

赤いのは旧市街の壁の色だった。壁を越えて、深い緑色の葉が歩道までしなだれ掛かっている。中心へ近付くにつれてタクシーの数は増え、車線はあって無く、結構なスピードで左へ右へと隙間を泳ぐように飛ばしている。どの車もあちこちが凹《へこ》み、塗装が剝げ、錆《さび》だらけだ。こちらの車がクラクションを短く鳴らして、追い越そうとするのは馬車である。

「イッツ　グゥーッド！」

運転手が、バックミラー越しに馬車を目尻で捉え笑っている。黒い馬二頭が引く馬車は、目の覚めるような緑色の車体にショッキングピンク色の座席を備え、背もたれに真っ赤なクッションを並べている。老いた車夫に手綱を引かれた馬が脚を速めて、鮮やかな黄色に塗装された大車輪が大きな音を立てて勢いよく回り、ヒマワリの花が道に咲くように見える。

旧市街がいよいよ近付いてくると車窓からの眺めは、空の青と壁の赤、木々の緑の三色の帯となった。雪山用のサングラスをかけているというのに、強烈な三原色はひと束にまとまってなだれ込んでくる。すわ馬車が壁に追突した！　と、どきりとするが、前方の曲がり角の赤い壁いっぱいに枝を伸ばす、ショッキングピンクのブーゲンビリアの木を見間違えたのだった。

タクシーは、両側に低層の一戸建てが並ぶ通りに入った。道路脇を横並びで歩く観光客や荷を満載した手引き車、タクシーが思い思いの方向に進み、クラクションが絶え間ない。喧噪と白々した日差し、埃と色が錯綜している。道がいよいよ狭まり、タクシーは器用に脇道を入っていくと、舗装されていない空き地に停まった。

もうもうと土埃が舞い上がる中、運転手が〈降りて〉と合図して、そのままトランクから出した私の鞄を提げて早足で歩き始めた。

くらり。

強烈な暑さに直撃される。車から降りたとたん、アフリカに出迎えられた。

両側から赤土の壁が迫る。肩が擦れそうなほどだ。車は通れない。運転手は鞄を持ち上げて、慣れた足取りで後ろを振り返りもせずにどんどん歩いていく。頭上には、空が道と同じ幅に長く延びている。小道は途中いくつもに分かれていく。アリの巣の中に紛れ込んだようだ。運転手が早足のまま角を曲がりさらに折れたりすれば、姿を見失うのはあっという間だろう。空港の床に広がっていた模様を思い出す。絡み合う模様と小道が重なり、足下がもつれる。

突然、着いた。小さな扉の上に、ごく小さなアラビア文字の札が貼ってあるだけである。連れてきてもらわなければ、到底探し当てられなかっただろう。運転手は、建物の中に鞄を運び入れて「オウケイ」と独り言のように短く言うと、足音も立てずに姿を消してしまった。

薄暗い廊下のような入り口に一人、残された。時折、外の小道をバイクが走る音が聞こえるだけで、音がない。気怠《けだる》い午後の静けさが漂っている。果たしてここが本当に予約した宿なのか、確かめようもない。

壁は相当に厚く高いのだろう。通りがかりに車窓から目にした日差しは石も貫くような厳しさだったが、ここには窓がひとつもなく外の様子はわからない。イタリアの大聖堂の中のようにひんやりとはしていないが、屋外の熱気は遮断されている。

しばらく待ってやっと甘茶色の木の扉が開き、短髪で長身の若い男が現れた。腕まくりをした白シャツに黒い肌が照り光っている。大きな目をさらに見張るようにして、空港や玄関で待たせたことを詫び、

「お部屋の仕度が済むまで、いましばらくお待ちください」

と真面目《まじめ》な顔で言ったので、私は噴き出した。何が可笑《おか》しいのかわからない、と彼はキョトンとしている。荷物はそこへ置いたままでどうぞこちらへ、とまたもやマラケシュの人は先に立って案内するのだった。


木の扉を開けると、これはいったい……。

足下がきらめいている。水を張ったプールのようなものが見える。澄み切った水の底には、緑と青と白のタイルが菱形模様を連ねるように貼ってある。貯水槽の縁ぎり

ぎりまで、赤を地にして黒白の幾何学模様の絨毯が敷き詰められている。よく見ると、空港の壁面と天井を飾っていたのと同じ菱形が連なっている。菱形の中央には、さらに小さな菱形が赤糸で織り込まれてある。赤い目がずらりと並んで、こちらを見ている。

ひと筋の光が差し込んでくる。見上げると、正方形に切り取られた青空があった。中庭の頭上に開いた正方形は透明のビニルシートで覆われていて、その中央から漏斗《ろうと》のように管が貯水槽まで延びている。雨水を集めて溜めるためのものらしい。窓のない建物の中庭の水に、空が映り込んでいる。取り込んだ景色から午後の気怠さが放たれ、水面に揺れる。

中庭を取り囲むように部屋が並んでいる。建物は低く、三階分の回廊が上に向かって層を連ねている。回廊の床と天井は木で覆われ、凝った模様が施されている。

リアド。

西マグリブのイスラム王朝のイドリース一世が、八世紀後半に戦いに敗れてモロッコへ逃げてきて以来、マラケシュやフェズ近辺に生まれた建築様式の宿をこう呼ぶ。古代ローマ時代に、属州として農作で栄えた町を新国の首都と定めたため、以降、その周辺には、古代ローマの建築様式の影響を受けた町並みが自然にできあがっていった。

　イスラム王朝と古代ローマの融合、か。

「古代エジプトに古代ギリシャ、スペイン・ムスリムの影響もありました」

　銀の盆を携えて戻ってきた従業員が、誇らしげに説明した。

　よろしいでしょうか、と彼はこちらに目で合図をすると、木製の低いテーブルの上にガラスのコップを置いた。背筋を伸ばして立ち、これから踊り出すかのように銀製ティーポットを持った腕を高々と上げ、はるか下方のコップを目がけて一気に茶を注ぎ込んだ。滝が勢いよく落ちるように茶はコップに向かって一直線に注がれ、あたりに強いミントの香りが広がった。そのような茶の振る舞いを受けたこともなければ、細かな模様が彫り込まれた銀製ティーポットも盆も、テーブルも見たことがなかった。緻密な線と形が視界を満たす。

「ごゆっくりお待ちください」

　くらり。

　知らぬ間に時代を超え、アフリカでもスペインでもなく、ヨーロッパでもオリエントでもないところへと飛んでいく。

ベッドカバーも取らずにそのまま横になって天井を見ているうちに、どうやら寝入ってしまったらしい。回廊に開いた部屋の窓には、ガラスの代わりに木の格子がはめ込んであり、さらに部屋側には蔦をモチーフにした鉄柵が重ねて付いている。木と鉄が重なる隙間から、中庭の向こう側が透けて見える。景色は格子や鉄柵の中に細かく分断され、欠片となっている。降りかかってくる景色の欠片を振り払う思いで起き上がり、宿の外に出ることにした。暗くなってからでも、一人歩きは大丈夫なのだろうか。

「目があちこちで見て、お守りいたします」

先ほどの従業員は周辺の略図を渡しながら、問題なし、と頷いた。

そろそろ午後も半ば過ぎ、という時刻だろうか。壁と壁の間に細く延びた空を見ても、どのくらい日が傾いたのかわからない。右も左も景色は変わらない。両肩に迫る壁と路地が延び、両方とも突き当たりに壁が見えている。

あてもなく約束もない。行けるところまで行き、行き止まったら戻ってこよう。

歩き始めると、妙な懐かしさがこみ上げた。

そうか、ヴェネツィアだ。

数年前、ヴェネツィアに暮らすことになり、厳寒の朝、家探しに町を訪れた。霙混じりの雨が上がると水路や路地に湿気が立ち込めて、やがて煙のような濃霧へと変わった。コートは濡れそぼり、襟元や耳先、足首や袖口から容赦なく冷気が入り込んで、身体の芯から凍ってしまった。行けども行けども路地は曲がりくねって錯綜し、私の足に絡み付き、阻み、迷わせた。歩けば歩くほど、奥へと連れ込まれていく。日が暮れて、濡れたまま町は闇に沈んでいく。

どうしよう。

同じ路地を繰り返し回り、袋小路に追い詰められた動物のように天を仰いだ。切れ切れの雨雲の間から月がじっと見ていた。

マラケシュの路地は、ヴェネツィアとよく似ていた。違うのは、湿気がなくカビゴケが生えていないことだった。乾いた壁に手を触れると、ザラリと黄色や橙色、赤の土が剝がれて埃が舞い上がる。壁はどこも同じ表情で目印にならず、曲がるとたった今、通り過ぎたばかりの光景が待ち受けているのだった。何度も行き止まりになり、引き返すたびに見知らぬ場所が待っていた。ジグザグを繰り返すうちに窮地から抜け出せる、と念じて歩く。ヴェネツィアではそうだった。そしてはたしてマラケシュでも、同じだった。町に呑み込まれ、腑《はらわた》の中を手探りで歩き回り、迷い道から抜け出した。〈もうそろそろいいだろう〉と、住民の一員として町から認められたように思った。

ひょいと出たところは、バイクがすれ違うことのできるほどの通りだった。宿に着いたときには見かけなかった女性達が、この時間になるとヒジャブ《ヴェール》を着けて、自転車で走り過ぎたり、子供の手を引いて路端の売店で立ち話をしたりしている。髪を覆い額から下だけが見える顔は、額に入れたようにいっそう際立ち、殺風景な壁の中にムスリム色を浮き立たせている。

フード付きの民族衣装ジェラバを着た老人が、壁に寄りかかって無表情でこちらを見ている。ふと見渡すと、道を往来する人々の大半がジェラバ姿だ。大胆な縦縞《たてじま》模様だったり、渋い芥子《からし》色だったり。足首までの丈で裾回りは広く、たっぷりした長袖をなびかせながら、通りを行き交いしている。あちらにこちらに強烈な色が翻る。夕刻でもまだ厳しい日差しを除けるために、細い木の枝が屋根代わりに並べてある。枝の隙間から日が洩れて、路面には影と日の縞模様が縦長に続く。ビビー。警笛を鳴らしながら、小型バイクが駆け抜けていく。車体は歪んで揺れ、走りながら分解してしまいそうだ。舞い上がる土埃にジェラバの色々が霞み、再び浮かび上がる。時おり合うマラケシュの目は、こちらを凝視し、突き抜けて、何ごとも見なかったように向こう側へ通り越していく。

相手にされているようで、無視される。値踏みされて、捨て置かれる。いるのに、いない。

ここはいったいどこなのだ。

未知の情景に圧倒されて、路上で立ちすくむ。

広場は、長方形でも楕円でもない歪な形をしている。木も建物もない空間で、焼き刃のような日が容赦なく照り付け、逃げ場を失った観光客達は煎《い》られるような暑さに茫然としている。

広場の東端で絨毯を広げ、ぺたんと直に座っている笛吹き男がいる。黒いウールのジェラバを纏い帽子を目深く被って、目と長い髭に囲まれた口元しか見えない。男は脇に置いてあった長い金色の笛をやおら構えると、長く一音、哀しげな音を鳴らした。それから始まった果てのない旋律は切なくて甘く、幼い頃映画で見たアラビアンナイトの笛の音そのものだった。

〈これで魔法のランプがあったなら〉

前に立ってじっと見ていると、いつの間にか現れた白装束に真っ赤な帯を締めた男が、えいっ、と手にしていた籠《かご》の蓋《ふた》を取った。

にょろり。

音もなく顔を出し、スルスルと、次々と、数匹のヘビが外へ滑り出た。周囲にいたドイツ人やイタリア人も跳び上がって驚き、数歩下がってヘビを見ている。

地べたに座っている男は、疲れきった顔でコーラをぐびりと飲み、再び先ほどの哀しい旋律を吹き始めた。すると、ヘビ達は揃って頭を持ち上げて、ひゅるりひゅるりとゆっくり動き始めたのである。

観客達はますます驚きあわててカメラを取り出して、踊るヘビと不機嫌な蛇使いを撮影した。幼い頃に見た映画の一場面が、時空を超えて目の前に飛び出してきたようだった。

「もっともっと！　アンコール！」

ドイツ人もイタリア人も大喜びである。

ひとしきり興奮し、それぞれ存分に撮影を終えたあと、観客達は本日のマラケシュ見物の成果を互いに讃《たた》え合い、

「じゃあ」

そこから離れようとした。

ノウ。

蛇使いと白装束の男、さらにいつの間にかもう一人のジェラバ姿の三人が、険しい顔で立ちはだかった。

〈観ただろう？　楽しかったか？　なら、払え〉

手振りと目で、そう詰め寄った。ドイツ人は、慌てて首から提げたデジタルカメラの画面をジェラバの男達に示し、一枚ずつ遡りながら順々に画像を消して見せた。

「もうない」

マラケシュの男三人は、〈だからどうだと言うのだ〉という目で、無言のままじりじりとドイツ人に詰め寄っていく。

「暑い中、ご苦労なことで」

イタリア人はヘビに向かって労《ねぎら》うと、ポケットから自分の煙草一箱と小額のユーロ札を籠に投げ入れ、さっさと立ち去っていった。

ヘビは平たい顔を空に上げたまま、事の成り行きを見ている。

そもそも、すべてが茶番、狂言なのだ。

広場は、砂漠の中の壮大な劇場である。

ジャマ・エル・フナ。〈死人の集う場所〉。かつて断頭の場でもあったという、この広場の名前の由来を思い出した。

ベルベル商人達の折衝は、喉の奥を震わせて出す不思議なことばで交わされる。広場の活況の中で聞く商人達のことばは、タクシーの運転手やホテルの従業員の話すものとは異なる。風が唸るような、森林の奥で木々がざわめくような。高低の音が重なるように、足下から、壁伝いに、わからないベルベルのことばがざわざわと寄せてくる。絡めとられたくなければ、耳を貸してはならない。砂嵐が通り過ぎるのをマントを被ってじっと待つように、ベルベル人達の駆け引きを見知らぬ顔でやり過ごさなければならない。

広場から青空市場、スーク《商業地区》に入ると、音と匂いと色が渦巻いている。露天商や観光客達を広場に残して市場の奥へ進めば進むほど、マラケシュの日常が色濃くなってくる。モロッコ各地から、香辛料、布地、糸、絨毯、雑貨、生きた家畜、皮を剝がれた肉の塊、野菜が集まり、今にも崩壊しそうな軒先に並ぶ。

「お疲れでしょう、いかがです」

目の前にガラスのコップが差し出され、反射的に受け取ると、そこへ一本の滝が頭上から注がれる。熱々の茶。強烈なミントの香り。

「あなたが今日、最初の客だ。ベルベルのしきたりで、最初の客は大切に扱う」

目の覚めるような青いターバンを頭に巻き、白と茶色の太い縦縞のマントの男が和やかにすり寄る。英語で言い、フランス語で言い、スペイン語で言い、こちらが根負けしてイタリア語で返事をすると、驚いてイタリア語で言い直し、

「ニホンゴモ、チョット、オーケー」

さらに言うのだった。

〈ここで立ち止まってはもうおしまい〉、と自分に言い聞かせるものの、男は店を放ったままに横にぴたりと付いてくるのである。根負けしてコップを返しがてら小銭を渡そうとすると、オー、ノー、そんなつもりではない、と大げさに恐縮してみせ、何も売らずに引き下がる。

「この先、スークの奥は迷いますよ。ああ、ちょうどよかった」

おい、と先を急ぐ若い男を呼び止めて、ベルベルベルベル、と何か交わしたあと、

「あいつ、北端に住んでいるんです。これから家に帰るところらしいから、ちょうど

よかった」

これで安心だ、とミント茶を振る舞ってくれた男は笑って私に手を振った。彼も、守ってくれる目のひとつなのかもしれない。

若い男は、勤め先からの帰りらしかった。シャツにコットンパンツを合わせて、ごく西洋風である。黙って先を歩き出した。マラケシュの男達は、いつも前を行く。

捌いたばかりの鶏や得体の知れない小動物が、店の軒下に吊るされている。寝そべる犬猫は、毛が抜けて痩せこけている。雑貨や生地屋は見えなくなり、剝いだばかりの獣の皮や毛を平たく伸ばしたり加工したりする店が増えてくる。あたりは腐臭と染料、油の匂いがない交ぜになり、口だけで呼吸しながら男の後を走って追う。

「どうぞ、これを」

横から老いた男の手が伸びた。顔が隠れるほどの草の束を差し出している。自分の顔を緑のブーケの中に突っ込むようにして見せる。草束を受け取るとそれはミントだった。バジリコやマジョラムのような香草も混じっているかもしれない。百草の香りが周囲の悪臭を押し退ける。鼻に緑の束を押し当てたまま、男を見失うまい、と焦って進む。

右の目で男の背を追い、左の目で足下を確認する。道は穴だらけで、生肉を売る店から流れ出る、血入りの汚水が溜っている。

ミントの匂いでスークのただれた臭いを覆いながら突然、ああこれは、と背中がぞくりとする。ヴェネツィアで見た、長いくちばしのような鼻が付いた仮面と同じではないか。くちばしの中に香りの強い草を入れて、不治の病人の死臭から逃れようとしたあれだ。

足下には赤茶けた泥水、周囲には生肉や剝かれた皮、前方には埃と逃げるように急ぎ足で行く男。

再びくらり、としたときに男は突如立ち止まり〈ここへ〉と手で合図して、そのまま走り去っていった。礼を言う暇すらなかった。

スークの出口に着いたのだろう。

ブーケに顔を埋《うず》めたまま男が合図した門をくぐると、目の前にはいくつもの貯水池が並んでいた。リアドの中庭とは似ても似つかない貯水池だった。泥沼と言ったほうがいい。それぞれの穴に二、三人の男達が膝上まで濁った水に浸かって、何やら引き上げたり沈めたりしている。よく見ようとブーケを外して、そのまま卒倒しそうになった。

目に沁みるような、強い臭い。揮発する酸性のその濁った液体。

男達は無表情で、剝いだばかりの皮を処理しているのだった。

〈観ただろう？　面白かったか？　なら、払え〉

横にジェラバが立っていた。

入り口で振る舞われたミント茶の味が口中に蘇る。

目が見ている。あちらからも、こちらでも。

広場を中心にして北へ離れるほど、スークには血生臭い商いと生々しい作業現場があり、広場の南側に建つモスクへ近付くほど、香辛料や香水、銀細工工芸品や宝飾など、香り高く高貴なものが売買されているのだった。市場は、数千年も前から交易で大陸を駆け巡り、文字を持たず嗅覚と視覚で生き抜いてきたベルベル人の生き方そのものである。

宿に戻りシャワーを浴びる。香辛料や土壁の赤色、ミントの緑、生肉の薄桃色、男の青いターバン、鈍色《にびいろ》にぬめるヘビ皮。全身に振りかかったさまざまな色の粉を洗い流したかった。

今晩は軽食で済ませよう、と中庭へ下りる。

白シャツの従業員が、誇らしげに笑って近寄り、

「お待ちしていました」

奥へ目配せした。

貯水槽周りの絨毯の上には、どっしりした木製のテーブルと手織りの布で包まれた背もたれのある椅子が用意されている。わけのわからないまま着席するや、奥からヴェールを着けた若い女性が三人やってきて、恭しく大皿をテーブルに並べ始めた。アラベスク模様の皿には、細かく切り揃えられたナスやピーマン、トマト、ズッキーニが彩りよく盛られている。テーブルに揺らめくロウソクの炎を受けて、皿の中の野菜が踊り出すように見える。

中庭の隅には、いつの間に現れたのか、足首までの長い民族衣装の男達が二人座っている。いよいよ夜が更けて貯水槽の中に灯りが点いたのを合図に、男達は楽器を鳴らしながら歌い始めた。

「妹達の料理はいかがですか。これが今日のメインです」

従業員は、濃い青い帯を腰に巻き白い衣装に着替えている。青は、ベルベルのお守りの色、安堵の色。空の色、水の色。

私は、正餐《せいさん》に招かれているのだと気付く。宿入りしたときに、一度は家庭料理を食

べてみたい、と何気なく言ったのだった。

彼は私のテーブルの前で凛と立ち、軽くつま先立ちしてから、手にしていた土鍋の蓋を取った。湯気の中にクスクスと鶏一羽が霞んでいる。

給仕を終えて静かに引き下がると、歌っている男達の前に立ち、その場でゆっくりと回り始めた。タン、タン。ときおり片足で地を強く蹴っては、軸足で独楽《こま》のように回り続ける。次第に速くなり、それにつれて歌声は高まり、鼓や弦は今にもはち切れてしまいそうだ。踊る男の青い帯と真横に広がる白い裾はやがて青白の二本の線となり、貯水槽の水面の照り返しを受けて満月のように浮かび上がっている。高まる音楽に赤も青も黄も刻まれて混じり、極彩色の粒となり四角く開いた野天へ向かって昇っていく。

黒い空の向こうに、ノマドと色の旅立つ先を思う。

ハッピー・バースデー・トゥー・ユー

早朝、路面電車の走る音で目が醒めた。車輪の音が、低くくぐもって聞こえる。また今日も雨か。

暖房が入ってから、ひと月余り。暗がりに葉を落とした街路樹が連なり、ミラノの冬の朝をいっそう寒々しく見せている。降っては止み、また降りしきる。雨が上がったのを見計らって、町を出た。

週末になると高速道路では大型車の通行が規制されるため、平日のうちに行けるところまで行っておこうと飛ばす貨物トラックが、四車線のうち二車線を占拠している。

南へ下っていく途中で、アルプス山脈側のトリノ、海側のジェノヴァ、内陸部のボローニャおよびフィレンツェ方面へと高速道路は分岐していく。トラックの発着先によって野菜や食肉用家畜、建築資材や家具、自動車や工業用機械というように、搭載する中身が分かれている。まるで各地の産業の分布を見るようだ。コンテナに描かれた絵や商標を見つつどこで高速道路を下りるのかを予測しながら、追い越し車線に出たり後に付いて走ったりする。

ミラノの郊外を抜けるとすぐ、農地が広がる。厳しい冬で半年に及ぶ農閑期があるにもかかわらず、野菜や果物を効率よく輪作して北イタリアの胃袋を支えている。左に進めば海のジェノヴァ、右に行けば山のトリノ。いずれの方角にも村落どころか家屋の一軒も見えず、耕された畑と針葉樹林が地平線まで続いている。

トリノに繋がるこの道は、かつてナポレオン一世が侵攻してきた道である。冬期に限らず、この一帯には霧が出る。地面を這うように広がる霧は、わずかな間に景観を覆い尽くす。視界は遮られ、自分の足下すら定かでなくなることも多い。牛乳を流し込んだような濃霧に身を隠して、ナポレオン軍はミラノへと攻め入ったのだった。

今日も高速道路のガードレールがぼうっと霞んでいる。と思う間もなく、ヴェールのような霧の向こう側に景色が消えかかり始めた。急いでフォグランプを点けて視線を前方から路面に移し、白い車線を頼りに車を走らせる。薄く伸ばした綿のような霧が、ボンネットを覆っているように見える。たちまち前後の車両は見えなくなってしまった。白い雲の中に放り出されたようだ。速度の感覚も方向も曖昧になる。怖じ気付いて、ついアクセルから足を浮かしそうになる。目を閉じたまま運転するような錯覚に陥る。時空を超えて旅するようだ。ミラノへ向かって、ミラノから離れて。過去のさまざまな場面が、霧から浮かび上がってはまた沈んでいく。

しかし数分もすると再びガードレールが視界に戻り、路面は先まで見通せるようになり、轟々と音を立てて疾走するトラックも姿を現した。

数珠《じゅず》繋ぎになってトラックが出ていく。〈◉中心部〉と記された出口がいくつか。もう、ボローニャ市だ。町の遠景を眺めながら環状線の緩やかなカーブをなぞったところで、携帯電話が鳴った。

「イモラで高速道路を下りて、海の方角に向かって直進するだけだから」

名乗る必要などないだろう、と言わんばかりのこの調子。すっかり嗄れてはいるものの、抜群の滑舌《かつぜつ》の良い高めの声。ピエトロだった。

知り合ってもうどのくらいになるだろう。二十年か、三十年か。長い付き合いなのに、ゆっくりいっしょに過ごしたのは数えるほどしかない。

ピエトロは老いた俳優である。若い頃から芝居が彼の暮らしそのものであり、それ以外の時間をどこで誰と過ごしているのかよく知らない。巡業に撮影。フェスティバル。パーティー。移動から移動の毎日を送る。ときには、投宿すらしない。ロケバスが宿であり、楽屋であり、居間なのだった。美男ではないが、演技派の喜劇役者である。彼が決めの台詞を言い終えて真っ白できれいな歯並びを見せて笑うと、観客は胸を突かれて泣いた。

初めて知り合った頃にいたピエトロの家族は、その後、近況を知るたびに顔ぶれが変わった。若い頃も熟年期を迎えても途切れることなく、新しい女性を追いかけ追われてきた。そのうち何人かとは結婚もし、母親違いの子供達にも恵まれたが、結局どの子供とも暮らすことはなく、女性から女性の間を舞うように生きてきた。

この春偶然に、新聞の文化欄の隅にピエトロについての記事を見つけた。ボローニャからほど近い町でひとり芝居を演じた、とあった。記事はごく簡素で、芝居の寸評すらなかった。いくつもの映画祭で受賞していた頃の栄華は、遠くに沈んでしまった。たった数行だけの記事が、過ぎた時間の長さを示している。

記事を読んですぐボローニャに住む共通の知人に電話をかけたところ、その舞台がピエトロの九十歳を祝うためだったことを知った。彼が長らく芸能活動の拠点にしてきたローマではなく、アドリア海沿いの小さな町の劇場だったのが意外だった。それでも地方の小さな劇場は、立ち見が出るほどだったという。

私が最後に観たピエトロの舞台は、ミラノだった。雪の夜だというのに、劇場が開く前から長蛇の列だった。観客はピエトロを待ちわびていた。久しぶりのミラノだったのだ。彼は重厚なテーマを実にさらりと演じてみせた。台詞回しはふだんの雑談の延長のようにも聞こえ、どこまでが芝居でどこからが現実なのか区別が付かなかった。さりげなく演じれば演じるほど役柄には深みが加わって、満席の劇場が静まり返っていたのを思い出す。

舞台が跳ねたあとで楽屋に訪ねたが、あのとき既にピエトロは八十歳を超えていたはずだ。

「仲間が次々と死んでいくのでね。老人役は僕が独り占めだ」

化粧を落とした目で、鏡の向こうからニヤリとウインクした。二時間に及んだ舞台のあとだというのに老優の頬は艶やかで背筋は伸び、はつらつとしているのだった。

大勢の人がひっきりなしに楽屋を訪ねてきた。共演者達は化粧も落とさず着替えもしないままやってきて、ピエトロを見るなり抱き付いて、ありったけの敬意と賛辞を口にした。人が入ってくるたびにピエトロは厭わずに椅子から立ち上がり、すっと胸を張り下腹に力を入れ、顎をくいと上げ、やや横を向いて出迎えた。その角度が最も魅力的に見えるからだった。台詞を口にしなくても、立っているだけで十分に雄弁だった。若手の役者達の中にはピエトロを前にすっかり萎縮《いしゅく》してしまい、何も言えないまま立ち尽くす者もいた。

舞台の興奮が冷めやらない中、楽屋でピエトロを囲んでの四方山話となった。芝居談義というよりも、老優がひとり滔々と話すのを皆で黙って聞いた。その夜、彼が演じたのは準主役だったが、舞台を下りると彼は主役だった。相手役も端役も存在を認めない、唯一で絶対の主役だった。いつもどこでも、彼の周りにいる者は皆、観客でなければならないのだ。

久しぶりの舞台に酔ったのか。あるいは、年を取って感傷的になったのか。ピエトロは珍しく、問わず語りで幼い頃の話を始めた。インタビュー嫌いで付き人の口は堅く、家族の顔ぶれは頻繁に変わり彼の身上を知る機会はほとんどなかったので、楽屋は静まり返った。そこからの独り語りこそが、その夜の芝居の本当の見どころだったのかもしれない。

ピエトロはボローニャで生まれた。芸名は本名のままである。南イタリアの島特有の名字であるのは父親がその島の出だったから、と説明した。そう言われてみるとなるほど猪首《いくび》で、上背がなく、刈り上げた髪は剛毛で一本も黒髪を残さず見事な純白、というその島の男性の特徴を備えている。しかし、島の訛は少しもない。

「母がボローニャ出身だったのでね」

その島は今でこそ避暑地としてよく知られるようになっているが、ピエトロの父親の時代には島外との往来は少なく、島特産の動植物や食材の持ち出しは生態系を守るために禁じられていたほどだった。取り巻く海は荒々しく、世の中から島を隔絶してきた。同じイタリアとはいえ、半島側とは風習も考え方も異なる。島の人達は、そうそう簡単な気持ちで他所《よそ》へ出て行こうとはしなかった。

「父は陸軍将校だった」

南部の島に生まれて将校にまでなるからには、然《しか》るべき教育を受け、責任感が強く、信望を集める人格者だったに違いない。

あるとき、半島側のボローニャに父親は駐屯した。市内を巡回していると、中央広場に続々と人が集まり始めているのを目にした。島では見たこともないような大勢の人に父親は驚き、率いる部隊に命じて整理し、集まりが大きくなるのを阻止した。

〈放っておいたら、どんな騒動に発展していたことやら〉

自分の即断に大いに満足していたところへ、軍部の上司名で懲戒処分が届いた。『即刻、無期限の停職に処す』。彼が危険分子と確信して取り締まったのは、時の体制側ファシスト党のシンパ達だったのである。

〈しかし、懲罰を下されるようなことだろうか〉

将校としての勘に自信があった。あのとき広場を埋めた人々は不穏で気が立っていて、とても民衆の平穏が守られるような事態ではなかった。国民の安泰を守るのが、自分の責務なのだ。納得がいかなかった。しばらくして上層部から、そこそこの金額を提示された。遠回しの辞職勧告だった。

「父はその金と貯金をはたいて、何をしたと思う？」

末っ子のピエトロの上に、兄と姉。三人の子供と妻を抱え、潰しの効かない元将校が、人生の転換を図って手に入れたのは映画館だった。

映画『ニュー・シネマ・パラダイス』の少年のように、ピエトロも映画を見ながら育ったのでこうして役者になったのか。

なるほど。皆で頷いていると、ピエトロは、そうじゃない、と頭を振った。

「何といっても、父は元軍人だからね。兄は懐中電灯で案内役、姉はもぎり、僕は休憩時間にピーナッツを売って回るよう命じられて、映画は一本も見せてもらえなかった」

プップツ、チリチリと音が鳴るフィルム。客席からの笑い声。若い女が目尻をハンカチで拭っている。ヒソヒソ。シィッ。妻が話の筋を夫に繰り返し問う。咳払い。一張羅で着飾った恋人達。老人は犬を外に繋いで待たせる。

映画館の出入り口に立ちじっと客達を観ながら、各人の事情をあれこれ想像してみる。ピーナッツを売り回り、客達の足下を見る。耳打ち話が漏れ聞こえる。

「だから、俳優養成学校には通ったことがないんだよ」

改めて、舞台でのピエトロの自然な立ち居振る舞いや台詞回しを思う。普通を演じることは、容易くないだろう。でもありきたりの日常にこそ、多様な生き方が満ちている。

楽屋に集まった人達が自分の話に聞き入っているのを見て、老優は満足げだった。

帰路、皆であれこれ感想を交わしながら歩いていると、

「まったく、うまいよなあ」

熟年の主役俳優が溜め息を吐いた。そうなのだ。楽屋での話も、どこまで真実なのかわからない。ピエトロにはすべてが芝居なのだ。

あの楽屋以来、ピエトロの舞台を観る機会も本人と会うこともなく時が経った。さらに老いて芝居からも遠ざかった今、彼は何を糧《かて》に生きているのだろう。

「九十歳記念の舞台を観逃したんだって？」

思いもかけず本人から電話が入った。ベタ記事を読んでからしばらくしてのことだった。昼食に誘われ、待ち合せの住所をピエトロは小気味よく言うと、最後に彼とは異なる名字を告げた。

「呼び鈴には、その名前が記してあるから」

個人宅らしい。意外だった。

レストランやホテルのロビーではすぐに人目に付いて、サインや写真をねだられる。テーブルに近付いてきて誉《ほ》め称《たた》えるファンもいれば、いきなり昔の舞台の感想を述べ始める人もいる。喜劇役者なのでツンケンするわけにはいかない。

いや本当は、チヤホヤされるのがたまらなく好きなのだ。気さくだからこそ、名優の風格と余裕がある。まるでスポットライトが当たっているかのように、周囲から際立って見える。芝居の一場面を見るようだ。人々は自分も舞台に上ったような気持ちになり、すっかり上気《のぼ》せてしまう。ますます話は終わらない。

出された料理は冷めてしまい、同席する人達はげんなりして待っている。

「すまないねえ」

口ではそう詫びながらも、ピエトロは上機嫌である。主役は、どこへ行っても主役でなければならない。

だから今回も、てっきりレストランで待ち合せするものとばかり思っていた。

イモラは、こぢんまりとした地方都市である。旧市街を抜けて、低層の一戸建てが並ぶ郊外の地区に入る。大通りの両側には背の高い街路樹が整然と並び、裸の枝先が通りの上で重なって編み目模様のトンネルを作っている。他にこれといった特徴はない。けれども外壁やバルコニーの塗装の剝げている家はなく、どの庭も手入れが行き届いている。充《み》ち足りた年輩の女性達が行儀よく腰掛けて並び、こちらに微笑《ほほえ》みかけているように見える。

言われた住所は、市の外れに近いところにあった。本道から横道に入ると、幅の狭い道の片端には車が縦列駐車している。国産の中型車ばかりだ。番地を探しながらそろそろと走っていると、前方に空きが見えた。

「遠いところ、よくいらしてくださいました」

駐車しようとしたその空き間から、ショッキングピンク色のカーディガンを羽織った女性が出てきた。場所を押さえるため、そこに立っていてくれたらしい。その人は腰が曲がって、前後の車に隠れて見えなかったのだ。彼女は顔を車窓に寄せ、大きな目をさらに見開くようにして挨拶した。歯切れよい美しい物言いだった。長い金髪をシニョンに結っている。金髪というよりトウモロコシのような黄色に近く、きっと白髪を染めたのだろう。マスカラが重ねられたまつ毛とくっきりと太すぎるアイラインに縁《ふち》取られた目は、こぼれんばかりだ。通った鼻筋から大きめの口元は、カーディガンと同色の口紅で彩られている。すべての造作は華やかだが、曲がった腰とかつての美貌にしがみ付くような身繕いが切ない。

どこかで会ったことがあるような。

「ミラノ以来ですね」

そう言うと彼女はそうっと腰を伸ばし、シニョンを解いて見せた。はらりと垂れた髪は、結ったときの癖をうねらせて肩にかかっている。顔を上げると、細い顎に長い首筋と色白の胸元が現れ、たちまちあの夜の楽屋へと記憶が舞い戻った。

あの晩ピエトロが独り語りをしているあいだ、彼女は鏡台の後ろに控えて聞いていた。頃合いを見計らうようにして、化粧落としのための蒸しタオルやクレンジングクリーム、ローションを手渡していた。手際がよく、無駄口はきかない。年格好も服装ももう若くはなかった。いかにも熟練のヘアメイク担当という様子だった、ネッラ。その艶やかな金髪と大きな瞳が裏方という立場にはちぐはぐな印象で、殺風景な楽屋の中でも浮いて見えたのを思い出す。ピエトロの妻である。

「散らかっているので、びっくりなさらないでね」

ネッラは再び前屈《まえかが》みになって先に立ち、顔を下げたまま集合住宅の外付けの階段に向かった。階段に足をかけようとしたとき、二階の踊り場にピエトロが姿を現した。

「やあ、久しぶり」

いつものように顔をやや横に向けて口を横に広く開いて歯を見せ、絵に描いたような笑顔で立っている。肩を広げ、張った胸。しっかりした足下には、ほどよく履き馴らしたモカシン。青系のチェックの綿シャツに明るいグレーのセーターを合わせ、白髪が輝いている。

階段を昇りながら、こちらの目線を計算ずくで彼は踊り場に現れたのだ、と気付く。仰ぎ見るピエトロには、九十歳のぜい弱さはみじんも感じられない。むしろ逆光で白髪は銀色に光り、陰になった顔は日灼けしているように見える。歯並びのよい笑顔は、昔と少しも変わらない。そして彼は今日も頂上に一人で立ち、私たちを見下ろしている。

「まあ、こういうことだ」

おどけるようにステップを踏んでくるりと回り、踊り場に並んだネッラに倒れかかるようにして肩を抱いてみせた。

頬を寄せても肌には触れない挨拶《キス》の仕方も、ほのかに香るコロンも昔の通りである。ただシャツの首回りはずいぶんだぶつき、頭も肩もひと回り小さくなっている。

玄関を入り、狭くて短い廊下を抜けて通されたところは、台所だった。小さなテーブルがあり、それでもう台所はいっぱいだ。レースで縁取りされた白いテーブルクロスが掛かっている。テーブルには大ぶり過ぎる花柄の皿が用意されている。ナフキンは大判で、二つ折りにした先がテーブルの縁からはみ出している。

「仕度があるから、私はこちら側に座りますね」

早速ネッラは食事の準備にかかっている。向かいの席に座ると、洗い場に積み重ねられた汚れたボウルや水切り場に置かれた木ベラや包丁、湯気を立てているアルミの大鍋、まな板の上のパン屑《くず》、扉が熱で曇っているオーブン、といった雑多な光景が一度に目に入った。

ネッラはテーブルをずらしてできた壁との隙間に、正確には上座に、ピエトロを着かせた。

小さな窓から見えるのは、隣家の壁だけである。けれども窓一杯の陽光が差し込む。ピエトロの顔を見ようとすると、窓からの光が眩しい。後光が差しているようだ。これほど狭い台所の席ですら、彼はアングルを計算しているのである。

「悪いわねえ、ピエトロの体調に合わせていただいて」

ネッラは詫びながら、塩抜きの湯にパスタを放り込んでいる。

湯気がさかんに立つすぐ隣には、ぼってりした旧式のテレビが置いてある。室内アンテナ。陶製の置物。造花を挿したガラスのコップ。メモ用紙。何通かの封筒。巻いてクリップで留めてある使い古しのリボン。サングラス。ボールペン。クロスワード雑誌……。

ネッラはその中から花柄の小袋をつまみ上げ、ピエトロに渡す。手慣れた様子とあうんの呼吸は、あのときと変わらない。ピエトロは、小袋から何種類もの錠剤を取り出しテーブルに並べた。ネッラはワイングラスに水を注ぎ、上から赤ワインをほんの

少し垂らす。ピエトロはひとまとめにした錠剤を恭しく目の高さに持ち上げて、

「これは、イエス・キリストの、からだぁ〜」

頭から抜けるような声で歌うように言った。たくさんの錠剤を、本物のホスチア（聖体用の薄いパン）で包んでいる。〈イエス・キリストの血〉でその包みを呑み込み、実に優麗な手付きで白いナフキンの端で口元を拭い、

「それでもショウは続くのです」

召し上がれ、と目で勧めた。

風変わりな食卓だった。

相変わらずピエトロだけが話し続けた。少し早口で、癖のない話しことばは心地がよかった。緩急入り混じった流れと間合いの取り方は絶妙で、どんな話題でも彼が話すと優雅で特別なことに聞こえた。

これまでの役者稼業のこと。数えきれない旅先。大昔に私が会ったことのある、彼の家族のこと。そして、ネッラとの今。

ピエトロに尋ねてみたいことは山ほどあったが、独り語りには切れ目がない。やっと口を挟むことができても、彼は顔色も変えず何も聞こえなかったかのように返事を

せず、自分が始めた話題だけを話し続けた。

ネッラは淡々としている。楽屋で見たときと同様、手際よく薬を包んでいた紙を捨てたり、茹で上がったパスタを皿に盛ったり、オーブンの様子を確かめたりした。

「身体の線が崩れてはならないので」

真面目にそう言い、メイン抜きの野菜料理を置いた。茹でただけのグリーンピース。ネッラの後ろの流しには、冷凍食品の空箱が見える。

「よろしかったら」

小さな椀に卸しチーズを入れて、グリーンピースのそばに置いてくれる。チーズは塊を卸したものではない。洗濯バサミで開け口を留めた、粉チーズの入った袋が水切り場に置いてある。そこから移し替えたのだ。

「あら、ごめんなさい。うっかりしていたわ」

ネッラは後ろの冷蔵庫からワインを出す。保存用のプラスチック製の蓋がしてあるボトルに、半分ほど残ったワイン。まさかの、飲み止《さ》しだ。

映画祭のレッドカーペット。若い女優やモデル達。レストランやホテルロビーで、道で、劇場で上がる歓声。パパラッチとフラッシュ。

華やかだったピエトロのこれまでが、フラッシュバックのように蘇る。

引き換えに、塩抜きのパスタや袋入りの粉チーズ。残りもののワイン。テーブルからはみ出ているナフキン。たくさんの薬。眺望のない窓。仰々しいばかりのレースの縁取り。首回りの合わない若作りのシャツ。そして腰の曲がったネッラ……。

気詰まりはしなかったが、気持ちが沈んだ。とうに日が回り、窓の外は陰っている。ピエトロがテーブルの上で組んだ手は男性にしては華奢《きゃしゃ》だったが、シミが点々とある。私の視線を払い除《の》けるように突然、彼は廊下のほうを指差し、

「立ったついでに、あれを持ってきてくれないか」

と、ネッラに頼んだ。ネッラが奥から持ってきたファイルを受け取るとピエトロはすっと立ち上がり、顎を上げ台本を読むようにファイルを広げた。その向こう側から私を見下ろし、一枚の写真を高く掲げた。

モノクロの写真の中で、水着姿の数人の大人と子供達が砂浜に並んで笑っている。後列にいる十五、六の少年がピエトロなのだろう。悪戯っぽい表情、猪首、がっしりした肩ですぐにわかる。

ネッラは汚れた皿や残った料理を片付けにかかり、背を向けたまま何も言わない。

「去年の暮れに突然、見知らぬ中年男が訪ねてきてね。ドアを開けるなり茶封筒を差し出し、『書類とDVDが入っています。目を通して、もしご興味を持たれたら電話

をくださいませんか』とだけ言うと、そのまま急いで帰ってしまった」

ピエトロはうんざりした。ファンか、あるいは役者志望が経歴や演技の録画を持ってやってきたのだろう。そういう売込みは頻繁にあった。以前なら開けずに送り返すか、処分してしまっていただろう。しかし老優には時間がたっぷりあった。暇潰しのつもりで封を切ってみると、手紙があった。手書きだった。丁寧な字。

『突然の訪問をお詫びします。でも、どうしてもお目にかかりたかったのです。直にお声が聞きたかった。僕は、あなたの息子です』

先ほど見た写真の中の少年は、ピエトロではなくその見知らぬ訪問者なのだった。

「自分でもまったく見分けが付かなかったねえ。会ったことのない自分に再会したような気分だった」

写真を見ながらピエトロは少し自嘲《じちょう》気味に言い、片付いたテーブルの上にファイルの中身を順々に並べた。

紺色のインクで書かれた書簡。出生証明書。パスポートの写し。高校の成績証明書。写真は数枚だけで、怪傑ゾロの格好をした幼子、ケーキのロウソクを吹く小学生、満面の笑みで自動車の脇に立つ青年。セピア色に灼けた写真には、若い女性の顔。美しい人だ。海岸に立つ少年と同じ瞳をしている。

ファイルには、訪ねてきた男の生まれてからこれまでの軌跡が入っていた。

「もう五十年以上も昔のことでね。ボローニャにいたのは興行の間だけだったから、彼女とは数ヶ月だけの縁、ということになる。名前はもちろん、実は顔すらおぼろげにしか覚えていない」

ピエトロは、写真の中の女性をちらりと見ながら言う。

『何も要りません。一度だけお目にかかりたかったのです』

そう締めくくられた手紙を読み終えて、ピエトロは電話をかけた。

男は、その日のうちに飛ぶようにして戻ってきた。

ピエトロは、生まれたことすら知らなかった息子と向き合って、鏡を覗き込むような錯覚に襲われた。男盛りの頃の自分がそこにいた。赤い絨毯。押し寄せる出演依頼。豪華なパーティー。取り巻く女優や監督達。「ブラボー!」。ビロードの緞帳《どんちょう》。

突然スポットライトに照らされたような気がして、目が眩んだ。

初めて抱く息子は肩が広く、胸が張り、背の両端に手を添えるのがやっとだった。

母親はピエトロとの子を身籠《みごも》ったことを隠して、別の男性と結婚した。誰にも言わなかった秘事は、でも、周知の事実だった。息子は育つにつれて、ピエトロと瓜《うり》二つになっていったからだ。

「昨年、母親は亡くなる直前に息子にすべてを打ち明けたそうだ」

長身で痩せ形の父親に少しも似ていない自分。かといって、母親譲りなのは、瞳だけである。高校で演劇部に入ったのは、「有名な俳優に似ている」と、知らない人にまで言われたからだった。

どれほどのものか、とその俳優の出演した映画を観に行って、ことばを失った。単なる他人の空似《そらに》などではなかった。ひと目見て、血がたぎるような思いがした。すぐさまスクリーンの中へ飛び込んで、抱き付きたい衝動にかられた。

〈お父さん……〉

幼い頃からずっと感じ続けていた居心地の悪さの理由が、やっとわかったような気がした。どこを探しても見つけることができなかった自分にようやく会えた、と思った。

母親は息を引き取る前に、息子に五十年余りにわたる偽りの時間を過ごさせたことを詫びたかったのだろう。母親の死で、彼の新しい人生が始まった。

父親として初めて対面するピエトロに、彼は出生証明書から、小学校時代、中学、高校の写真を繰りながら、どのように生きてきたのか、逐一、懸命に話した。もう一度最初から人生をやり直すかのように。

「九十歳を祝う舞台はね、奴が企画して、資金を集め、劇場まで押さえてできたことなんだよ」

ピエトロはやにわにセーターを脱ぐと、シャツのボタンを外し前をはだけて見せた。下に着込んだTシャツには、劇場の名前と公演日、そしてピエトロの顔写真が大きく印刷されていた。

「あなた、後ろを見せなくちゃ」

それまで黙っていたネッラが手際よくピエトロのシャツを脱がせて、彼の身体をくるりと回した。

背中には、ピエトロとそっくりの五十絡みの男の笑い顔があり、脇に小さく〈脚本担当〉と記してあった。

「彼はピエトロのために脚本まで用意したの。自分で書いたのよ」

それは、老いた男が行方知れずの息子を心配し、懐かしみ、愛おしみ、求め、会えず、気を紛らわせ、諦めきれず、悲嘆に暮れ、許しを乞い、すがり、次第に気が触れていく様子をモノローグで演じる内容だった。

ピエトロは無言で立ったまま、古い写真の中でケーキの上のロウソクを吹き消す少年を見つめている。

それでも赦《ゆる》す

冬のミラノに青空が広がることは少ない。湿った冷気を抱えたまま、町は朝から灰色に沈んでいる。日が昇るのも沈むのも、わからない。時が止まったままのような、知らないうちに過ぎていくような。夕方四時にはすっかり暗くなり、こちらに一つ、あちらにも一つ、橙色の街灯がぼんやり浮かぶ。凍るような外気を入れまいとどの家も鎧戸をしっかり閉め、漏れる団欒《だんらん》の気配もない。建物は黒々と静まり返っている。引っ越してきたばかりの頃はこの光景が寂しく、日が暮れると帰路を急いだものだった。

冷たい景色は、十二月七日に一変する。町の守護聖人である聖アンブロージォを祝して、目抜き通りに電飾がいっせいに点灯するからだ。黄色や青、赤い電球で象《かたど》られたリボンや鐘、星の形が連なり光のトンネルとなる。頭上の電飾を楽しみながら大通りを歩く。各店各様にショーウインドウが華やぎ、並んだ絵画を観るようだ。やがて何枚もの絵画はフィルムのコマへと変わり、連なり、物語を紡ぎ出す。知らないうちに映画の中に迷い込み、自分もその一シーンを演じている気分で足取り軽く歩く。芯まで冷えきった町に温かな血が巡るように、光の筋は商店街を伝い、広場の縁をなぞり、街路樹の枝先から各家庭のバルコニーへと飛び、さまざまな輝きが束にまとまって町の中心へ向かって流れていく。光の集う先には、大聖堂《ドゥオーモ》。尖塔の聖母像に星屑《ほしくず》が降る。

広場の真ん中で、モミの大樹が天を突く。今年はどこの企業が、大樹の飾り付けをしているのだろう。ミラノの躍動を担う番付の発表を前にする思いで、クリスマスツリーを見上げる。

寒空をレーザー光線が舞う。ドゥオーモの隣の王宮の正面の壁いっぱいをキャンバスに見立てて、王宮の歴史が映像で紹介されている。

四角い広場の一辺に沿って、露天商がずらりと軒を並べて全国各地の銘品やロウソク、クリスマス用の装飾品を売っている。「綿飴《わたあめ》、二ユーロ！」。子供の嬉しそうな声。チリンチリン。「よいクリスマスを」。和やかな顔。

バールに入り、カンパリソーダを頼む。グラスの中の赤いリキュールが電飾に光る。

アーケードを通り抜けると、スカラ座と市庁舎の間の広場を横断する長い行列が見えた。今年も届いたのだ。

この数年、十二月になると、市庁舎の大広間に絵画が展示される。早朝から夜八時頃まで開いていて、誰でも自由に鑑賞できる。選ばれる絵画は、一般公開されていない幻の名作だったり、遠方にあって容易く鑑賞できないものだったり。訪問者達は少人数に分かれて入館し、グループごとに選《え》り抜きの美術史の専門家達が付いて、丁寧な説明を受けながら間近で鑑賞できる。

それが、ミラノ市から市民へのクリスマスの贈り物なのだった。市庁舎は、十六世紀半ばの名建築物である。市民をその懐へ迎え入れ、ゆく年来る年を芸術を通して祝う。

今回の贈り物は、ラッファエッロ作の絵画『エステルハージの聖母』である。

ラッファエッロがローマ法王から招かれフィレンツェを後にしたのは、一五〇八年、彼が二十五歳のときである。彼はそれまで巨匠レオナルド・ダ・ヴィンチに倣おうと、全霊を注いで研究していた。そうした作品のひとつが、この『エステルハージの聖母』である。未完成で、バチカンへ移る際も携えていった渾心《こんしん》の作品だ。

胸に抱えられるほどの小さな絵は、偉大な先達への畏怖の念に満ちている。世界の芸術史を変えたとされる名作である。旧から新への、世紀の引き継ぎの瞬間が目の前にある。

「今ミラノは、そしてイタリアは、新しく生まれ変わろうとしています。そのための勇気と励ましを、どうぞ名画から受け取ってください」

市からの計らいは粋である。

霙が降り出した中、一時間ほど並んで、いよいよ絵画の前に立つ。聖母と会う。五百年余りの時間を超えて、ラッファエッロの思いと対面する。

いっしょに入った人達は皆、息を呑んで見入っている。

小さな絵の中には、果てない世界が広がっている。幼子イエス・キリストは丸々と健《すこ》やかで、聖ジョヴァンニーノに向けて指を差している。それを、聖母マリアがしっかりと抱き締めている。目は伏せているが、清らかで敬意に満ちている。優しい肩。柔らかそうな髪と唇。頬は衣服の赤の照り返しで、ほんのりと紅潮している。その様子はいかにも若い母親らしくて初々しい。絵の中のイエス・キリストと聖ジョヴァンニーノは、未完である。肝心な部分を描き残したまま、ラッファエッロの筆は止まっている。それで、描き込まれた聖母がいっそう際立って見える。

「さあ、ぜひそばでご覧ください」

遠慮している私達に、案内をしていた若い女性が、もっと絵に近寄るように促《うなが》した。

絵は美し過ぎて、近付くのが畏れ多い。遠巻きにしていると、

「どうです、見えますか」

彼女は絵の上方を指差した。

額縁のすぐ下から一筋の線がうっすらと下へ延び、絵を真二つに分けているように見える。こちらに、と呼ばれて真横から見ると、その線を境に絵は山形に反《そ》っている。

「今日こうして観ることができるのは、天からの贈り物なのかもしれません」

過去にこの名作は盗難に遭い、発見されたとき、真二つに裂けていたという。

絵画の古傷は、よほど近寄らなければわからない。二つに裂けた聖母を前にしたときの、修復家達の気持ちを思う。作業は修復を超えて治療であり、人間の浅はかさへの赦しを乞う祈りだったのではないか。

聖母は、伏せた目で微笑んでいる。

すっかり胸打たれていると、

「私もこれを描いたときのラッファエッロと同じ、二十五歳です」

案内役は絵を見ながらそっと言い、クリスマスおめでとうございます、と、笑顔で私達を送り出した。

市庁舎を出る前に受付に立ち寄り、贈り物の礼を述べて名刺を渡すと、

「報道関係の方なら、ぜひ」

と、ある新聞記者に会うように勧められた。ヨーロッパではよく知られる『エステルハージの聖母』の盗難事件は事件から長い年月が経ったこともあり、日本ではあまり知られていない。事件に詳しい、というその記者から話を聞き記事にすれば、ミラノ市からのクリスマスプレゼントのお裾分けに与《あずか》ることができるかもしれない。

――・――

一九八三年十一月五日土曜日。ハンガリーのブダペスト市。

ドナウ川の東側を走るアンドラーシ通りの北端にある、英雄広場。中央に建国千年記念碑を抱き、両側にブダペスト国立西洋美術館と現代美術館を配する、広大で美しい広場だ。

事件は、しんしんと冷える土曜日の深夜から日曜日未明にかけて起きた。

徹底した社会主義時代で、広場にも周囲の建物にも夜間照明はほとんどなく、漆黒

の闇が広がっていた。西洋美術館の裏側には、修復工事のために壁面いっぱいに足場が組み立てられていた。人目を避けて行動するには、絶好の条件が揃っていた。一味は、その足場から美術館の三階まで難なく伝い上がると、窓ガラスを打ち破って侵入した。窓ガラスを割るのに使った道具は、ごく普通のドライバーである。素人の思い付きのような、子供の悪戯のような仕業だった。

正確な侵入時刻は、深夜一時半。ちょうどこの時間に夜警が交代する。盗人達《ぬすっと》はこの交代時間を利用して、『イタリア美術の間』に忍び込んだ。警報装置は鳴らない。

盗み出す作品を選び、ドライバーで壁から外し、額から絵画を外し、カンバスを木の枠から切り取り、丸め、大きな麻袋にまとめて詰め、忍び込んだ順路を逆戻りし、破った窓から抜け出して、工事用の足場を下り、広場へ出た。外は闇と寒さに沈んだままである。

美術館横で仲間が集って待つ東ドイツ製の小型乗用車トラバントに飛び乗り、逃走。同時に、美術館の正面玄関前に停めてあったもう一台のトラバントも走り出した。目くらましのためだった。彼らは、見張り番をしていたのである。

侵入してから逃走まで、わずか三十分。誰に気付かれることもなく、ラッファエッロ、ジォルジォーネ、ティントレットにティエポロといったイタリア人画家の、計七点を盗み出すのに成功した。

翌日の日曜日、国立西洋美術館はたまたま休館日に当たっていたため、盗難はしばらく気付かれなかった。そして月曜日。事件は、盗まれた作品一覧とともに世界中でいっせいに報道された。どれもがイタリア美術を代表する作品だったが、その中にラッファエッロの『エステルハージの聖母』があると知れると、騒ぎに火が点いた。

その呼称の通り、この作品は中世から続くハンガリーの貴族エステルハージ家が長らく所蔵していた。ラッファエッロからバチカンへ、二世紀半を経てローマ法王から後のハンガリー王妃に贈られ、その後ハンガリー王から貴族エステルハージ家へ。そしてハンガリー建国千年記念を祝して国立西洋美術館が建立された際に、エステルハージ家が再び国へ寄贈した。『聖母』は、絵画の中からハンガリーの激動の歴史に寄り添い、静かに見守ってきたのである。ラッファエッロを持つ、ということは、文化の最高峰を担う、という栄誉でもあった。それが盗まれたのである。国営ラジオ放送局は、「ゆゆしき重大事件」と報道した。

ブダペスト市当局は、犯人や盗品発見に繋がる情報提供の協力を市民に繰り返し呼びかけた。市内にいくつもの検問所を設置し、国境へ繋がる道路やブダペスト空港での検査を強化した。

「皆さん、マリアさまがいなくなってしまいました」

アナウンサーの悲痛な声とともに、テレビは、『エステルハージの聖母』の画像を流し続けた。ハンガリーが哭《な》く。

取材に応じる美術館館長は熟年女性で、その憔悴《しょうすい》しきった様子が消えた聖母の思いに重なる。館長は、事件の起こる三週間前から美術館内の警報装置が頻繁に故障していたのを明かし、修理が後手に回っていたことを悔やんだ。警察にとっては重要な証言だった。それはつまり、犯人が警報装置に問題があることを知っていた、あるいは一味が警報装置が動かないように細工していたのかもしれない、ということだったからだ。

警察は国家の面子《メンツ》にかけて、綿密な検証を進め広範囲に及ぶ捜査網を展開した。ミクロとマクロの捜査である。その様子は逐次公開され、世界は固唾《かたず》を呑んで成り行きを見守った。どんな警察ミステリー小説も敵わない、世紀の捕物帳である。ハンガリーが、『エステルハージの聖母』の下《もと》に一丸となった。大捜査網の実況中継の背景には、そうした意図もあったのかもしれない。

さて、盗賊は現場にいくつもの証拠を残していた。無数の指紋。紐《ひも》の切れ端。ビニール袋。そしてドライバー。

警察は、物証を念入りに調べた。ドライバーには、〈USAG〉という彫り込み文字が読み取れた。ミラノに本社を置く工具メーカー、と判明。さらに盗難から四日後には、ブダペスト市から数キロメートルほど離れた川沿いで、麻袋が打ち捨てられているのが見つかった。麻袋には、ヴェネツィアの製粉会社の名が刷られてあった。中からは、額の破片とキャンバスの張ってあった木枠の残骸が見つかった。そこに、『エステルハージの聖母』の木枠もあった。

額からも木枠からも外されて、聖母はどこに連れ去られたのか。

ハンガリー警察は即刻、芸術品保護も任務とする国際刑事警察機構に、イタリア人が犯罪に絡んでいる可能性がある、と通告。

〈イタリアの生んだラッファエッロが、イタリアの悪党によって盗まれる。イタリアの誉《ほま》れをイタリアがけがすままには、断じてしておけない。自分達の手で解決してみせる〉

知らせを受けてすぐ、イタリアの国家憲兵は並行して独自の捜査を開始する。エミリア・ロマーニャ州に本拠地を置くとされる、美術品の闇商人達を徹底的に洗い出し始めた。

一方ハンガリー警察の捜査で、事件の鍵を握る重要な容疑者がひっかかった。

ブダペスト市からほど近い町に住む十六歳の娘だ。十一月五日に家を出たまま戻らず、父親から警察に捜索願いが出ていた。情緒不安定でチンピラ達とも関わりがあり、父親は心配して警察に届け出ていた。ここまでは、よくある捜索願いだった。

ところが父親から「娘はイタリア語を流暢に話す」と聞いて、捜査官は〈これは!〉と、跳び上がった。詳細な事情聴取の結果、美術品盗難事件に繋がる数々の要素が浮上した。

少女がいなくなったのは、盗難事件のあった日であること。

ハンガリーの闇の世界に通じていたこと。

イタリア語を自在に操ること。

「少女を捜せ」

こうして一九八三年十二月六日、事件からちょうど一ヶ月後にハンガリー警察はルーマニアで少女を保護し、ブダペスト市へ移送。取り調べを受けて、少女はすべてを白状した。

事件の起こる一ヶ月前。ブダペスト市内のナイトクラブで、彼女はイタリア人男性二人と親しくなった。その一人に彼女はひと目惚《めぼ》れしてしまう。イタリア人達は、ブダペスト国立西洋美術館から盗み出す計画に参加してくれそうなハンガリー人を探すように頼んだ。彼女は、無職の二十八歳と二十一歳の青果商を見つけてきた。二人とも前科者である。

彼女の自白から四日後に、警察はこのハンガリー人二人を逮捕。ハンガリー人共犯者達の取り調べで、主犯のイタリア人達が事前に美術館を何度か訪れ細かい下見を重ねて、警報装置がうまく作動していないのを知っていたことがわかった。

侵入したのは、四人のイタリア人だった。四人は美術館に侵入し、絵画を壁から外し、額と枠組みからも外して新聞紙で包み封筒に入れた、と、彼女は証言した。捜査官の立てた仮説どおりだった。

盗み出した絵画は、外で待機していたトラバント二台のうち一台に積み込んだが、ラッファエッロの〈若い男の肖像画〉は積み込まずに、ハンガリー人共犯者二人へ報酬の代わりに渡された。主犯格のイタリア人二人は、その後分かれて逃走した。一人は盗品六点とともに車でユーゴスラビアへと渡り、もう一人はオーストリアへ電車で逃走した。

ハンガリー人共犯者達の供述から犯行の状況はかなり明らかになったものの、肝心な三つの不明点が残った。

主犯格イタリア人二人の身元

二人の居場所

盗まれた絵画の在処《ありか》

これらの捜査は、イタリア国家憲兵に委ねられることになった。

イタリア当局は、同じ年の遡ること一月二十九日にイタリアのモデナ市で起きた事件との関わりを捜査し始めていた。その夜、犯人は個人邸の守衛を殺害して、非常に高価な絵画や骨董家具を盗み出した。重要参考人として、現場近くに住むイヴァーノ・シャンティとグラッツィアーノ・イオーリが指名手配されていた。二人は、〈美術界のアルセーヌ・ルパン〉と当局から名付けられるほど、よく知られた存在だった。

ふだん二人が取引や連絡の拠点として利用しているバールの調べが付いていたため、警察はブダペスト事件にイタリア人が関わっているらしいと知るや、店内の公衆電話の盗聴を始めた。

ある日そのバールからジャコモ・モリーニという男が、

「早く金を支払ってくれよ。今すぐ払わないと、警察に例の絵を持ち込むぞ」

と、電話の相手を脅しているのを確認した。

たちまち警察はモリーニの身元を洗い出した。フィアット社の赤い〈リトモ〉という車を所有していることもわかった。

一見、ブダペストでの盗難事件と車とは何の関係もないようだが、捜査官はひらめいた。イタリアナンバーの赤い〈リトモ〉が、ハンガリーからユーゴスラビアに渡っていなかったか調べるように要請。そして盗難事件直後に、まさにその車がハンガリーからフェリーに乗ったことを突き止めたのである。

ハンガリー警察から車についての知らせを受けるとすぐ、イタリア警察はモリーニの身柄を拘束した。警察が連行したとき、彼は尋常でない量のギリシャ貨幣を所持していた。

執拗な取り調べに対しモリーニは、赤い〈リトモ〉はギリシャのコリントス北にある自動車修理工場に置いてある、と述べた。

「コリントスにはバカンスで訪れ、製油工場近くでエンストを起こしたのでやむを得ず現地に残してきたのです」

と、弁明した。

捜査官は、モリーニの言うことにいくつもの矛盾を見つけた。おそらくハンガリーから盗品を運び出すのがこの男の任務で、ブダペストの絵画はギリシャに運び出されたのではないか、と仮説を立てた。そのとおりであれば、事件の流れにうまく説明が付く。

「いい加減に自白しないと、身柄をハンガリー当局へ引き渡し、現地のやり方で取り調べを続けてもらうぞ」

自白させるために、捜査官はモリーニに通告した。社会主義国での取り調べ、と聞いて彼は震え上がった。ただちに、事件にはモデナ〈美術品強盗殺人事件〉で指名手配中のシャンティとイオーリが関わっていることを供述する。

さらに、ブダペストの盗難事件の三ヶ月前に、モリーニの車がエンストしたギリシャの町に、シャンティも行っていたことが判明した。偶然の一致としてはあまりにでき過ぎた。

イタリア当局の捜査報告を受けて、今度はギリシャ警察も捜査に乗り出した。

ギリシャ警察はまず、捜査の的をコリントスの製油工場の経営者に絞った。車がエンストを起こした、という場所に工場があり、不審な接点があったからである。経営者は、盗難の重要参考人として取り調べを受けるも、自分はまったく無関係であると主張して容疑を否認。共犯の容疑は晴れないまま、六ヶ月にわたる勾留の後に保釈金を支払って仮釈放された。

ハンガリー、イタリア、ギリシャにわたる国際的な事件に発展し、マスコミは騒然とした。事実は小説よりずっと興味深いのだ。これだけ大々的に報道されるようになっては、盗まれた絵画は闇ルートですら取引されるのが難しくなってしまった。盗難品を所有している者には、日に日にリスクが高まってくる。

〈売買できなくなった絵画など、所持しているよりも処分してしまった方がいい〉

と、愚かな行動に出るのではないか。証拠隠滅のために絵画が破棄されるかもしれない、と世間は心配する。三国の警察幹部達は焦る。一刻も早く無事に絵画を見つけ出さなければ。

年が明けて間もなく、事件から約二ヶ月後、ついにハンガリー人共犯者が口を割り、警察はラッファエッロの〈若い男の肖像画〉を発見する。犯行を手伝った報酬の代わりに受け取った絵だった。新聞紙にくるまれて袋に投げ入れられ、ブダペスト市近郊の村の片隅にそのまま埋められていた。奇跡的なことにほとんど損傷はなかった。朗報は、世界中を駆け巡った。

そして、あと六点はどこに？

絵が発見されてから五日後、ギリシャ・アテネの国際刑事警察機構にギリシャ語を話す男性の声で、

「残りの隠し場所は、パナジァ・トリピティの教会だ」

と、密告があった。

そこは、あの赤い〈リトモ〉があった、コリントス南部にあるギリシャ正教の聖地である。かつて大時化《おおしけ》で難破しかかった船が嵐の中に見える光を頼りに辿り着いてみると、岩壁の穴の中に聖母のイコンがあった、と伝えられた場所だ。以来聖母への信仰を集める聖地となった。教会は海に面してそそり立つ岩壁の上に建ち、辿り着くには険しい階段を上らなければならない。それでも祝祭のある春になると、ギリシャ全土から信者達がやってくる。

その教会の庭の雑草の繁みに、盗まれた六点の絵画は大きな鞄にまとめて入れられ置いてあった。

即刻、絵画はアテネに運ばれて念入りに検査された。

〈確かに、すべて盗まれた絵画そのものである〉

喝采《かっさい》。ヨーロッパが歓《よろこ》びに沸く。

〈しかし残念ながら、うち数点はかなり劣悪な状態だ。特に損傷が激しいのは、『エステルハージの聖母』である〉

上部から下部に向かっての亀裂で、真二つに裂けてしまっていたのだ。

沈黙。打ちひしがれるヨーロッパ。

一九八四年一月二十四日、絵画は再びブダペストに戻ってきた。盗難から七十九日目のことだった。イタリアの専門家達の高度な技術により損傷は修復され、ほぼ元通りの姿に戻っていた。

「やはり奇跡の聖母だ」

と、世間は喜んだ。

芸術作品が無事に帰還するのと並行して、容疑者達の取り調べは続けられた。

絵が戻ってから一ヶ月後の二月二十七日、イタリアのレッジョ・エミリア市近くの小さな町で主犯格のイタリア人シャンティが逮捕されると、その二日後には相棒のイオーリもイタリアとフランスとの国境で警察に出頭した。事件後、フランスに逃亡し身を隠していたのである。

主犯二人の他に、やはり赤い〈リトモ〉のモリーニが運び役を務め、さらに二人のイタリア人が事件に関わっていたことが判明する。ナポリ近くのガラス職人で、「傷付けることなく」絵画を額と木枠から外す腕をシャンティに買われたのだという。この二人も逮捕。

盗賊全員が捕まり、ようやく事件の全貌が明らかになった。

事件の夜、主犯シャンティとイオーリは、ガラス職人を伴って美術館の外壁工事の足場をよじ上り、建物に侵入して絵画を盗み出した。あらかじめ作品リストの用意もなく、現場に行ってみて外しやすい絵画から選ぶ、という大雑把《おおざっぱ》な犯行だった。

美術館の外では、ハンガリー人二人がトラバント二台に分かれて待機。主犯二人はそのまますぐにフランスに逃亡し、盗品は赤い〈リトモ〉に乗るモリーニに託されバカンスに行くふりをしてギリシャまで運ばれ、そこで仲介人らしきギリシャ人の製油工場主に五万ドルで引き渡された。その後の三国の警察の迅速な捜査に盗賊達は観念し、盗品の在処を自白したのだった。

イタリアの警察がイタリア人容疑者を取り調べている間に、同年五月十五日ブダペスト市では、ハンガリー人二人の容疑者の公判が開かれた。車で逃亡を手伝ったほうには懲役十一年、見張り役のほうには五年。件の家出少女には拘留六ヶ月が言い渡されたが、今後夜の盛り場へ行かないことを誓ったことと引き換えに、すぐに仮釈放された。

ブダペスト国立西洋美術館の館長と副館長は責任を取らされて、解雇。警備の責任者は、犯罪を誘発させたとして、厳しい処分を受けた。イタリアでの事件の公判は、同年十月にローマ市で開かれた。主犯二人も赤い車の運び屋も、ガラス職人達も、四年と数ヶ月の懲役が言い渡された。

「世紀の美術品盗難事件は、これで締めくくりとなりました」

新聞記者は話し終えると、屋外まで見送りに出て、煙草に火を点けた。

「ところで主犯シャンティは刑期を終えるとすぐ、モデナ市の美術館からの盗難でまた逮捕されましてね。『ルパン健在!』と世間を驚かせたものの、五年ほど前には地元の郵便局で七百ユーロ(約九万円)窃盗のかどで捕まりました」

華々しい過去に似つかわしくない、と記者は世紀の美術品泥棒の凋落《ちょうらく》に苦笑いした。

もう一人の主犯イオーリはというと、出所してまもなく、背中に何発もの銃撃を受けて川に浮いているのを発見されたという。

「どうです、この話。報道の方には、なかなかのクリスマスプレゼントではありませんか?」

ボローニャの吐息

週明けに、ミラノからボローニャへ電車で向かっている。

新聞にざっと目を通し、食堂車でコーヒーを買い、通路で知人に声をかけられてひと言ふた言。席に戻り、さて本を読むか資料に目を通すか迷っていると、「まもなくボローニャに到着です」。

ミラノから特急電車で一時間。それほど近いのに、プラットフォームに降りると、ミラノとは違う空気が漂っている。乗降客の多くが若者なのだ。イヤフォンを着け、携帯電話でメッセージを打ちながら歩く。分厚い本を抱えている。車内で済ませた朝食の包みをゴミ箱に捨てて、早足で出口へと向かっていく。捨てられた袋からは、丸めたアルミホイルと紙コップが覗いている。手作りの朝食、か。

大学の街である。ボローニャ大学の創立は十一世紀に遡る。欧州で最も古い大学だ。

後続する世界の大学は、ボローニャ大学を見本にして創られてきた。『大学の母』である。その九百年余りの歴史の中で、『神曲』を著したダンテや地動説のガリレオ、コペルニクスなどの多数の天才を輩出し文化の礎を築いてきた。近くは、『薔薇《ばら》の名前』で知られるウンベルト・エーコも教授を務めていた。

駅から慣れた足取りで出ていく人達が皆、インテリに見える。

大学の他に、視覚芸術の専門学校もある。映画や写真を学ぶ若い人達のメッカでもある。総計で二十を超える学部があり、十万人を超える学生数はボローニャ市の人口のおよそ四分の一にあたる。街の動脈には常に新しい血が流れ、ボローニャの視線は先を向いている。保守より革新であり、保身より挑戦を選ぶ。

駅は大勢の乗降客の動きをうまく処理して、機能的だ。発着時刻に応じて、多数の電車は右へ左へと番線が振り分けられている。巨大で明るい電光掲示板に、さまざまな都市の名が次々と記されては消えていく。

ボローニャは内陸部に位置しながら、半島の両側にある海からの路線が交錯する重要な中継地点でもある。四方八方から集まっては、また拡散していく。受け入れて、抱え込まず、送り出す。自由な流れがある。世の知性がこの街に集まるのは、この風通しの良さによるところも大きいのだろう。多種多様な人々が各々の理由で旅をし、ボローニャを通り抜けていく。駅は、大きな海峡を前にする入江のようだ。

構内を歩きながら、四十年近く前のことを考える。

一九八〇年の夏。

当時大学生だった私は、卒業論文のためにナポリに留学することになっていた。初めてのイタリアだった。最寄りのローマ空港に到着し、他の都市には回らずに南部に位置するナポリへ鉄道で直行した。

それで助かった。

私がちょうどイタリアに入った頃、北部イタリアにあるボローニャの駅が爆破されたのである。

八月二日午前十時二十五分、二等車乗客用の待合室で旅行鞄が爆発した。待合室は全壊し、吹き飛んだ屋根は、発車直前だった電車や駅前のタクシーの駐車場を直撃した。二百人以上が負傷し、八十五人が命を失った。日本人も犠牲になった。私と同学年の男子大学生だった。爆発物の金属片が見つかり、イタリア政府は、テロ、と発表した。夏休み真っ只中《ただなか》の土曜日である。犠牲者の大半は観光客だった。幼い子供連れの家族や若者達が多かった。

　かつて待合室があったところには今、大きくひび割れた壁がそのままに残され、犠牲者八十五人の名前が刻まれた慰霊碑が掲げられている。床には、時限爆弾が炸裂した跡が残る。黒々と口を開けて、駅を行く人々の足元を黙って見ている。構内の時計の針は、十時二十五分で止まったままだ。癒えることのない、ボローニャの傷。イタリアの黒い戦後史がそこに沈んでいる。

　今はもう、慰霊碑の前で立ち止まる人もいない。皆、それぞれに忙しいのだ。それに、通り過ぎていく人々のほとんどは、事件勃発《ぼっぱつ》時にはまだ生まれていなかった。私は、せめてと、慰霊碑の名前を目で追う。八十五人の、あの夏の日を思う。自分が今ここにいる意味を考える。

　事件直後に街のキオスクへ行ったとき、新聞や雑誌が見当たらないことに気が付いた。代わりに、棚にも台の上にも同じ絵がずらりと並べてあった。いったい何ごとか、とよく見ると、それはボローニャ駅の爆破事件を特集した週刊誌なのだった。週刊誌は、表紙にイタリアの現代画家レナート・グットゥーゾが、事件を追悼して描き下ろした絵を掲げていた。キオスクの店主は、自分の小さな店をその特集号で埋め尽くしたのだった。彼なりの祈りであり、怒りと抗議の表明だったのだろう。

グットゥーゾはその絵を、『理性の眠りは怪物を生む』と題した。ゴヤが戦争など不条理な暴力を批判した作品と、同じ名だった。画家は犠牲者達への鎮魂の思いを込めながら、けっして事件を闇へ葬ってはならない、と訴えたのである。

その後イタリアの極右派の数人が犯人として検挙されたものの、リビアのカダフィ暗殺隠謀説やシリアのテロ集団説に加え、シチリアマフィアの関与も取り沙汰され、結局のところ事件の真相も主犯も未だにわからないままである。

三十年を超える公判の記録は、出口のない迷路だ。

八月二日は、悲しい記念日となった。テロに抗する日。

ユネスコから与えられた〈平和のための無形文化遺産〉の追悼碑が、壁に埋め込まれてある。理性を失い迷うことがないよう、人心の導きになるのだろうか。

さて、今朝のボローニャ駅は実に活気に満ちている。大勢の学生達に混じって、空のキャリーバッグを引く人達、リュックを背負う人達が構内を颯爽《さっそう》と歩いている。一見して、観光目的の旅行者ではないことがわかる。洒落たスポーツシューズやローヒール、動きやすそうなカジュアルな服装で、いわゆるビジネスマンのスーツ姿とも違う雰囲気の人ばかりだ。

いつにも増して躍動的なのは、市内で国際ブックフェアが開催されているからだろう。半世紀も前から毎春、市内にある見本市会場と会場外のさまざまな場所で児童書だけの見本市が開かれる。世界じゅうから、児童文学作家や絵本画家、編集者や翻訳家、著作権代理業者がボローニャに集う。

駅前は混雑しているものの、わかりやすい。違反駐車もない。整然とした光景に、気持ちが晴れ晴れとする。いくつもの路線バスが、大通りを往来している。見本市会場行きのバスに乗りたければ、スポーツシューズとキャリーバッグの後に付いていけば迷わない。

専用停留所に間《ま》を空けずにやってくるバスは、どれも満員である。乗客は皆、本を作る人達だ。車内は、動く出版人カタログである。同業者の匂い、気配、目付き、ふるまいに包まれている。

キャリーバッグの他に、肩には大きなショッパー。あるいはリュック。鞄の口からはみ出している今朝の新聞。中道左派系だ。ポケットにはメモと赤ペン。首から吊るした携帯電話。二重に提げる老眼鏡。

見ず知らずの人達が同じ行き先へ向かっている。遠い親戚か久々に会う友人達といっしょに、バスに乗って遠足に行くような気分になってくる。

「今年は、韓国館が面白いらしいです」

「講演の顔ぶれが豪華ですね」

「午後の休憩時に、イタリア館近くのバールでどうです?」

隣り合って吊革につかまりながら交わす二言三言は、業界の者だけに通じる符丁のようだ。周りにいる人達も、じっと聞き耳を立てている。バスの中がすでにフェア会場だ。


今回私がフェア会場を訪れるのは、書籍の版権を買い付けるためではなかった。

数ヶ月前に、東京の編集者から電話があった。

「ブックフェアに合わせて、ボローニャ市内で開催を考えているのですが……」

彼は、文章も書く人気イラストレーターの担当をしている。新刊を出すにあたってイタリアで個展を開きたい、と本人が言っているらしい。なんとか実現できないか、という相談だった。

イラストレーターには昔からの熱心なファンがいるので、刷れば必ず捌ける部数があらかじめ読める。版元にはありがたく、大切にしなければならない人なのだろう。

〈世界の出版関係者が集まるボローニャで展覧会を開けば、新刊を翻訳出版する足がかりができるかもしれない〉

本人も担当編集者も、そう考えたのかもしれない。

しかしいくら日本で人気があるとはいえ、イタリアでは無名である。他国の業界関係者達も、同様の目論《もくろ》みで催しを企《くわだ》てる。会場の内外で、ここぞという行事が目白押しなのだ。よほど事前に準備をしておかなければ人は集まらないだろう。

依頼を受けてボローニャ市内を回り、個展の候補場所をいくつか訪ねた。

中世の気配が漂う石畳や回廊が残る一方で、中央からほど近いところに斬新な雰囲気の画廊やアトリエが集まる地区がある。使われなくなった倉庫や労働者達の集合住宅など、歴史的な建造物はそのままに残し、内部を改築して現代美術を扱っている。古い街並みと新しい美術空間は緊張感のある対比をなし、それ自体が一種の芸術作品にも見える。新旧を内包して、一帯にはコントラストのある空気が流れている。

ミラノも斬新なイタリアを見せて特徴的だが、どこか売らんかなの商業主義が見え隠れしている。奇抜さと難しさが先に立ち、観る者を怖じ気付かせるようなところがある。今を表す創意のはずが、遠すぎてつかめない。

一方ボローニャは、少々雰囲気が異なっている。美術作品には、自己の弱みを抱えたまま斜に構えて辺りを窺っているようなところがある。同じ地区に画廊やアトリエが林立していても、互いの足を引っ張るような雰囲気はない。むしろ現代の芸魂が凝集し、それぞれ伝えたいメッセージが外まであふれ出て、異なる言語が出会い、デュオがカルテットに、そして混声合唱のようになって、細い通りから大通りへ向かっていく。あるいはさらに奥の道へと流れていく。別次元の、小さな国に迷い込むようだ。その個展のために、ある小さな画廊の主とやりとりを始めた。電話にメール。食事をしながら、界隈を散策しながら。打ち合わせを重ねるうちに、現代美術を介して店主は街の今を案内しているのだ、と気が付いた。やりとりをするごとに、見知らぬボローニャと出会う。それは、分厚い本を少しずつ読み進めていくのに似ていた。ページを繰っては読み込み、わからなければ閉じて考える。

これまで扱ってきた画家や彫刻家、映像作家達の創意が、画廊内に重なり層となっている。

「撤去したあとも、作品のエネルギーはここに留まるのです」

画廊主は、がらんどうの白い壁、天井、床を見回して言った。

来るか、来ないか。何人来るのか。誰が来るのか。何時に来るのか。

個展の日が近付くにつれて東京からの問い合わせの頻度は増し、最後のほうは悲鳴に変わった。

個展初日をブックフェアの初日に合わせたが、平日である。夕食前の六時。仕事を終えて帰宅する前に、誰とどこで会うか。短いけれど、一日の中で最も大切な時間帯である。

「百人に招待状を送って、三人来ればいいところ。作品を観にきてもらうというより、ここを待ち合わせの場所に使ってもらえるように工夫をしなければ」

画廊主は淡々と言った。〈日本で高評価〉〈前人未到の技術〉〈イタリア初〉〈本人も来る〉……。

惹句《じゃっく》を並べるほど、ますます凡庸な印象になる。

相当数のプレスリリースと招待状を送ったあと、私達は手分けして地元のマスコミ関係者や大学生、画廊の常連客やその知人、教員達を当たって意見を聞いた。展示予定の作品についてではなくて、普段どの店で夕方待ち合わせるのかを。

画廊主は調査結果をじっくり検証してから、

「じゃあ、行きましょう」

多くの人が名を挙げたワインバーへ、私を引っ張っていった。

そういう事情で、ブックフェア会場へ向かう私のリュックの中には、イラストレーターの新刊の表紙を刷り込んだカードがぎっしりと入っている。プレスセンターへ行き、受付での手続きを終えて会場を回ろうとする同業者達にカードを手渡す。皆、個展のオープニング・パーティーの日付を見て、

「今日の今日、なのですか……」

無理だな、という顔をしている。しかし泳いでいた目がふと最後の一行で留まる。

〈スプマンテと寿司《すし》で、夕暮れを味わいに〉

画廊は、街の中央から歩いて数分のところにある。ブックフェア関連の催しやパーティーのほとんどが、街の中央で開かれる。本命の約束前に立ち寄ってもらおう、とエノテカで人気のワインとつまみを用意して誘ったのである。

「たくさん来るでしょうから、入場制限しないと。作品に息がかかったら、傷むじゃないの」

イラストレーターは、事前に接近禁止の線を床にテープで貼るよう注文を付けた。画廊主は黙ってイラストレーターの言うとおりに動いている。狭いので、両側の壁面に作品を展示しそれぞれに接近禁止域を作ると、観る人の通るスペースはなくなってしまうのだった。

白い空間に、繊細な日本の絵が並ぶ。薄暮に紛れ、消え入りそうだ。

そのうち三々五々、カードを手に招待客が集まり始めた。画廊内の空気は、いたずらに張り詰めている。主催者である日本側の要望で、規制をかけて数人ずつしか入れない。正面奥には、イラストレーターが立っている。細密な線をよく観るために若者が顔を寄せようとすると、大変な勢いでイラストレーターが走り寄ってきて、

「こうしてご覧ください」

厳しい表情で念を押すように片手を鼻の前にかざしてみせ、「まったく。常識じゃないの！」と、呟きながらまた奥へ入っていくのである。

息をするのさえ駄目なのだ。ワインと寿司など、近くに置けるはずもない。画廊から数軒離れた軒先にテーブルを用意した。今日だけ通行止めにして、路上で個展開催を祝う。

出版人にとって、ボローニャのブックフェアは年に一度の顔見せの機会でもある。道のあちこちで、声をかけあったり挨拶したり、「こちらイタリアのフランコさん。こちらはスペインのメルセさん」、資料の裏にメモを取り、名刺交換、携帯電話が鳴り、「乾杯」。あっという間に、もう八時である。

ワインと寿司がある少し先で、フランスの大手出版社のビュッフェ・パーティーが

待っている。記者もいれば、カメラマンもいる。若い画学生も漫画家も、老いた脚本家や編集者の顔も見える。飲み食いに釣られて来た人も多いが、訪問客の大半は、その前にここを見ておこうと足を止めた好奇心旺盛な業界人達だった。それなのに画廊主は、アペリティフのほとんどの時間をがらんとした室内に残って作品を見張り、イラストレーターの相手をして過ごさなければならなかった。ガラス張りの向こうのその様子は、無菌室の中の虚弱な生き物のようだった。

個展に招待したうちのひとり、ミラノから来た友人は彫刻家だ。画廊に頼らず、個展もたまにしか開かない。創ることが生きがいで、売り込むために評論家や学芸員に媚《こ》びへつらったり接待したりしない。そもそも簡単に売れるような作品を創っていない。巨大で重量もある抽象的なものなので、公園や砂浜、広場や高い天井の建物のエントランスなど、十分な空間がなければ置けない。もう七十歳間近だというのに、瓦解寸前の工場跡で、夏も冬も朝から晩まで鉄を打ち、セメントを練っている。

「これを木槌《きづち》で打つと、深い地の底からの声が聞こえてくるのです」

鉄で創った作品の写真を大きく引き伸ばしてファイルに入れ、友人はページを繰りながら懸命に説明している。相手は新聞記者なのか、編集者なのか。写真に一瞥をくれるだけで、生返事で相手をしている。しかし、友人は意に介さない。一人つかまえてはまたもう一人と、ファイルを広げては熱心に作品の説明を続けている。胸に包み込むようにファイルを抱え、次の人の前で自慢げに広げる。生まれたての子を紹介するようだ。

彼は、売りこんでいるのではない。ただ見せたいのだ。話したいのである。地の底からの声は、友人の心の声だ。

「見せたいものがある」

ブックフェアの終盤にその彫刻家に連れられて、市街地へ向かった。中世のままの石畳に車輪を取られそうになりながら走っていた車が、突然、揺れずに快走し始めた。駅を通り越えると道路は幅広になり、往来する大型車やバスで混雑している。しばらく北へ向かって走るうちに、周囲には現代的な建物群が見え始めた。硬い殻を破って外界に出たように、のびのびと新しいボローニャだ。

車に乗り込んでからずっと喋《しゃべ》り続けていた彫刻家は、住宅街に入ったあたりで黙りこみ、窓の外をぼんやり見ている。

これといった特徴もない低層の集合住宅が続く中を走り、やがてレンガ塀で囲まれた広い敷地前で車を降りた。空が広い。

うららかな昼下がり。

短く刈り込まれた芝生のほかには、これといった植木も花もない。灰色のフェンスを這いのぼる蔓もない。けれども、枯れ草もゴミもない。こまめに手入れされているのだろう、簡素だが掃除が隅々まで行き届き、凛としている。住宅もあればバス道も通っているというのに、生活の気配も音もない。ときたま親子が自転車を並べて通り過ぎていくくらいである。

友人は入り口で深くひと息吐いてから、敷地に入っていく。フェンスは開け放たれたままで、門番も表札もない。奥に高く尖った三角屋根が並んで見える。工場か倉庫跡らしい。

「遠くからよくいらして下さいました」

改築直後なのか、真新しい建物の入り口で、老いた男が待ちわびていたように声をかけてきた。見知らぬ人から、古い知己に対するように丁寧に出迎えられて、面食らう。いったいここには何があるのか、と友人を見たが無言のままである。

入って、立ち尽くした。

目の前には、旅客機があった。機体は、引きちぎられた無数の断片を集めて、原形に近い姿に組み立ててある。欠片は裂け、歪み、穴が開き、曲がりくねり、塗装が剝げ、錆びて、乾涸びている。

「模型じゃないよ」

DC－9－15。墜落機。

建物の高さがわからない。広さもつかめない。

突然の光景に感覚を失う。飛行機が丸ごと収まってまだ、周囲には広い空間がある。漠としている。

建物の床に飛行機は横たわっている。客席の窓の高さに、回り廊下が造られている。飛行機を見ながら廊下伝いに歩く。一歩進むごとに、ひとつひとつ、こちらを向いている座席列分の窓と対面する。破れて、黒々と空虚な穴を開けている。

搭乗者総数八十一人。生存者なし。

シチリア島沖に墜落。

夕食どきの、ほんの少し前。

次第に日が暮れていく。

高い天井は、空のようだ。虚ろな空。雲のない空。星の出ない空。もう日が差すことのない、空。

頭上で薄い金色の電灯が、静かに点滅している。

こちらにひとつ、あちらにふたつ。

灯って、消えて。ふぅーっ、ふう。

消えて、点いて。ふぅ、ふぅーっ。

友人が、合間に大きく息を吐く。

灯火《ともしび》は、溜め息だ。

断片の、傷付いた機体の上に八十一個の灯りが、静かに瞬く。吐息と心臓の鼓動。消え入りそうな心拍数が集まって、

〈ここにいる〉

〈忘れないで〉

灯って、消えて。

回廊の壁側には、黒い鏡が掛かっている。前を通ると、自分の横顔が映る。奥を覗

き込んでも、見えるのは自分の顔だけだ。黒く四角いその向こうから、潜めた声が流れてくる。内緒話のように低い声。男の声、女の声。幼い子の声が流れてきては、消えていく。

声が近付いてきたときに急いで耳を澄まそうとすると、上のほうに遠ざかっていってしまう。

〈ママ、お腹空《なかす》いた！〉

〈ああ、僕だ。もうすぐ帰るからね〉

〈誰が迎えに来てくれているかしらねえ〉

〈ああ、パパ？〉

〈うふふふ〉

〈かわいい僕の赤ちゃん……〉

〈大好きよ〉

〈あのね、おばあちゃん〉

〈チャオ〉

八十一人のことばが、あの日の思いが、引きちぎられて断片になり、海底に沈み、今、黒い窓の向こうから流れてくる。

一九八〇年六月二十七日。ボローニャからシチリア島パレルモに向かって、イタビア航空八七〇便は予定より二時間遅れで離陸し、永遠に到着しなかった。空中で爆発し、海に沈んだ。全員死亡。明らかなのはそれだけである。

故障による事故だったのか、仕掛けられた爆発物によるテロか。

多くの管制塔が、民間も軍基地も、見たのに見ていない。知っているのに知らない。

上空は、カダフィ大佐率いるリビアやイタリア、アメリカ、フランス、ソ連などの思惑が交錯する空域だった。その時間そこを飛ぶはずではなかった旅客機が現れ、墜ちた。「空対空ミサイルだった」。誤爆か。誰が何を狙ったのだ？

見つかった遺体は、三十八体だけである。

墜ちた海は、水深三七〇〇メートル。機体を引き揚げられる専門組織がない。物証がない。生存者がいない。生きた証言がない。現場検証ができない。調べられない。

墜落してから三十五年。三百回の公判記録は、二百万ページに及ぶ。証言に立った人は、四千人を超えた。調べれば調べるほど新しい証言が見つかり、仮説が立てられ検証事項が増えていく。砂をひと粒ずつ顕微鏡で視《み》ていくような、紙の上の議論。

弁護士や管制官、医師、軍関係者など、事件の解明に関わる重要な関係者達が、十二人も次々と死んでしまう。自殺に急死、交通事故死。不審な死……。

〈会いたい〉

遺体を見ないままには、大切な人と別れることなどできない。

機体も見ずに、誰が事故を信じられるのか。

遺族達の沈痛な思いを受けて、政府は他国の専門組織に依頼し、機体の引き揚げを遂行した。機体の九割近くを回収し終えたのは、墜落から十一年後のことである。

執念は指先でつまむような欠片まで拾い上げたが、断片を拾い集めても、もう戻ってこない。あの子も、その人も、ともに過ごす休日も、食卓での会話も、言い合いも、優しい目も、柔らかい頬も。

「クリスティアン・ボルタンスキーが申し出たんだ」

フランスの芸術家はすべての検証が終わるのを待って、引き裂かれた時と思いを集めて生きた証《あかし》を残した。鎮魂の芸術。『ウスティカへの追憶』。

イタリアのいわゆる〈鉛の時代〉に起こった、一連の国家テロ事件の慰霊の場でもある。

いつの間にか左翼近くの位置に女の人が立っている。化粧っ気のない顔に白髪が目立つ短髪で、地味だが仕立てのよいジャケット姿で飛行機を見ている。連れはない。入り口にいた男の人が回廊の端に出てきて、その女性に向かって軽く目礼した。

すっかり日が暮れ、展示場は暗く沈み、飛行機は黒い海原の上を飛んでいるように見える。

女性はそのまま壁際にしばらく立っていたが、やがて私達にも会釈をして出ていった。

「毎週土曜日に欠かさずいらっしゃいます」

入り口に立つ初老の男が、静かに言いながら飛行機に目をやる。

遺族の代表であり、遺体を捜し機体を引き揚げ、この慰霊の場を創ったのがその女性なのだった。

左翼やや後ろの席に、その人の妹は座っていた。

墜ちた時刻に、妹に会いに来る。

あの日で時は止まってしまった。

天井から下がる灯りが、ふぅー、ふう。消えて、点いて。

そばに立ち、海の底から聞こえてくる妹の息遣いに、自分も息を添えてやる。

漆黒の空に八十一個の星が瞬く。


小さな画廊での小さな個展を終えて、イラストレーターはまもなく日本へと発つ。担当編集者と頭を寄せ合って、手元に集まった名刺を一心不乱に数えている。

展示物の搬出が済みがらんとした画廊の前に立って、あの敷地の上に広がる漠とした空を思い出す。黒く深い海を思う。

市内から、車でわずかな距離なのだ。名刺の数の勘定など後回しにしてボローニャを離れる前にぜひ、と私はボルタンスキーの名を挙げて、眠る飛行機への訪問を勧めてみる。

「彼のいつもの作風なのよね。見なくても想像が付くわ」

イラストレーターは手を休めず、鼻先で答えた。

画廊の白い床には、剝がし忘れたけばけばしい色のテープが残っている。

息を止めて見てちょうだい、か。

静かな溜め息が、駅から、裏通りから、空から、静かに聞こえてくる。

イタリア、美の原点

「『どんなゴキブリでも、母親にとっては可愛《かわい》い』という言い方があるけれど、ほんと、そのとおりなのねえ」

バールで、点けっ放しのテレビをいっしょに見ていた一人の女性客が強い南部訛でそう漏らした。ナポリの下町に巣くう悪党どもを一斉検挙する現場が、実況中継されている。覆面をした警官達に両脇から銃を突き付けられた男達が、狭い路地から引きずり出されるようにして連行されていく。その警官達に向かって唾を吐きかけたり、恐ろしい形相で罵ったり、指差して悪態を吐いたりしている老いた女達がいる。皆一様に、服の上からでもはっきりとわかるでっぷりとした腹の上に垂れた乳房を載せ、黄色に近い金色に染めた髪を振り乱している。阻《はば》む警官に体当たりする者もいる。

悪党達は手錠を掛けられ、銃を携えた警官によって車に押し込まれる前に、女達に向かって何やら叫んでいる。ふてぶてしい顔に一瞬の笑みを浮かべ、大仰に空に唇を突き出しキスを送ってみせる者もいる。女達は、悪党達の母親なのだ。

どうしようもない奴でも、母親にとっては唯一無二の愛おしい子である。

〈たとえ世の中すべてを敵に回しても、私だけはけっして見捨てないからね〉

「どうか信じてください。僕の母の頭に懸けて誓います」

あるとき小学生の男の子にそう言われて、仰天した。自分の母親の頭をそんなふうに扱うものではない、とそのときはたしなめた。しばらくして別の場で、いい年をした仕事相手も母親の頭を商売の担保のように言うのを耳にした。

母親は、イタリアの絶対なのだ。

約束した時間に訪ねて呼び鈴を押しているのに、応答がない。念のために在宅を確認してから家を出てきているので、留守のはずはなかった。

相手は人気絶大の作曲家である。音楽ファンのみならず、名も顔も広く知られている。自らピアノやギターも奏で、ソロコンサートも多い。どこへ行くにもいつも半袖のTシャツにジーンズ、スニーカーである。名だたるオーケストラとの共演にも、ボディーガードが並ぶような重鎮が来場するときでもそのままだ。非常識、との誹《そし》りも馬耳東風。鈍感なのか、強靱《きょうじん》な意志の持ち主なのか。その動じない様子に、しきたりや常識に囚われないと感心して、ファンは増え続けている。

行き付けのバールで音楽の話になった。酔いが回ると、いつものことだ。

ここの店主は、レジの下に使い込んだスティックを忍ばせている。若かった頃、ドラムを叩いていたという。店を閉める少し前、夜でも朝でもない時間になると店主はスティックを持ち出し、レコードに合わせカウンターを低く打ち始める。

カウンターに並んでそのスティックの先を見ながら駄弁っていた私達の間で、件の作曲家の話が出た。数日前に彼はミラノの郊外にあるスタジアムで大がかりなコンサートを開き、大盛況だったからだ。客の中にはコンサートに行って興奮している者もいれば、「あんなの奇を衒《てら》っているだけだ」と、認めない人もいる。

「あいつが中学生だった頃からよく知っている」

店主が手を止めて話に加わる。作曲家はバールのある通り沿いで育ったという。

「内気な目立たない子でね。父親は大変に教育熱心だった」

身体も気持ちもぜい弱な息子に、父親はピアノを習わせた。ボールも蹴れず、ラケットも握れない。海で少し砂遊びをするだけで、全身は火脹《ひぶく》れを起こして高熱を出す。家に籠《こも》ったままでも身に付く何かを、と考えた末のことだった。

中学校を出ると、彼は音楽専門学校へ進まされた。才能はそこそこあったけれど、類い稀なる、というほどのものでもなかったらしい。それを現在の状態までに引き上げたのは、

「ひとえに父親のプロデュースの才覚だったと思うよ」

作曲家本人に会ってみるといい、と店主が取り持ってくれることになったのだった。

玄関前で待つこと数分、何度目かに鳴らしたインターフォンに出た人物にバールの店主の名前を告げ、ようやく錠が開いた。

事務所なのか住まいなのか、よくわからない。小綺麗《こぎれい》に改築されているが、飾り気がなく冷たい。迎えに出た初老の女性はトンネルのような廊下を先に歩き、突き当たりの部屋に私を通すと、お待ちください、とだけ言い残して引っ込んでしまった。

部屋にはモダンなデザインの白い楕円形のテーブルと、対《つい》の椅子が置いてあるだけである。床は白いリノリウム敷きで、壁も白、窓のサッシも白である。壁には過去の

コンサートのポスターが、縁なしの額に入れてある。窓の隅に至るまで、埃もない。磨《す》りガラスで表は見えない。中庭に面しているのだろう、緑の影がうっすらと映っている。清潔だが、取調室にでもいるようだ。

息苦しくなってきたところに、やっと作曲家が現れた。長身で痩せている。Tシャツをざっくばらんに着こなしている。ごく普通の格好なのに垢抜《あかぬ》けている。

「お目にかかれて嬉しいです」

彼は意外に高い声でそつなく挨拶を済ませると、幼い子のように照れ臭そうに目を伏せたまま手を差し出した。華奢だが関節の一つ一つがはっきりとわかる、ピアニストの強くて神経質な手だった。

彼が部屋に入ってきたときから気になっているのが、胸に抱えたガラス鉢である。片手に載るほどの小さな鉢だ。彼はガラス鉢をテーブルの真ん中に置き、ほっと息を吐いた。鉢には水が張ってある。小指の長さにも満たない水草がヒョロリと一本、揺らめいている。

「見えますか?」

そう言われて顔を近付けると、ごく小さな銀色の魚が一匹、水草の葉の下でじっとしているのが見えた。彼はジーンズのポケットから小さな容器を出し、粉末の餌をそっとつまみ、慎重にガラス鉢に落とし入れた。

私達はものも言わずに、じっとガラス鉢を見ている。作曲家は怒っているわけでもないらしいが、何か話そうとするわけでもない。そのまま二人で鉢を眺めているうちに、

「そろそろ……」

先ほどの女性が、約束の時間がきたことを告げにきた。呼ばれて我に返ったように目を上げた作曲家は、暗がりに潜んでいるところに急に光を当てられたような、眩しそうな驚いたような表情をした。

「ありがとう」

照れたように笑って立ち上がり、

「近所どうしなのですから、そのうち散歩でも……」

ぼそぼそと言い添えた。

洗いざらしのTシャツに細身のジーンズ、目にかかる前髪といつも下向きではにかんでいる永遠の青年、といった印象があった。しかし、ガラス鉢から目を上げた彼の口元や眉間には、四十歳をとうに超えているのに違いない、深い皺が何本も見えた。巻き毛に紛れてわからなかったが、ずいぶんと白髪がちである。

気さくな格好は、同業者達の燕尾服《えんびふく》と同様、彼のユニフォームなのだろう。老いたくない、彼の。本当はラフでない内側を隠すための。

それにしても、奇妙なひとときだった。話をしにいったのに、何も話さずに二人で頭を突き合わせてガラス鉢の中を眺めただけだったとは。

「その光景自体が、既に現代アートだよなあ」

その日バールの店主に面談の一部始終を話していると、カウンターの横にいた前衛彫刻家が、当然、という顔で頷いている。

「叙情詩ね」

横でジントニックを手に、女友達がぼそりと呟く。彼女は昼は市役所で働き、それ以外の時間は詩人なのだ。

「哲学者みたい!」

うっとりした表情で叫んだ女子大学生は作曲家のファンだそうで、近所で彼をよく見かけるらしい。

「いつも物思いに耽《ふけ》るように歩いているもの」

さんざん門前で待たせた挙句、白尽くめの部屋に通し、声を出したのは挨拶のときだけで、むすっとしたまま鉢を見ていたのだ。あれこれ後付けの解釈は無用だろう。単に話す気がなかったのだ。芸術家はややこしい。

「いや、違う！」

カウンターに並んだ人達はいっせいに反駁《はんばく》した。

「すべてがメッセージなの。暗喩よ。何も言わなくても、彼の音楽で満ちているじゃない！」


数日後に作曲家から散歩の誘いを受けて、互いの家の中間地点で落ち合った。

やあ、と手を上げると、あとはただ微笑んでいるだけである。痩せた両肩を髪が覆って波打っている。

商店がまばらに建つ通りを並んで歩く。ときどき話す。彼の小声は私の頭上に抜けて、耳元まで届かない。何度も立ち止まっては見上げ、聞き返した。

その都度、背後に立ち止まる気配がする。少し距離を置いて、後ろに続く人達がいるのだ。通りの反対側にも、何人かが足を止めてこちらを見ている。寄ってきてサインを請うわけでもなく、遠巻きにしてただ見ている。

立ち止まった少し先に、手作りのアイスクリーム店がある。歩道に二卓、小さなテーブルも出している。

わざわざ歩道に出してあるテーブルを選んだ作曲家のために、ホワイトにミルク、ブラックと唐辛子入りも、と数種のチョコレートを注文した。演奏会の契約書には必ず『コンサート後にチョコレートケーキを用意しておくこと』という条項がある、とどこかの記事にあったからだった。

大盛りのカップをテーブルの真ん中に置いて、彼は熱心に食べ始めた。前髪が垂れ、肩が匙《さじ》を運ぶたびに揺れている。彼がどういう表情なのかわからない。ただひと匙ごとに、おいしいおいしい、と小さい声で繰り返している。

後を付いてきた人達は少し離れたところに立ち、彼の手元を見ている。テーブルがピアノに見えてくる。

「芝居じみてるな。誰に観せるためだ?」

バールの店主は笑っている。

「演奏していないときでも何かを創らなければ、と思うのではないですか?」

若い客が、少々分別臭い調子で口を挟んだ。

最近、店の近くに引っ越してきたばかりというその男性は、たいてい日付の変わる頃に店に寄る。働きにいくのか、仕事が終わっての帰路なのか。毎度、安い刻み煙草ひと袋に巻紙を買うとカウンターで一本巻いて耳に挟み、店主や客達と少しことばを交わして出ていく。

ところが今日は何やら話したげな顔でカウンターに着き、件の作曲家の話から始まり音楽全般、そしてピアノの種類にまで及んで話が止まらない。

「ところで、キミは何をしてるの?」

常連の一人が、若者の熱弁を遮るように尋ねた。

「演奏家です」

背を伸ばして答えたので、ほう、と店内に声が上がった。

あらためてその若者を見てみると、それまで暗がりで気が付かなかったが相当にくたびれた恰好をしている。フランネルのパンツの膝は当て布の上からジグザグにミシンで重ね縫いしてあり、蠟引きのコートは襟元が脂で黒ずみ、えり先や袖口は擦れて縫い目が裂けている。マフラーは何色かの模様編みだが、毛玉があちこちにぶら下がっている。

「……というのは希望でして、今のところ、生演奏のあるレストランでアンプや照明操作の仕事をしています」

頼まれればピアノの調律もする、と遠慮がちに付け加えた。演奏家や劇場には、お抱えの調律師がいるものだ。一般家庭のピアノを引き受けるにしても、縁故と実力なしには難しい商売だろう。

「父が調律師でしたので」

そうかキミも俺達の仲間だったのか、と自称芸術家達は嬉しそうに彼の背を叩き、次々とチュピート《食後酒》を振る舞った。

ちょくちょく店で見かけるようになったその若者が、会うたびに違う洋服を身に着け、そのどれもがむさ苦しいのに気が付いた。抜けた膝、擦れた肘、胸元に点在する食べ物の染み、ほつれて垂れ下がる糸、取れたままのボタン、伸びきった首回り、褪せた色……。

仲間と連れ立っているのを見たことがない。いつも一人で、憂いに満ちた顔をしている。

親子ほども年の離れたアーティスト達は、彼を見るとビールや軽食を振る舞ってやっている。毛玉だらけのハイネックに首をすくめながら、

「昨日から何も食べていなかったんです」

目を潤ませて礼を言う。

「若いのに苦労している」

手放しに褒める年上のカウンター仲間もいたが、彼が備え持っているのは狡猾な世渡りの術なのではないかと感じた。運河沿いにある決して安くない古道具屋で、彼が洋服を両手に抱えきれないほど買い込んでいるのをたまたま見かけたからである。

バールの常連の一人であるリーノは、今晩ひどく不機嫌だ。カウンターに寄りかかり、壁に並んだ酒瓶に向かってはブツブツと呟き、憤《ふん》まんやるかたないという顔をして酒をあおっている。

七十歳に手が届くか、という彼は運河の入り口の辺りに小さな店を持ち、自作の絵を売っている。たいして売れもしないようだが、不服を口にするのを耳にしたことがない。いつもの発泡白ワインを一杯。飲み終えたら、出ていく。二、三十年前は、市役所だったか学校だったか、堅い勤め人だったらしい。その頃は郊外に住んでいたが、勤めと結婚生活から縁が切れてからは、この界隈で一人で暮らしている。

昔からこの地区には、さまざまな技術を持つ職人が集まって暮らしてきた。大聖堂建築のために海のないミラノに水路を造って建築資材を運搬しようと、レオナルド・

ダ・ヴィンチが構想し運河を引いたのが起こりである。石工や建具職人、鍛冶《かじ》職人が船着場の近くに集まってきて、荷を揚げ、作り、生活した。行き付けのバールも作曲家の家もアイスクリーム店も、かつてはすべて職人の工房だった。

それから五百年以上経った今、町じゅうに流れていた運河の大半は埋め立てられて道路へと変わった。南部のこの一帯だけに、二本の運河が残っている。

時は移り、職人街は小洒落た飲食店の林立する繁華街に姿を変えてしまった。どの建物も綺麗に修復されたファサードを見せている。しかし斬新な印象は、表向きだけだ。いったん建物の正面玄関を入り中庭を抜けると、その奥には別の建物がある。数珠《じゅずだま》玉をたぐるように、建物から建物へ、新しいミラノから少し昔へ、明快な現在から霞んだセピア色の頃へと繋がっている。

三軒目をくぐり抜けると、左へ右へ猫が跳び、頭上に翻る洗濯物から石鹸《せっけん》の香り、足元からはサッカーボールに子供、三輪車やスケートボードが転がり出てはたちまち走り去っていく。中庭を覗き込むように、建物の内側には各階に回り廊下が付いている。廊下の柵越《さくご》しに、あちらに一人そこにも一人、老人が惚けたような顔で中庭を見下ろしている。

下から上に向かって笑い声を上げる子もいれば、上から下に向かって金切り声で叱り付ける母親もいる。

中庭から最上階まで各階の人々の暮らしが層になり、ミラノの今を成している。それは表には見えない、町の芯のようなものである。

リーノは表に面した小さな店で絵を売る一日を終えると、いくつか建物を通り抜けて、中庭を突っ切り右端の家に戻る。祖父母が暮らした家である。日当たりと風通しの悪い二間だけの住まいだが、一人暮らしには十分だ。祖父もその先代も、ガラス工だった。好天の日中は中庭に道具を出して大がかりな作業をし、雨が降ると家の中で小間物を作った。

「まるで農作業みたいだろ」

悪天候が多いミラノである。こなせる仕事量は、限られていた。長年働いたが、ここから広いところへ移ろうとはしなかった。出来高に見合った、地道で穏やかな暮らしを選んだのだった。

持ち家なので家賃の取り立てに心配することもない。建物に入っている住居の数が多いため、負担する共益費も知れている。やりくりを心配せずに、リーノは絵を描いて好きに暮らしている。

そのリーノが珍しく不機嫌なのは、例の若者が原因らしい。

「家賃を滞納して、下宿先を追い出されたと言うのでね」

地方から出てきて、年に数件のピアノの調律と小さな舞台照明の手伝いくらいでは、ミラノでの生活は難しい。

「次の家が見つかるまで画材置き場に寝泊まりしていいよ、と言ったんだ」

しかし、バールの客達からなかなかの苦労人、と買われていたはずの若者は、一日の大半をダラダラと寝て暮らした。日が暮れる頃になってやっと寝床から出てきては、周囲の家々が夕食を囲む中、アンプの試しにエレキギターを鳴らしたり中庭をぐるぐる歩き回りながら大声で長電話をしたりした。

「うるせえ!」

「ちょっとあんた、何時だと思ってるのよっ」

窓が音を立てて開き、罵声《ばせい》、派手に閉まる音。怯《おび》えた幼子が泣く。負けじとテレビの音量を上げる人がいる。バシャ、と上階から水。

翌朝、近所から文句を言われるのは、家主のリーノである。若者は泥酔して夜明けに帰宅したまま眠りこけているので、住民達の苦情など聞こえない。

貧しているのはふりだけだった。なけなしの稼ぎはたちまちコンサートや飲み食い、ゲーム代に使ってしまう。あちこちに借金もあるようだった。

未来の演奏家は、ボロを着てひもじそうにバールで憂い顔。「芸を極めるのは大変だねえ」。感心されて、奢《おご》られ、応援されて。

より実入りのいい職探しもせず、掃除もせず、相変わらず無賃で住み続ける若者に、

「出ていってくれないか」

堪忍袋の緒が切れたリーノが告げると、

「脅迫か？」

凄《すご》んで返すありさまだった。

今日もロドルフォは、へべれけに酔っている。

私がバールに入ってからだけでも、瓶ビールを五、六本は空けただろう。

頻繁にやっては来ないが、もう二十年以上の通い客である。互いに自己紹介したのはごく最近のことで、それまでは言葉を交わしたこともなかった。話せなかったからだ。遅い朝のコーヒー休憩でも夕刻のアペリティフでも、いつもロドルフォはぐでんぐでんで会話どころではない。ダークスーツのときもあれば、ジーンズに革ジャンパーのこともある。どれも品良く着こなし、素面《しらふ》ならきっと堅実な人、という

印象だ。

店主も他の客達も、彼には一目置いているようだ。カウンターで立ち飲みしているうちに呂律《ろれつ》が回らなくなり始めると、店の奥の席がすっと空く。定席。そこで独り、ずっと何か言っている。誰が受け答えするわけでもない。卑語と卑語の合間を縫って聞いていると、政策についての意見や映画評、旅先で見たさまざまな風景や季節の草花など、硬軟とりまぜて話をしているのだった。

「じゃあ、また」

中堅の映画監督と脚本家がロドルフォに手を挙げて挨拶し、店から出ていく。

「見てみたいわ、その名所」

上体を揺らしているロドルフォの風景描写を引用して呟く、新聞記者。するとロドルフォはジャケットの前を開け、首から下げた携帯電話の画面を彼女に見せている。黒々と深い緑。連峰の向こうに白い雲。

「次は、何がお勧め？」

男子高校生が滑舌の悪いロドルフォに繰り返し尋ねながら、携帯電話にメモを取っている。近郊の町に大掛かりなターナー展が来るらしい。

出て行く人は、「次の一杯は僕から」「チーズを出してあげて」「ビール二本分」と、支払いを上乗せしている。彼の酔いどれ話はどれも面白く、聞いた客達は礼をせずにいられないのである。

一度、店主に彼の職業を尋ねたことがあった。

「運び屋だ」

どきりとしてことばに詰まっていると、

「何台もトラックを持つ運送業さ」

親の代は、セメントや鉄柱、砂利に大理石などが主な積荷だったという。まだ運河の水運業が機能していた頃に、陸揚げされた建築資材を市の内外に運搬して回ったのだろう。水路から陸路への繋ぎ役は繁盛して、かなりの財を蓄えたらしい。彼はそんな親の仕事を見て育った。

家業を継ぐ段になるとロドルフォは、「靴と洋服が汚れるから勘弁」などと言って、あっさり積荷を替えてしまった。

「今、何を運んでいると思う？」

店主が愉快そうな目をして私に訊いた。家具だろうか、それとも食品か。

「芸術だよ」

父親が砂利を運んで、ロドルフォは贅沢に育ててもらった。オートバイにヨット、スイスの別荘は、スキーを堪能したあとホテルに改築してしまった。ロンドンに退屈し、ニューヨークに数年。上海にドバイ。会社を継ぐまでの遊学と称して潤沢な経験を重ねたけれど、結局のところ自分は泥臭く埃まみれの出自ままなのだと自覚する。

それでも建築資材という積荷のおかげで、富裕者達の不動産事情を文字通り底から見て回ることができた。住居だったり投資物件だったり。高速道路や宅地造成にも関わってきた。ミラノは造る町だ。土地の上に箱を建て、内外の環境を整え、人を呼び込み、生活が流れるようにする。金は金を生み続けるだろう。

〈でもこの先どれだけ売上げを増やしたところで、自分には階級は越えられない〉

父親が資材を運んだおかげでできた建物や町に価値を加えるものを自分は運ぼう、と決める。芸術を運ぶのだ。

会社を継ぐと早速、砂利やセメント専用のトラックを処分した。かつて各地を遊び歩いていた頃に知り合ったスイスの保険会社の跡取り息子や空調メーカーの経営者、警報装置の専門業者、車両設計事務所などに声をかけ、湿度や気温の変化にも、盗難にも事故にもびくともしない特別仕様の運搬車を作り上げた。さらに不動産開発業者達から情報を得て、ミラノ郊外に堅牢な保管倉庫も建てた。

改築、あるいは杭打ちから落成までの一部始終に立ち会った邸宅、ホテルや美術館、劇場、庭園、ブティック、ショッピングセンター、市役所に県庁が、長年の顧客リストに並んでいる。父親の代からの付き合いだ。職人気質《かたぎ》だった父親は、荒くれ者が多い運送業界でその正確な仕事ぶりが評判だった。その後継者が最新の警備体制と装置で新しいことを始める、と聞いた昔馴染みの客達から、庭園に設置する記念碑やホテルのエントランスホールのシンボルアート、ビエンナーレ出展作品に競売用の美術品、と次々に新しい積荷の運送依頼が飛び込んできた。ロドルフォがあまりミラノにいないのは、各地を芸術作品と旅しているからである。


たまに店にやってくると、ロドルフォは泥酔している。芸術作品を運ぶ重責で神経が擦り減っているのだろう。

とんでもない、と彼は半目を開き上半身を伸ばして座りなおすと、

「幼い頃から彫刻や絵が大好きだった。そのうち観るだけでは、物足りなくなってね。もっと顔を寄せたい。撫でたい。抱き締めたい。そうするには、自分で創るか、自分の物にするか、あるいは運ぶかだろう」

にやりと言った。

美術展のために作品をトラックに積んで走る。専門スタッフと搬入する。館長や学芸員、警備員はもちろん、保険会社に税務署員、時には警察官までが立ち会うこともある。

「稀に現場で美術品と僕だけになる瞬間がある。設置し終えたばかりの彫像の頬を、礼服用の手袋越しにそうっと触ってみたりするんだ」

それまでカウンターにしなだれ掛かって聞いていた客達が——自称芸術家達が——急にしゃんとして背を正す。本物の芸術作品に触れたロドルフォと握手しようと、いっせいに手を差し出している。

「運送を頼みたいんだが」

ひと通り話を終えたロドルフォに、画家のリーノが遠慮がちに声をかけた。どこかで個展でもするのだろうか。

ロドルフォは焦点の定まらない目を少し泳がせてから、

「いいよ。ゴミ回収用の小型トラックがあるから」

と言ったので、周りにいた私達はひやりとした。いくら無名とはいえ、リーノの作品をゴミ扱いするなんて。

店主は何も言わずに、カウンターの向こうでグラスを洗っている。

数日後バールに行くと、リーノとロドルフォが上機嫌でグラスを手に「おかわり！」を繰り返している。無事、運び終えたのだろうか。自分の作品をゴミ扱いされても腹を立てず、リーノはたいしたものである。

「ゴミ以下のレベルだな」

ふいにロドルフォが呆れたように言った。その無神経さに私は肝が冷え、恐る恐るリーノを窺った。

「丸ごと焼却場に捨ててくれてもよかったんだけれどね……」

リーノは怒るどころか、淡々とそう返した。

「生ゴミは、受け付けてくれないんだわ」

ロドルフォが言うと、二人揃って破顔一笑、再び乾杯した。

ロドルフォが運んだのは、居候していた若者の一切合財だった。

若者がリーノの家に間借りしてからずいぶんになるのに、一度も掃除や洗濯をするのを見かけたことがなかった。職人だった祖父は、身綺麗を心がけて始末よく暮らした。雑事を片付けて、物作りに集中したかったのだろう。

〈祖父の心意気がけがされてしまう〉

リーノは苦々しく、哀しかった。

いつもへべれけのようでいて、ロドルフォはカウンターに突っ伏しながら逐一を見聞きしている。声高でわかったように音楽論を打《ぶ》つ若者のことを、〈貧相な野郎だ〉と、かねがねうっとうしく思っていた。あの日リーノから「運送を頼みたいんだが」と相談されたとき、ロドルフォはすぐに察したのである。

処分された若者を、また拾う人もいる。バールの客の一人である、独身の中年女性の家に今は居候しているらしい。この先しばらくは、常連客達は酒の肴《さかな》に困らないだろう。

今晩リーノとさかんに話し込んでいるのは、木工職人である。不景気で家具の注文が減って困っているらしい。

「うちの倉庫にはガラスがたくさん残ってるからさ」

木で額縁を作りガラスをはめて自分が絵を売っている店に置いてみたら、とリーノは勧めている。

「俺が金粉を振ってやろうか？」

作業着姿の男が横から言う。塗装工らしい。

「廃材があるなら、うちが絵画の梱包用に買うよ」

ロドルフォが材木置き場を見にいく約束をしている。

見知らぬ若い女性が、大きなリュックからパソコンで作ったらしいチラシの束を出して、

「路上で芝居をするんです。これ置いてもらえませんか」

店主に頼んでいる。


海のないミラノに、レオナルド・ダ・ヴィンチは運河を引いた。

流れ込み、流れ出て。

物と人の間断ない入れ替わりはミラノの活気を保ち、創る町へと高めていった。

かつて船着場があったところに、そのバールはある。早朝から未明まで、さまざまな人々が出入りする。

来るもの拒まず、去るもの追わず。

店は、港だ。

「この店に入ると、母親に抱き締められるように感じるんだよな」

ロドルフォはしみじみ言う。

解説

森まゆみ

タイトルの色っぽさと装丁。ボローニャが舞台のエッセイかと思いきや、ミラノを中心としたイタリア各地での話である。大学を出て数年後に通信社を立ち上げた。それからミラノなど長くイタリアに在住。一人暮らし。近くの共働きの娘ラウラを預かる。ちょっとおしゃまな中学生、でもしっかりした自分の意見を持っている。その子と美術館に行き、併設のブックショップに入った。ヒゲのお兄さんがいる。その名はマッシモ。

という風に、なにげないミラノの普通の生活が語られていく。これは旅行者ではとうてい書けない話だ。住んで見た普通の人の生き死にの記録だ。

いま私の住む東京では、隣近所もあまり関わらないようにし、電車で隣に座っても、レストランで顔を合わせても、そこから何の人間関係も発展しないのが普通だ。イタリアでは偶然の出会いをきっかけに、著者は人間関係を築いていく。ブックショップの店員、マッシモと著者はその後、友人になる。

かと思うとギリシアで偶然出会ったのは、国立劇場の責任者だった。経済破綻で修復予算もつかず、ついても劇をやる予算はない。二人はアフロディーティという著者の親ほどの年齢の歌姫が歌う店で知り合う。歌姫の、太陽が染み込んだような焦げた肌。水着の彼女がドレスを着ると変身。町の誰もがこの歌手にリスペクトと愛情を持っているのがわかる。

外国の友人に「日本はギャルかおばんしかいないのか」と歎《なげ》かれたことがある。今では死語に近いが、三十年前はよく聞かれた言葉だった。「いつギャルはおばんになるの？」突然変身するわけはない。成熟した女の魅力、イタリアはそれを認める国である。著者にはあちこちにこうした偶然から広がる友達がいるらしい。羨ましいことである。

この魅力的な随筆群に付け加えるべき何物もない。だけど、読んでいると、自分の人生の様々なシーンを思い出す。例えば、中学の頃、お年玉を貯めて、赤い、オリベッティの小さなタイプライターを買ったこと。キーを押すと、銀色のバーが跳ねて、挟んだ紙に黒いインキでアルファベットが印字される。ルロイ・アンダーソンの「タイプライター」という曲ほどに速くは打てなかったが、この時覚えたために、二十二歳で出版社に入った時、夕方、代金が安くなる時間を見計らっては、版権の交渉をテレックスで打ったりしていた。メールやメッセージが瞬時に送れる今とは大違い。

イタリアと言われればオリベッティ、オリベッティと言えばイタリア、という時代があった。インターネットが世界中に広がって、オリベッティ社は現在タイプライターを作っていないらしい。それでも創業者が作った会社の気風、文化を大事にし、建築にお金を惜しまなかった。日本でも「スパッツィオ」という立派なPR雑誌を出していたのが思い出される。そこにまさに須賀敦子の「ミラノ霧の風景」が連載されたのだけれど、内田さんも同じような長さの文章の中に、人々の思うようにならない人生の吐息を描き出して、須賀敦子を失った私たちにとってはイタリアに新たな援軍が現れたような気になる。

ミラノの街が懐かしい。ぐるりと輪を描いて通る市電。スガさんが「座り込んでしまったゴシック」と称した聖堂ドゥオーモ。そこで著者はフェデリコと待ち合わせるのだが、聖堂の前、迷ったらマリアの扉、というのは混んではいても間違えようのない約束の場所だ。私はいつも浅草で待ちあわせする時は雷門の下、という。小舟町《こぶなちょう》の大きな提灯をつるした赤い門の下で、人と行き違ったためしはない。多少待たされても、いろんな人の服装、匂い、振る舞いを眺めていると楽しい。

ミラノに雷門はないけど、センピオーネ門がある。イタリアの、というか、ヨーロッパの都市は城塞で街を守っていた。イタリアは都市国家の集合体で、内戦を繰り返し、統一されたのは、一八六一年である。初代国王となったヴィットリオ・エマヌエレ二世の記念堂がローマのヴェネツィア門のところにあって、形状からそれこそ「タイプライター」と呼ばれている。

内戦があったから、どんな小さな町にも、門がある。センピオーネ門は、私がそのあとを訪ねていたアンデルセンの「即興詩人」でも重要な役割があるが、考えてみたら、これをずっと行くと、アルプス山脈のシンプロン峠に出る。つまり、それは原作者アンデルセンが越えてきた峠であり、「イタリア紀行」を書いたゲーテも越えてきた峠なのだと気がついた。

昔、小学生の私はイタリア歌劇団の公演を白黒テレビで見て歌姫になることを夢見た。「トスカ」「アイーダ」「ボエーム」……。だからナポリを二度訪ねて二度歌劇場に行ったが、ミラノはオフシーズンだった。「今頃はロシアのドサ回りよ」と土地の人に聞いて、歌劇場に行って見ると、確かになんとかフスカヤやなんとかスキーといった歌手の名前が並んでいた。ここまできてロシアもないだろう、と断念した。

その代わり、須賀敦子のあとを訪ねて、あちこち歩いた。ミラノのキリスト教左派のアジトだったコルシア・デイ・セルヴィ書店。彼女の住んでいたムジェロ街六番地、並木の通りの古いアパート。「さあ、もう五十年も住んでいますが、アッコという女性に会ったことはありませんね。今も日本人の方はお住まいですが」と老婦人に聞いてがっかりした。それで景気付けに、ナヴィリオ運河の川っぷちのテラスで、私も「ミラノ風カツレツ」を食べたのだった。付け合わせはリゾット。

「サフランは他を寄せ付けない気高い香りだが、バターで揚げた肉と出会うや極上の風味を生み出す」。私の食べたのはそんな高級ではないが、仔牛《こうし》のカツレツ、とてもおいしい。ハズレはない。

この本は食べ物の輝きに満ちている。カロリーの塊みたいなカザティエッロ、ミラノ名物カンパリ、閉店前の店のプーリア産の素パスタ。読んでいるとローマのレストランで食べたプンタレッラの程よい苦味や、魚料理に使われるフィノッキ（茴香《ういきょう》）の香りを思い出す。とにかくイタリアはご飯がおいしくて、ナポリ風の焦がさずに玉ねぎを炒《いた》めたソースを絡めたニョッキとか、小さな町のどぶろくみたいなレストラン手製のワインを思い出す。しかもちゃんとフォリエッタとかいうガラスの容器は目盛りがついていて、日本みたいに、一合徳利が八勺しか入ってないなんてインチキはない。ここに出てくる松ヤニの匂いのする酒も飲みたいものである。

だけど私はどちらかというとミラノより南イタリアのファンだ。最初にナポリに行った時、北部同盟のウンベルト・ボッシの首切り人形というのが売られていて笑った。北と南の経済格差はひどい。いわゆる南北問題である。ある人は寒い地方の方がみんな勤勉なのさ、という。確かに、ナポリはずっと暖かい。サッカーのヒーロー、マラドーナのポスターに「ナポリではお天道様は誰にでも付いて回る」と書いてあった。それなのに経済は貧しくて南の方へ行くとみんなアルゼンチンとかに移民して、夏だけ帰ってくる人がいる。

真っ黒なだけの絵葉書六枚入りも買った。これは「ミラノの港」「ミラノの街」「ミラノの大学」……要するに霧で何も見えないというジョーク。かと思うと、自分の町自慢で「青の洞窟の水」を真面目に売っていたりする。イタリア人は率直に隣の州の悪口とか、北の町ミラノの悪口とか、口にする。日本でも隣の学校の悪口を歌ったりしたものだが、なんだか子供っぽくていい。「あいつはプーリア人だから」「いかにもラツィオな男」とかいうのだ。それをやめたら人生のスパイスがなくなる感じ。

一度、ローマから車で一時間ほどの田舎の城塞都市ザガローロのアルベルゴ・ディフーゾに滞在したことがあった。離れた宿、という意味で、町中をホテルに見立て、空き家を次々リノベーションして宿泊させる。朝食はここのバール（喫茶店）で、アイスクリームはこの店、クッキーのお土産はここ、ワインはここ、と推奨のお店もネットワーク化している。そこのスタッフはみんなミラノから来た人たちだった。「大学を出ても仕事がない。今、就職率は四十パーセントぐらい。だったら卒業よりも就職が先よ」「ミラノでここくらい新鮮でビオな食材を手に入れようと思ったら七倍払わなくちゃ」「ミラノの人は冷たくて個人主義。南の方がいいわ」などという。

著者は四十年前、「南北問題」でナポリを調査し、卒論を書いたという。その時の北部人の見た南部人（迷信深く、保守的で、怠惰で、家族と縁故が第一で……）はなるほどと笑っちゃうけど、それから四十年して、イタリアの若者には自然ゆえかな、南部の新たな魅力も見えてきたのかもしれない。

私も同じく、二〇一七年夏、カラブリアの海で泳いだ。こんなに透き通る海は見たことがなかった。ホテルから降りて行く時、ヒッチハイクのおばさんを乗せ、どこへ行くの、と言ったら胸を張って「マーレ《海》！」という。確かに、ビニールのビーチバッグを持っている。「海しか遊ぶところないもの」という人にも出会った。そして海から上がって、レストランで食べた「フルッティ・ディ・マーレ」（海鮮パスタ）のおいしかったこと。さらに熱暑で山火事がロードサイドで多発し、その中を冷房のない車で走り抜けたこと。

そしてトスカーナで見た緑色の麦の穂。日本人が田んぼの青々した稲を見る時のような気分なんだろうな。そこの宿では「二千年前の種子をつかって育てた麦で作ったトマトパスタ」なるものをいただいた。いろんなことを思い出す。

それにしてもこの本からはいろんなことを教わるものだ。昔、ヴェネツィアの建物の屋上で女性の髪を乾かしたことや、ペスト猖獗《しょうけつ》の頃は鳥の仮面のくちばしは患者と距離を保つためだったとか。そして一九八〇年八月二日にボローニャ駅で爆発があり八十五人も犠牲者が出たとは知らなかった。私は二〇一二年五月に一人きりでボローニャで大地震に遭い、目当てのボローニャ出身の画家、ジョルジョ・モランディの作品は美術館が閉鎖で見られず、駅で長い列を待って切符を買いモデナに行ったが、横丁のエノテカ（ワインバー）一つしか空いていなかった。みんなによくしてもらったけれど、話題といえば「今回の地震でバルサミコ酢が何万本割れた」「チーズがどのくらいダメになった」ばかりで、いかにもイタリアらしいと笑った。公園は人でいっぱい、ワインを飲み、チーズをかじりまるでピクニック。呑気《のんき》だな、と思ったが、後で考えてみれば、何百年の石造りの家の倒壊が怖くて、みんな公園に避難していたのだった。

本書を読みながらいろんなことを考えた。思い出した。それは刺激的な読書であり、著者の広い教養と体験に多くを教えられた。とりわけこのくだりは心にしみる。
「夜空に掲げてみると、青いガラスの向こうに黒い海が重なり、海の底の色に変わった。
『何年かに一度だけ蒼い満月が昇ることがある。そういう夜には、亡くしてしまった大切な人が天から下りて会いに来る、という古い言い伝えが島にはあるのよ』」（「見ている」）

ぼんやりとしてばかりもいられない。さあ、今日は昼にブロッコリーとケッパーのスパゲティを作る。本書にあるように、ひたひたになるくらいのオリーブオイルをかけて。

（もりまゆみ／作家）

本書のプロフィール

本書は、二〇一七年刊行の単行本『ボローニャの吐息』を加筆修正し、解説を加え文庫化した作品です。